人種と民族を考える十二章

英米文学・文化・教育の視点から

編著
吉田 一穂
藤原 愛
横山 孝一

著
閑田 朋子
藤田 晃代
小林 佳寿
髙坂 徳子
深谷 格
山内 圭
浅野 献一
中垣 恒太郎
伊藤 由起子

音羽書房鶴見書店

まえがき

二〇二三年にアメリカ合衆国の『キラーズ・オブ・ザ・フラワー・ムーン』という映画が公開された。マーティン・スコセッシ監督によるこの映画は、先住民虐殺事件を扱っている。この作品は、一九二〇年より始まった禁酒法時代のオクラホマ州で、先住民であるオセージ族の住民が次々と謎の死を遂げたインディアン連続怪死事件が主題となっている。アメリカ政府に追いやられた居留地から米国最大の油層が発見され、石油利権を含む均等受益権は土地の所有者であるオセージ族のものとなり、彼らは多額のオイルマネーを得ていた。主演のレオナルド・ディカプリオは、先住民であるオセージ族と、入植者である白人の対立構造という枠組みの中で、白人でありながらオセージ族の妻を持ち、両者の板挟みになる存在アーネスト・バークハートを演じている。利権や人種差別が複雑に絡み合うこの作品は、聴衆にアメリカ合衆国における人種問題を強く意識させたに違いない。

アメリカ「発見」という言葉が示すところとは裏腹に、現在の合衆国の領土が「未知の土地」であったのは、西洋からやってきた「発見者」にとってのみの話である。この国には、前から先住民が住んでおり、それなりの構造をもった社会を築いてきた。ヨーロッパ人の入植が始まった十七世紀初め（ピルグリムズ・ファーザーズの到着は、一六二〇年）、先住アメリカ人（いわゆるインディアン）の人口は約三百万人から四百万人と推定されている。西洋による「征服」と「文明化」の二世紀を経たが、生き延びた人たちもいた。政界や世論の中に、幾多の虐待や補償が必要だという認識が広がり、インディアン諸民族（インディアン・ネーションズ）に公式の地位と特別な権利が認められるには、一九六〇年代を待たねばならなかった。

インディアンのマイノリティの人口は少なく、一九九〇年の国勢調査で自ら「ネイティヴ・アメリカン」と申告した人の数は約二百万人である。この数の中には、居留地に住み、「伝統的」生活様式を実践しているマイノリティ集団以外に、普通のアメリカ社会に住みながら、インディアンとしてのルーツを再発見したり見直したりしている人たちも含まれており、このタイプの個人の数は増加している。それと同時に、先住民マイノリティの象徴的かつ文化的重要性は高まっている。確認できることは、多数派の公式文化や歴史書によって、抹消されないまでも過小評価されてきたインディアンの存在は、特に十七世紀に通婚によって混血が増え、インディアンがアメリカ「人種」の中心的要素になっただけに、アメリカの歴史の中に深く入り込んでいるということだ。

マイノリティが強制移住させられた歴史のうちに、現代の黒人問題を説明することは容易である。奴隷貿易の有無を言わさぬ強制的性格ゆえに、アメリカ国民全体がこの不正の責任を負うべきとされ、過去の不正に対する政治的、人間的な、経済的な形態を要求する流れが生まれ、正当化されてきた。独立宣言（一七七六年）が奴隷制度の問題に触れることを回避しただけに、過去の不正への感情はいっそう強いのである。奴隷制についてアメリカ憲法は口を閉ざし、南部諸州の経済や習俗に奴隷制が根づいていたことから、アメリカ社会には生物学的ないし本質的な人種差別の潮流が存在し、そういった潮流は、時代を越えて存続し続けた。例えば、長きにわたりアメリカの裁判所は、いわゆる「血の一滴」規定（「ワンドロップルール」）を適用してきた。この規定によれば、曾祖父の代まで（ときには曾祖父の父の代まで）遡って一人でも黒人がいれば、その子孫を黒「人種」に属すと断定するに足るとされた。

生まれながらの自然において黒人は劣等だという偏見が、白人エリート層の大部分において、黒人をアメリカ社会に同化することは不可能だという確信の下に横たわっていた。そのような確信は、十九世紀末から南部諸州で行われた差別的法律（ジム・クロー諸法）にも窺われる。一八九六年、連邦最高裁はプレッシー対ファーガソン判決で、「分離すれど平等（separate but equal）の標語の下に、人種隔離政策を合法化した。こうした人種隔離的法制は一九六〇年代まで続く。一九六〇年でもなお、合衆国南部には多くの黒人が、南アフリカのアパルトヘイト（人種隔離）体制に比肩しうる条件の下で暮らしていた。黒人たちは隔離された街区に住み、隔離された交通機関で移動していた。それに先立つ数年前には、黒人が白人女性に話しかけることが、クー・クラックス・クラン（ＫＫＫ）の介入を招きかねない重大な行為と見なされていた。

黒人に対する人種差別の根底には、経済や階級の問題だけではなく、文化的問題がある。このことは、白人の優越性と人種隔離の信奉者たちが、黒人が教育権と選挙権を獲得するのを阻止すべく奮闘した戦いの激しさからも確認できる。教育権と選挙権こそは、黒人たちが社会的にまた経済的に周辺的な地位と経済的隷属状態から脱出する道を拓く二つの基本的権利だった。一九六〇年代、キング牧師をリーダーとする公民権運動によって人種隔離政策の法的足場が覆されると、黒人の選挙人登録や、白人だけを受け入れてきた大学への黒人学生の入学に反対する脅迫行為が集中的に起こった。その目的は、明らかに、黒人が市民権と機会の平等を獲得することを阻止することにあったが、市民権と機会の平等は、アメリカン・ドリームの中核をなすものだった。一九六〇年代に起こった黒人の公民権運動は、南部諸州での人種差別の撤廃を優先目標に掲げた。この公民権運動は、多文化主義の直近の出発点を印すものであった。

多文化主義は、一九七〇年代にまずカナダ、オーストラリアというアングロサクソン系の移民国家で生まれた。カナダはケベックのフランス語系人口の分離独立運動という難問を解決するため、二言語多文化主義を採用し、オーストラリアは近隣諸国からの移民を受け入れアジア太平洋国家に脱皮するため、伝統的な白豪主義を捨て、多文化主義を打ち出した。カナダはインディアンやイヌイット（通称エスキモー）、オーストラリアはアボリジニーと、それぞれ先住民問題を抱えていることも共通だった。多文化主義は様々なマイノリティ集団からの要求に端を発し、マジョリティもこれを他民族国家の新しい国民統合原理として受け入れざるを得なくなり、徐々に制度化された。

一九八〇年代に入ると、多文化主義の主張は、アメリカ合衆国で、黒人の地位向上運動がフェミニズム、さらにはインディアンやヒスパニックの権利要求と結びつき、大きな流れになる。一九二〇年、信仰の自由を求めてプリマスに上陸したピルグリム・ファーザーズ以来、ホワイト・アングロサクソン・プロテスタントのワスプが中心になって建国した合衆国は、カトリックのアイルランド人を除けばプロテスタントの西欧や北欧からの移民、さらにアングロサクソンでもプロテスタントでもない南欧・東欧のラテン系やスラブ系の移民を受け入れるようになった。

第二次世界大戦後は、次第に中南米カリブ海のヒスパニックやアジア系など、ヨーロッパ以外からの移民が増加し、有色人の存在が目立つ「エスニック・アメリカ」ができあがる。それとともに、それまでの求心的な統合原理として働いてきた「人種のるつぼ」に代わって、「サラダボール」のメタファーが使われるようになった。多くの移民を受け入れそれぞれが持つ文化を尊重するようになったアメリカ合衆国ではあるが、不法移民問題など困難な問題もある。不法移民問題に関しては、ドナルド・トランプが二〇一六年の大統領選で、移民対策強化を公約して当選したことが記憶に新しい。ただトランプの移民対策強化には大きな反発もあった。

日本でも移民問題は、大きな問題となっている。日本政府は、外国人の積極的な受け入れを人口減少への対策として打ち出している。二〇一九年に在留資格「特定技能」の創設で、日本は実質的に「外国人の移民を受け入れる国」となった。しかし、二〇二三年の入管法改正案には、難民認定三回目以降の申請者は、「相当な理由」で認められない場合は、強制送還が可能となり、難民認定が一層厳しくなったと言われている。日本人が外国人と共存して社会を作っていくには、まだまだ課題が残されていると思われる。

人種・民族についての研究書は多く出版されているし、移民を扱った研究も進んでいる。邦文文献では、川分圭子、堀内真由美編著『カリブ海の旧イギリス領を知るための60章』(明石書店)では、カリブ諸島の複雑な人種構成とその背景について明らかにしているし、額賀美紗子、芝野淳一、三浦綾希子編『移民から教育を考える子どもたちをとりまくグローバル時代の課題』(ナカニシャ出版)では多文化共生に向けた現状と課題について考察されている。

本書の趣旨は、移民問題がしばしば取沙汰される世界情勢の中、英米文学・文化、言語教育の視点から人種・民族を考察することにより、多文化主義や共生を考えるきっかけとなるような論集を作ることであった。全ての原稿を読ませて頂き、改めて人種・民族について考えることの意義を認識した。人種、階級、法の前に平等な市民からなるはずの国民国家は、現実には人種、階級、性、宗教、言語などの相違による差別を構造として含まざるを得なかったが、そうした差別を克服し、文化的多様性を尊重することが重要であることに目を見開かされた。以下、掲載順に紹介しておこう。

＊＊＊

第一章「『オリヴァー・トゥイスト』――反ユダヤ主義とフェイギン」では、歴史的背景を概観し、反ユダヤ主義のステレオ・タイプであるシャイロックとフェイギンがシェイクスピアの『ヴェニスの商人』とディケンズの『オリヴァー・トゥイスト』でそれぞれどのように扱われているかを考察し、フェイギンの描かれ方の特徴を提示している。

第二章「「有益な移民」という神話――イングランドにおけるユグノー移民」では、イングランドにおける「理想的な移民」、「有益な移民」である一方、妬みと反感の対象でもあったという両義的な視線が、ユグノーが社会に同化する過程を経て同情的に変わる様子を概観している。その上で閑田氏は、ユニテリアンの知的バックグラウンドを持つ二人の女性作家、イライザ・ミーティヤードとエリザベス・ギャスケルが描く十九世紀中頃のユグノー像について深く考察している。

第三章「クリスティナ・ロセッティとイタリア、ギリシア、トルコ」では、クリスティナ・ロセッティの詩を彼女のルーツでもあるイタリア、ヨーロッパ文明「共通の基盤」とされるギリシア、そしてクリミア戦争という時代の転換点となった文脈から読み解いている。藤田氏は、弱体化しているにもかかわらずトルコが未だに西欧列強にとって時代錯誤的ともいえる「脅威」をもたらす「異質な存在」として文学作品に描かれていることを読み取っている。

第四章「「喜びのない青ざめた言葉」ではなく――J・M・シングの戯曲『西の国のプレイボーイ』に見られる言葉遣いの意義」では二十世紀初頭のアイルランドの劇作家J・M・シングの『西の国のプレイボーイ』について考察している。この作品は、上演の際には劇場内で暴動が起こった作品ではあるが、現代では優れた戯曲であるとみなされている。小林氏は、この作品を中心に、戯曲に現れる言葉と人物に対する批判に触れ、シングが戯曲に込めたものについて明らかにしている。

第五章「白い肌と灰色の肌――E・M・フォースター作「あのときの船」における身体性と人種主義」では、E・M・フォースターによる短篇小説「あのときの船」("The Other Boat")を身体性と人種主義の観点から捉え直している。肌の色の異なるライオネルとココナッツの支配・被支配の関係が、外面と内面における男性性と女性性によって描かれ、さらに、動物によっても表象されている作品である「あのときの船」について髙坂氏は、ライオネルとココナッツの性による身体性の相違と動物に喩えられる意味について明らかにし、死へ向かう結末について人種主義の視点から考察している。

第六章「『アンクル・トムの小屋』と『ハックルベリー・フィンの冒険』にみる黒人奴隷法とその史的展開」では、十九世紀のアメリカ文学、とりわけ、『アンクル・トムの小屋』と『ハックルベリー・フィンの冒険』を素材に、小説の背景にある黒人奴隷法を検討している。深谷氏は、南北戦争前のルイジアナの黒人奴隷法を法学者の立場から詳しく検討し、作品理解の手がかりを与えてくれている。

第七章「ジョン・スタインベックの生育環境および作品を通じて考える人種・民族」で山内氏は、スタインベックの故郷カリフォルニア州サリーナスの一九〇〇年代の状況とアジア系、メキシコ系、そして黒人を友人として育った作家の環境を確認し、その後、彼が自らの作品中において様々な人種や民族をどのように描いたか、そして多人種・多民族が交錯するアメリカ合衆国の社会をどのようにとらえていたのかを多くの文献的証拠に照らし合わせながら検証している。

第八章「決して一人にはしない（"Never Alone"）――苦悶のキング牧師を支えたもの」で浅野氏は、公民権運動の指導者として最もよく知られているキング牧師がベトナム戦争に反対を表明していたことに関し、キング牧師を取り囲む困難な状況を概観した後、困窮の最中や恐れについて語られた諸説教に現れる「シスター・ポラードの逸話と言葉」、また「キッチン体験」について考察し、彼がどのように苦悶を乗り越えていったかについて考察している。

第九章「ラフカディオ・ハーン対バジル・ホール・チェンバレン――人種差別の観点から見た実像」で横山氏は、ラフカディオ・ハーンを人種主義的と批判する一方でバジル・ホール・チェンバレンを人種的偏見のない信頼できる日本解釈者と見て、より高く評価している比較文学者・太田雄三氏に反論を行い、今世紀の人種の平等の考え方に近かったのは、ハーンかそれともチェンバレンか、再検証している。

第十章「『アメリカ人』概念の生成と変遷――「取り残された者たち」としての「貧乏白人」の表象」で中垣氏は、トランプ政権を支持した「取り残された」プア・ホワイト層の表象史に注目し、アメリカのナショナル・アイデンティティの創造と変容を「アメリカ的物語」の系譜から探っている。具体的には、「新世界の無用者」として排除された層の存在がどのように描かれていたのか、シャーウッド・アンダーソン、アースキン・コールドウェル、ジャック・ロンドンら二〇世紀前半のアメリカ文学を題材に検討している。

第十一章「朝鮮語の歴史に及ぼした日本の言語政策」では、朝鮮の言語政策の歴史を明らかにし、最終的には、そこに見られる朝鮮の人々の民族意識についてまとめられている。伊藤氏は、日本統治時代末期において存続が危ぶまれた朝鮮の言葉、そしてハングルについて、朝鮮民族が命がけで自分たちの言葉を守り抜き、それによって尊厳を保ってきたことを指摘している。

第十二章「外国語学習者の視点から見た「国家と言語」と「外国人」」では、まず日本の教育における「異文化理解」の扱いと英語教育のあり方を概説している。そのうえで藤原氏が大学で担当する英語および言語学の授業を通して感じた、「国家と言語」をはじめとする異文化に対する学生の意識が、現在の社会・教育の中でどのように形成されてきたかについて考察し、外国語教育が担う「異文化理解」のあり方について問題提起をしている。

バプテスト派の説教者としてキリスト教信仰を人種差別と闘うため必要不可欠と考えたマーティン・ルーサー・キング・ジュニア (Martin Luther King Jr., 1929–68) 牧師の非暴力によるバス・ボイコット運動、ワシントン大行進を経て、ジョンソン政権下で人種差別撤廃を標榜した公民権法が成立したが、人種差別が全くなくなったわけではないし、移民の問題はいまだに残されている。

本書が、国籍や民族などの異なる人々が、互いの違いを認め合い、対等な関係を築き、地域社会の構成員として共に生きていくことを考えるきっかけとなれば幸いである。

二〇二四年十一月吉日

吉田　一穂

引用文献

David N. Myers. *Jewish History: A Very Short Introduction*. New York: Oxford UP, 2017.
Jana Weiss, "Remember, Celebrate, and Forget? The Martin Luther King Day and the Pitfalls of Civil Religion." *Journal of American Studies*. Vol. 53. Issue 2. Ed. Sinead Moynihan, Nick Witham. Cambridge: Cambridge UP, 2019: 428–48.

アンドレア・センプリーニ『多文化主義とは何か』三浦信孝、長谷川秀樹訳、白水社、二〇〇三年。

額賀美紗子、芝野淳一、三浦綾希子編『移民から教育を考える　子どもたちをとりまくグローバル時代の課題』ナカニシャ出版、二〇一九年。

目次

第一部
イギリス文学・文化

第一章

『オリヴァー・トゥイスト』
――反ユダヤ主義とフェイギン――

吉田　一穂

序

十八世紀後半と十九世紀初頭のロンドンにおいて、ユダヤ人は犯罪者として悪名高い存在であった。一七七一年にチェルシー (Chelsea) で起きた押しこみどろぼうの一味に抵抗した召使いの殺人に続き、一七七〇年代には特に非道な行為が横行した。ジョージ王の時代 (1714–1830) のロンドンにおいて、ユダヤ人は、にせ金作りや盗品故売人と関わりの深い存在であったようである。チャールズ・ディケンズ (Charles Dickens, 1812–70) の『オリヴァー・トゥイスト』(*Oliver Twist*, 1837–39) のフェイギン (Fagin) のモデルとしてよく取り上げられる人物としてアイキー・ソロモンズ (Ikey Solomons) がいる。[1] ユダヤ人共同体は、すりや小規模などろぼう集団に関係していた (Emsley 102)。

『オリヴァー・トゥイスト』のフェイギンについて、ポール・デイヴィス (Paul Davis) は、「フェイギンは、しばしば反ユダヤ主義のステレオタイプと考えられてきている」と述べている (194)。また、ロバート・ニューサム (Robert Newsom) は、「比較的反ユダヤ主義でなかったとしても、ディケンズは完全に反ユダヤ主義でなかったわけではない。『オリヴァー・トゥイスト』のフェイギンの描写は、多くのユダヤ人のステレオタイプに基づいている」と述べている (303)。[2]

忘れてはならないことは、ロンドンのユダヤ人と十九世紀の社会における犯罪が、大衆の意識の中で結びつけられるようになったことである。それは、悪名高きユダヤ人犯罪者たちによる中古品の商いによって、ユダヤ人たちは盗品をやすやすと扱うことができたからである (Wesland XVIII)。盗品を扱うユダヤ人たちの存在を知っていたがゆえに、ディケンズは『オリヴァー・トゥイスト』において、悪名高きユダヤ人をフェイギンで表現したと考えられる。反ユダヤ主義のステレオタイプということで遡るならば、我々は、ウィリアム・シェイクスピア (William Shakespeare, 1564–1616) の『ヴェニスの商人』(*The Merchant of Venice*) に出てくるシャイロック (Shylock) にたどり着く。シャイロックとフェイギンは同様に扱われているのであろうか。

本論文では、イギリスにおけるユダヤ人の歴史を概観した上で、ユダヤ人のステレオタイプとしてのフェイギンをシャイロックと比較し、フェイギンの描かれ方の特徴について考えてみたい。

イギリスにおけるユダヤ人

ユダヤ人がイングランドに住むようになったのは、七三〇年頃のことであると考えられている。彼らは、一〇六六年ノルマン征服の後に増えていった。ヘンリー (Henry) 二世 (1133–89) の方策によって商業が奨励され、都市や共同体で財産が安全に守られるようになると、イングランドのユダヤ人は多くなり豊かになった (Mayhew 115)。一二九〇年エドワード (Edward) 一世 (1239–1307) の法令により、ユダヤ人たちは追放された。その理由は、彼らがゆすりや犯罪を行ったりして、貨幣の価値を落としたからであった。しかし、エリザベス (Elizabeth) の治世 (1558–1603) になると、ユダヤ人医師は高く評価されるようになった。(3) 一六五六年ユダヤ人たちは、イングランドに移住し、住みつくようになった。一六六〇年のチャールズ (Charles) 二世 (1630–85) の復位の後、ユダヤ人たちは団体で定住するようになり、金貸しとして知られるようになった (Mayhew 116)。(4)

金貸しとしてのユダヤ人を強く印象づけたのが、シェイクスピアの『ヴェニスの商人』に出てくるシャイロックであった。守銭奴、金貸し、ユダヤ人、これら三つは、大昔から実人生においても舞台においても嫌悪とあざけりの対象であった。一人の人物の中にこれらが同居することは、演劇においても登場人物を描き出す上でもシェイクスピアの時代によくあることであった。大衆の想像力の中では、金貸しは、かぎ鼻のあさましい守銭奴であった。その原型は、シャイロックにあると認められている (Stoll 136)。シャイロックの描写に影響を与えたのがクリストファー・マーロウ (Christipher Marlowe, 1564–93) の『マルタ島のユダヤ人』(*The Famous Tragedy of the Rich Jew of Malta*, 1633) の高利貸バラバス (Barabas) と言われている。シェイクスピアの時代のイングランドには、ひそかに信仰を守り通しているユダヤ人もいた。シェイクスピアが住んでいたハウンズディッチ (Houndsditch) の近くに一つのコミュニティーがあり、質屋や古着屋がいた。一方、ロンドンのユダヤ人の中には、医者や商人もいた (Novy 19)。

メイヒューは、「十八世紀になると、大衆にとってユダヤ人は、古着を集めたり、売ったりする仕事に就いているユダヤ人を除いてよそ者であった」と述べている (117)。十八世紀初頭にはロンドンでユダヤ人古着商人たちの「オー・クロ！」という声が聞こえていたようである。これは、「古着だよ！」(“Old Clothes!”) という声を表したものである。(図１) ユダヤ人に対する偏見は根強いものがあったが、十九世紀後半に至るまでに状況は徐々に改善されていったようである。

図１

イングランドにおけるユダヤ人ならびに非国教徒に対する政治的平等の確立は、遅々として進まず、一七五三年になって外国生まれのイギリス在住のユダヤ人（多くは教養があり富裕であった）の帰化と諸拘束からの解放に関する法案が上程された。しかし、世論はこれを認めず、同年十二月二十日、この法案は廃案にされ、カトリック教徒ならびにその他の非国教徒が審査条例の適用を免れるまで（一八三〇年）、ユダヤ人の平等獲得の動きは封じられていた。[5] しかし、一八三三年フランシス・ゴールドスミス (Francis Goldsmith) がユダヤ人として初めて弁護士免許を許され、一八五五年までには全ての市政参加への門戸がユダヤ人に開かれた。そしてついに一八五八年、ライオネル・ロスチャイルド (Lionel de Rothschild, 1808–79) がイギリス下院に議席を占めた。一八八五年には、ナザニエル・メイヤー・ロスチャイルド (Nathaniel Mayor Rothschild) 男爵が上院議員になっている。こうして九〇年までには、元首を除く全ての官職はユダヤ人に開かれた（ギブニー 723）。

メイヒューは、『ロンドンの労働とロンドンの貧民』(*London Labour and the London Poor*, 1851–52) でヴィクトリア朝時代のユダヤ人の状況を伝えている。それによると、イングランドにおいてユダヤ人の数は約三万五千人と推定されていて、そのうち約一万八千人はロンドンに住んでいたと考えられている (Mayhew 117)。ロンドンにおいてユダヤ人で古着を扱う仕事に就いているのは五百人から六百人くらいであり、通りでは百人以上のユダヤ人の少年が果物や菓子売りに携わっていた (121–22)。

一方で、メイヒューは、ユダヤ人に関する施設についても書いている。それによると、マイル・エンド・ロード (Mile-end Road) のユダヤ人の病院は広い建物で衰弱した老人や極貧の子供たちが入ることを許可されていた。また、ロンドンには七つのユダヤ人のための学校があり、四つはシティーにあり、三つはウェスト・エンドにあり、寄付によって支えられていた。スピタルフィールズ (Spitalfields) のベル・レイン (Bell-lane) のユダヤ人のための学校は、最も大きく、千二百人もの少年少女の教育に用いられていた。ロスチャイルド男爵夫人は、学校の全ての生徒に毎年衣類を提供していた。ハウンズディッチの子供の学校には、約四百人の生徒がいた。一方で、通りにいる大半のユダヤ人少年が読むことができなかったのも事実である (128)。

このように見ると、ヴィクトリア朝時代、ユダヤ人をとり巻く状況は、過渡期にあったと言えよう。ただ『オリヴァー・トゥイスト』は、ヴィクトリア朝時代初期の作品であるのでもう少し時期を絞って考える必要があるかもしれない。

シャイロック

ヴィクトリア朝時代において、ユダヤ人は反ユダヤ感情に基づいた差別に日々さらされていた。その頃のユダヤ人共同体は、それを構成する人の数こそ少なかった（十九世紀最初の数十年間のイギリスには国全体でもわずか二万人から三万人程度しかいなかった）が、その歴史は長かった。多くがイギリス社会に同化していた（たとえば、キリスト教に改宗したベンジャミン・ディズレイリ (Benjamin Disraeli, 1804–81) は、一八六八年に首相になっている）一方で、ユダヤ教の信仰を貫いた者たちは異端者の烙印を押されることとなった。(6) また、宝飾品類の商売やあらゆる種類の中古品の商いはもとより、金融業界でもユダヤ人は大いに活躍した。商業界では規模の小さい古着販売市場も彼らの独占状態にあったので、ユダヤ人呼び売り商人の「古着だよ！」という掛け声は、ロンドンの街角でよく耳にされた。一八三七年の国会議員選挙に立候補したディズレイリに向かって飛んだ野次は、「シャイロック」と「古着」だった（パターソン 68）。

このことは、ヴィクトリア朝時代の初期において、エリザベス朝時代のユダヤ人観が色濃く残っていたことを示している。ストールは、「エリザベス朝時代の劇や登場人物の描写において、ユダヤ人は金貸しであり、守銭奴であり、キリスト教徒の血を渇望する、下品なエゴイストであり、無神論者でさえある」と述べている (137)。

ブライアン・マレー (Brian Murray) は、フェイギンを残酷であるが喜劇的でもあるユダヤ人、すなわちシェイクスピアのシャイロックの流れをくむ人物であると考えている (83)。ここで、『ヴェニスの商人』が書かれた当時のイングランドにおけるユダヤ人について記しておきたい。中世の時代より、ユダヤ人はイングランドより排斥され、更に十五世紀後半には異教徒であるがゆえに、彼らはイングランドばかりかフランスからもスペインからも排斥された。イングランドに居住を許されたのは、一般にマラーノ (Marranos) と呼ばれるキリスト教に改宗したユダヤ人だけであり、自らの信仰を捨てることにより、イングランドへの定住を選んだ者たちであった。

一四九二年、「追放令」を発布することで、スペインは強制的にユダヤ人の国外退去を求めた。ユダヤ人にとって亡命先は限られていた。ポルトガルあるいはヴェニスのような、比較的外国人に寛容とされる交易都市を目指すか、イスラム教世界へと逃れるしか道はなかった。なかでも地理的に近いモロッコ (Morocco) のフェズ (Fez) に、迫害を逃れた多くのユダヤ人たちが移り住むこととなった。フェズは西地中海における商業的・文化的重要都市と目されたが、モロッコの南西部の都市マラケッシュ (Marrakech) が大国の新しい首都となることによって、この新首都に主要都市の座を譲り渡すこととなる。

ユダヤ人は、モロッコの交易において重要な役割を果たした。イベリア半島、オランダ、オスマン・トルコ帝国に散らばったユダヤ系民族の同胞たちとのネットワークは、商取引において大きな力を発揮した（勝山 79–81）。一方ヴェニスに関しては、この都市の経済の中心にいたユダヤ人たちは、ドイツ、スペイン、ポルトガル、レヴァント (Levant) 出身であった (Drakakis 5)。商取引に目覚ましい働きをしたが、イングランドではユダヤ人は入国を禁止されており、悪どい高利貸しも道徳的に忌避されていた。その風潮をシェイクスピアは利用した（中村 188）。それだけでなく、シェイクスピアは、シャイロックという人物像を通してユダヤ人を鋭く諷刺している。また彼は、ユダヤ人を激しく迫害したキリスト教徒に対するユダヤ人の憎しみを諷刺している。

『ヴェニスの商人』第一幕第三場でアントーニオ (Antonio) を見たシャイロックは、次のように言う。

　おれはやつが嫌いだ、キリスト教徒だからな。
　だが、それより腹がたつのは、あの止め度のない頭の低さ、
　言われるままにただで金を貸し、

このヴェニスの利子を引き下げる。(I. III. 38–41)(7)

この箇所では、キリスト教徒であるがゆえにアントーニオを嫌うだけでなく、多く利子をとって儲けようとしているシャイロックの姿が示されている。アントーニオは、ヴェニスの商人であり、海外貿易で多額の富を得た金持ちの商人である。自分の信仰に誇りを持っているシャイロックは、アントーニオをキリスト教徒であるだけでなく、無利子で金を貸すことで憎悪する。(8) このようなシャイロックを彼の召使いであるランスロット(Launcelot)は、「あのユダヤ人、悪魔が人間に化けたみたいな野郎だ」(II. II. 24)と表現するだけでなく、「おれの旦那ときたら、腹の底までユダヤ人だからな」(II. II. 98)、また「あんなユダヤ人に奉公していると、こっちがユダヤ人になってしまうからな」(II. II. 105)と言う。

一方で、ユダヤ人を目の敵にするキリスト教徒に対し、シャイロックは、「キリスト教徒がユダヤ人にひどい目に会わされたら、ご自慢の温情はなんと言いますかな。仕かえしとくる。それなら、ユダヤ人がキリスト教徒にひどい目に会わされたら、我々持ちまえの忍従は、あんたがたのお手本から何を学んだらいいのかな。やっぱり、仕かえしだ」(III. I. 61–62)と言う。ヴェニスの商人アントーニオは、自分の胸の肉を担保に高利貸しシャイロックから借金する。恋に悩む友人バッサーニオ(Bassanio)のためである。しかし、彼は自らの商船が嵐で遭難してしまうことにより、財産を失ってしまう。シャイロックは、借金のかたを切りとる気になる。アントーニオは、バッサーニオに「バッサーニオ、相手はユダヤ人だ。渚に立って、盛りあがる高潮に鎮まれと命じるようなものではないか。狼に向かって、なぜ子羊を食い殺して牝羊を泣かせたかと問うても仕方はない」(IV. I. 69–73)と言う。グラシャーノー(Gratiano)は、シャイロックに「その見さげはてた根性は、昔は狼の中に宿っていたものにちがいない」(IV. I. 132–34)、「きさまの欲の深いこと、狼さながら、血に飢えて飽くことを知らぬではないか」(IV. I. 137)と表現する。(9) グラシャーノーは、さらに、妻のために全てを失ってもいいと言うバッサーニオに、「ぼくにも妻がいる。もちろん愛してもいる――でも、死んでもらいたい。それでもし天国へ行けて、神様にでも会って、この畜生の根性を変えるように頼めるものなら」(IV. I. 286–88) と言う。このようにキリスト教徒の反発を受けたシャイロックは、「みんなこうなのだ、キリスト教徒の亭主というやつは！　おれにも娘がいる――どうせ嫁にやるなら、いっそあの盗人のバラバの子孫の方がいい。こんなキリスト教徒よりはな」(IV. I. 291–93) と敵意をむき出しにする。

「一ポンドの肉」を要求するシャイロックに対し、ポーシャ (Portia) は名裁きを行う。ポーシャは、「よろしい、証文のとおりするがよい、憎い男の肉を切りとるがよい」(IV. I. 303–04) と言うだけでなく、「ただし、その際、キリスト教徒の血を一滴でも流したなら、お前の土地も財産も、ヴェニスの法律に従い、国庫に没収する」(IV. I. 305–08) と付け加える。さらに、ポーシャは、シャイロックにヴェニス市民でない者が、市民の生命に危害を加えようとするもくろみが明らかになった場合は、その企図が直接的であろうと間接的であろうと、危害を加えられそうになった側が相手の財産の一半を取得し、他の一半は国庫の臨時収入として没収することになると伝える。このようなポーシャの裁きに対して、アントーニオは、シャイロックの財産の一半に対する罰金を免じてほしいと公爵や一同に頼むだけでなく、他の半分は自分が預かっておいて、シャイロックの死後、彼の娘ジェシカ (Jessica) の夫ロレンゾー (Lorenzo) の手に譲りたいと寛大な処置を願い出る。

見落としてはならないことは、アントーニオが条件としてシャイロックがキリスト教徒に改宗することを付け加えていることである。「あの人（ロレンゾー）のおかげでキリスト教徒になったんだもの」(III. IV. 17–18) というジェシカだけでなく、シャイロックにもキリスト教徒に改宗することをアントーニオが望むことにより、シェイクスピアはキリスト教徒による救いとキリスト教徒が受ける救いの大きさを示しているかのようである。

このようなシェイクスピアによるユダヤ人の扱いと同様の扱いがディケンズの場合にも見られるのであろうか。次に、ディケンズによるフェイギンの扱いについて考えてみたい。

フェイギン

アートフル・ドジャー (Artful Dodger) に案内されて、オリヴァー (Oliver) は、ロンドンのフィールド・レイン (Field Lane) に近い家に着く。ウェストランドは、アートフル・ドジャーが黒くなった台所のドアを開けると き我々が見るものは、「悪鬼であり、赤毛であり、三つ叉を握りしめているユダヤ人」であることを指摘している (XVIII)。次は、部屋とフェイギンの描写である。

部屋の壁も天井も、古びたのとほこりで、真黒になっていた。暖炉の前にモミのテーブルがあり、その上に、はっか入りビールの瓶に挿した蝋燭と、二、三のしろめ製の水差しと、パンとバターと皿などがあった。暖炉棚から紐で吊るしたフライパンの中では、ソーセージが料理されていて、パン焼きフォークを持って、その上にかぶさるように立っているのは、おそろしく年とった皺だらけのユダヤ人であった。彼は悪党じみた、ぞっとするようないやな顔をしていたが、濃いもつれた赤毛がそれを覆い隠していた。彼は脂じみたフランネルの長上衣を着、咽喉には何も巻いていなかった、そして、フライパンと、おびただしい数の絹のハンカチがかかっている干し物掛けとをかわるがわる注意していた。古いズックの袋で作った粗末な寝台が数個、床にごちゃごちゃに並んでいた。テーブルの周りにはドジャーと同年くらいの四、五人の少年が、長い陶製パイプを吸ったり、中年男然と酒を飲んだりしていた。ドジャーがユダヤ人に二言三言ささやくと、この連中はみな彼の周囲に集まってきた、そしてオリヴァーをふり返ってにやりと笑った。ユダヤ人も、パン焼きフォークを手に持ったまま、同じことをした。(10) (56–57)

ウェストランドは、「ステレオタイプに一致してフェイギンは悪賢く、二枚舌で有毒な人物であり、財産をたくわえてこんでいる人物である」と述べている (Westland XVIII)。引用で気づかざるを得ないことは、泊まる場所も金も持っていないオリヴァーが最初に見るフェイギンが、食欲と関連づけられていることである。ネイサン・ピーターソン (Nathan Peterson) が「ピカレスクの語りの形式の中で、貧困が最も良く理解されうる」とピカレスクの形式における貧困の適切性を指摘していることに注目したい (463)。[11] 貧困な状態にあるオリヴァーが見たフェイギンは、料理をしていて、空腹を満たしてくれる可能性のある人物である。このことをフェイギンは熟知していて、オリヴァーの貧困状態につけこんで、彼を悪党団の一員として洗脳しようとする。

フェイギン一味の経済を支えているのは、悪党団のメンバーが盗む品から得られる金である。スノウ・ヒル (Snow Hill) とホルボーン・ヒル (Holborn Hill) が合流する地点に近く、ロンドンから出て来て右手のところに、サフロン・ヒル (Saffron Hill) に通じる狭い路地がひらけている。そこの不潔な店には、あらゆる大きさの、種々の模様の古物の絹のハンカチが大きな束になって売物に出ている。ここには、すりからそれを買う商人が住んでいるからである。また、フィールド・レインについては、「些細な盗品の中央市場」(184) と表現されている。

このような場所に出入りするフェイギンは、ハンカチをポケットから抜き取る訓練をオリヴァーに課す。そしてうまくできたオリヴァーに一シリングを与え、「こういう風にしてやって行けば、お前はこの時代の一番えらい人になるだろう」(63) と言って洗脳しようとする。しかしオリヴァーは、ドジャーとチャーリー・ベイツ (Charley Bates) が老紳士のハンカチを盗み出す行為を見て、捕まった後、フェイギンが自身にさせようとした行為が犯罪であることに気づく。本屋の主人の証言により、刑を免れたオリヴァーは、ブラウンロウ (Brownlow) 氏の計らいにより、ペントンヴィル (Pentonville) に近い静かな蔭の多い街の小ぎれいな家で、温かい看護を受ける。

不幸にもオリヴァーは、ブラウンロウ氏の使いで本屋に本と四ポンド十シリングを返しに行く際ナンシー (Nancy) に捕まってしまい、フェイギンの元へ連れ戻される。フェイギンは、「お前のその根性をなおしてやろう、若い衆」(114) と言って棍棒でオリヴァーの肩を激しく打つ。しかし、フェイギンが瞬時棍棒を振り上げたとき、ナンシーは、彼の手から棍棒をもぎ取り、火中に投げこむ。これは、良心からナンシーが、衝動的行為に走ったことを示している。[12] ナンシーの場合、彼女自身が「この子の半分も齢のゆかない子供だったとき、あんたのために盗みをしたんだ」(116) と証言しているように、盗みに加担していた。その他に彼女は、売春も行っている。[13] ナンシーは、悪党団の中であまりにも長く過ごしてきたがゆえにしがらみもあり、悪登団の中から抜け出すことができない。

一方で、悪党団に来て日が浅いオリヴァーは、悪党団の中での生活に染まりきっていない。フェイギンは、餓死したであろうと思われるときにオリヴァーをひきとって大切にしてやったという事実を強調したり、オリヴァーと同じような境遇の子供に同情して助けたが、その子供が彼の信頼を裏切って警察に密告しようとしたために、不幸にして、オールド・ベイリー (Old Bailey) 監獄で絞首刑に処せられたという話をしたりして、脅迫し、オリヴァーに「裏切ってはならない」というメッセージを伝える。ミランダ・シーマー (Miranda Seymour) は、『『オリヴァー・トゥイスト』でフェイギンのすりの手先について書くに際し、ディケンズは、約六千人のすりの子供たちについての古い記事を探したに違いない。子供たちは、暗黒世界の親方のため仕事をして、一八〇八年頃死刑に処せられた」と述べている (18)。[14]

暗黒世界の親方であるフェイギンは、悪党団の秘密を漏らしたナンシーがサイクス (Sikes) に殺された後、民衆の怒りを招いてしまう。ジェイコブズ・アイランド (Jacob's Island) のあるかくれ家の二階で、フェイギンの子分であるチトリング (Chitling) は、キャグズ (Kags) という帰還した流刑人にフェイギンの様子を伝える。民衆に引き裂かれそうになったフェイギンが、泥だらけになって血を流しながら、あたりを見回して、まるで親友みたいに警官にしがみつく様は、悪事を犯し続けた彼の末路を示している。

見落としてはならないことは、裁判で有罪の判決を下された後、ニューゲイト (Newgate) 監獄に入れられたフェイギンの様子である。ディケンズは、次のようにフェイギンの様子を描写している。(図2)

図2
Fagin in the Condemned Cell
by George Cruikshank

> 昼間が過ぎた。昼間だって。昼間などというものはなかった。それは来たかと思うと過ぎてしまった——そして、再び夜が来た。長いけれども短い夜が、おそろしい静寂のために長く思われるが、いつのまにか過ぎてしまう時間からいえば、短い夜が。あるときは、わめきちらしたり、神を冒涜したりした。あるときは、慟哭して、髪の毛をむしった。彼と宗旨を同じくする尊い人々が、彼のそばで祈りに来た。だが彼は罵って、彼らを追い出した。彼らは慈悲深い努力を繰り返した。しかし彼は彼らをたたき出した。(407)

この箇所で気づかざるを得ないことは、フェイギンが神を冒涜するだけでなく、彼と同じユダヤ教の人々が祈りに来ても彼らを追い出してしまうことである。このことから、シェイクスピアとディケンズが、ユダヤ人に対する同時代人と同じ感情に基づいてシャイロックとフェイギンを描き出しているだけでなく、ユダヤ教の二人の登場人物が悪徳に染まっていることをも示していることは明らかである。異なる点は、結末において、かろうじてシャイロックに救いが与えられている一方で、フェイギンには救いが与えられていず、絞首刑に処せられることである。

結び

以上、イギリスにおけるユダヤ人の歴史を概観した上で、ユダヤ人のステレオタイプとしての『オリヴァー・トゥイスト』のフェイギンを考えてきた。フェイギンは、ヴィクトリア朝時代にユダヤ人をとり巻く状況が次第に良くなる前の反ユダヤ感情に基づく差別にさらされていた時期に描かれたユダヤ人である。

ウィルソンは、『オリヴァー・トゥイスト』の登場人物が「美徳と悪徳といった抽象的概念を表すため作られている」と指摘している(30)。フェイギンは、当然、悪徳と結びつけられている。フェイギンの扱いを考えると、彼は、『ヴェニスの商人』のシャイロックの流れをくむ人物であると言える。しかし、両者には違いもある。なぜならば、シャイロックがユダヤ教からキリスト教への改宗を求められる一方で、フェイギンは改宗を求められていないからである。

ただ、付け加えておきたい点がある。それは、シェイクスピアもディケンズもユダヤ教の二人が悪徳に染まってしまっている姿を示していることである。両者とも貪欲さや狡猾さと結びつけられているがゆえに、それ相応の末路をたどる。しかし一方で、シェイクスピアとディケンズは、赦しも用意している。シャイロックは、アントーニオの申し出により財産没収を赦され、フェイギンは、赦されはしないが、オリヴァーが彼のため「おお、神よ、この惨めな人をお赦し下さいますように」(411)ととりなす。(15)

シェイクスピアもディケンズもユダヤ人のステレオタイプを用い、彼らの悪徳を示す一方で、キリスト教の赦しの力をも示している。キリスト教徒であるアントーニオのとりなしによりシャイロックは赦される。一方、「懺悔と贖罪に遅すぎるということはありません」(305)とナンシーに言うローズ(Rose)の如く、オリヴァーはフェイギンの救いを願う。このことから、シェイクスピアもディケンズもキリスト教による救いを強く印象づけている、と言っていいだろう。(16)

注

＊本稿は、欧米言語文化学会第十一回大会におけるシンポジウム「英米文学・文化と人種・民族の問題Ⅰ」（二〇一九年九月一日、於日本大学芸術学部江古田校舎）での発表原稿に加筆修正を施したものである。

（1）ソロモンズは、一八三〇年の夏に盗んだ品物を所持していたということで有罪となり (Hobsbaum 43)、一八三一年ニューゲイト監獄に入れられ、ついにはホバート (Hobart) へ流刑に処せられた。彼は、二万ポンドもの財産をローズマリー・レーン (Rosemary Lane) の屋敷やローワー・クイーン・ストリート (Lower Queen Street) の他の住居に隠し持っていた。一八一六年約二百人の悪党団のメンバーである少年少女がいたと概算されている (Giddings 67–79)。

（2）シャーロット・ブロンテ (Charlotte Brontë, 1816–55) は、貪欲なユダヤ人のイメージを『ジェイン・エア』(*Jane Eyre*, 1847) の中で用いている。『ジェイン・エア』の中で、何か隠しごとをしていると疑われているのではないかと感じたロチェスター (Rochester) は、ジェインに「君はおそらく、何かの秘密を探り出せさえすればいいというのだろうが、それよりもむしろぼくとしては、ぼくの領地が半分ほしいということの方がいいのだが」(261) と言う。ロチェスターの言葉に対し、ジェインは、「私が土地に投資してもうけようとしているユダヤ人の高利貸しだと思っているのですか」(261) と言う。

高利貸しとして忌み嫌われるユダヤ人というステレオタイプは、二十世紀の作品にも見られる。ジョイムズ・ジョイス (James Joyce, 1882–1941) の作品『ダブリン市民』(*Dubliners*, 1914) の『恩寵』("Grace") において、ハーフォード (Harford) 氏は、最初、労働者たちに高利で小金を貸しつける卑しい金貸しであった。その後、ゴウルドバーグ (Goldberg) 氏という背の低い、太った男とリフィー (Liffy) 金融会社を共同経営するようになった。彼の奉じるものは、ユダヤ人的道徳律にすぎなかったのだが、仲間のカトリック教徒は、自分たちか、あるいは代理人としてか、ハーフォード氏の過酷な取り立てに会うと、いつでも彼のことを「ユダヤ系アイルランド人」だの、「無学もの」だのとひどく悪口を言って、「その息子が白痴に生まれついたのも、高利貸しなどしていることへの天罰の証拠だ」と言う (158)。

キリスト教徒も金貸しを営んでいたが、ユダヤ人と高利貸しは同義語のように見なされ、高利貸しは特にユダヤ人の罪だと見なされた (Hirsh 710)。

ユダヤ人は、歴史的には、「嫉妬深いキリスト殺し、無神論者、根無し草的コスモポリタン、狭量なユダヤ人街の住人」などと見なされてきた (Myers xxii)。

（3）ユダヤ人医師が高く評価されるようになる一方で、エリザベス女王暗殺を企てたユダヤ系の侍医ロダリーゴ・ロペス (Roderigo Lopez, c. 1517–94) の裁判が一五九四年の二月、処刑が六月に行われたことを付け加えておきたい。

（4）オリヴァー・クロムウェル (Oliver Cromwell, 1599–1658) の政治によって、状況は変わった。クロムウェルは、中世に追放されていたユダヤ人を再入国させ、居住を認めた。アムステルダムの金融商人が多く移住し、現代のロンドン金融街「シティ」に発展する基礎ができた（サイクス 85）。

ロンドンには八十人から九十人ほどのポルトガル系ユダヤ人の共同体があり、ひっそりと暮らしていた（モーティマー 120）。

（5）ジョージ王朝時代 (1714–1830)、クエーカーの場合、公民権はそれほど厳しく制限されておらず、ある種の特権も認められていたし、国会議員になることもできた。一方で、ユダヤ人がこうむった法的差別はもっと厳しく、彼らはあいかわらず「異邦人」とみなされていた（ロス、クラーク 150）。

（6）ハンナ・アーレント (Hannah Arendt, 1906–75) は、ディズレイリが完全にイギリスに同化したユダヤ人家族の出身であったことを指摘している。さらに、「彼の父は教養も高く誠実で少々偏狭な文筆家あったが、子供に洗礼を受けさせた。ユダヤ教の中には息子が世に出ていくのに無用の妨げになるものしかないと思ったからである」と述べている (159)。

マイケル・シャピロ (Michael Shapiro) は、ディズレイリが洗礼を受けたことに関して、「キリスト教への改宗がなかったとしたら、国会議員になることもなかったであろう」と述べている (90)。実際、ロスチャイルド財閥の二代目ライオネル・ロスチャイルドは、ディズレイリより十年もあとの一八四七年に下院議員に当選しながら、一八五八年まで登院を許されなかった。「クリスチャンの真実の信仰にもとづき」という宣誓を拒否したせいである (90)。ライオネルは、ユダヤ教の伝統的な帽子をかぶり、旧約聖書の上に手を置いて議員としての職務宣誓を行うことを許されないかぎり、議事堂に入ろうとしなかった。しかし、一八五八年ついに、ユダヤ教徒としての儀礼にそった宣誓を行って議事に参加した (127)。

（7）William Shakespeare, *The Arden Shakespeare: The Merchant of Venice*. Ed. John Drakakis (London: Bloomsbury, 2010), p. 206. この作品からの引用文は、この版により、引用末尾の括弧に幕、場、行を示す。日本語訳の部分は、福田恆存訳『ヴ

エニスの商人』(新潮社) を参考にした。

(8) 一五五二年の法令がイギリスにおいてもキリスト教徒に金貸し業を禁じていたことは、事実であった。一方、スペインから追放され、わずかに入国を許された数人のユダヤ人には金貸し業を営むことが許可されていた (マイヤー 533)

(9) ブレット・D・ヒルシュ (Brett D. Hirsh) は、ユダヤ人と高利貸しがイギリス人の想像力の中で結びつけられていることだけでなく、貪欲の伝統的な象徴である狼がユダヤ人や高利貸しと結びつけられるようになったことを指摘している (710)。

(10) Charles Dickens, *Oliver Twist* (New York: Oxford UP, 1987), pp. 56–57. この作品からの引用文は、この版により、引用末尾の括弧にページを示す。日本語訳の部分は、本多季子訳『オリヴァ・ツウィスト』(岩波書店) を参考にした。

(11) アレクサンダー・ステヴィック (Aleksandar Stević) は、『オリヴァー・トゥイスト』の特徴について、「小説のプロットは、オリヴァーが救いがなく、無実で、保護を必要としていることを理解する慈悲深い人々の能力に依存している」と指摘している (72)。また、ステヴィックは、『デイヴィッド・コパーフィールド』(*David Copperfield*, 1850) と『オリヴァー・トゥイスト』の双方において、「ヒーローが自分自身を説明し、自分が無実の犠牲者であり、救いを必要としていることを後ろ盾となりそうな人物に説得しなければならない」と述べている (75)。もちろん、オリヴァーにとってフェイギンは後ろ盾になる人物として健全で適切な人物ではないが、後ろ盾となる人物であると見誤る危険性もあり、小説はその危うさにより、読者をより引き付けている。

(12) ジェフリー・サーリー (Geoffrey Thurley) は、オリヴァーがフェイギンの住みかに連れ戻されたとき、フェイギンがオリヴァーを打とうとする行為がナンシーの内的変化を生じさせたことを指摘している (45)。

(13) エリン・ウィルソン (Erin Wilson) は、ナンシーが内的な性的倒錯や活発すぎる性的衝動のゆえに、売春を選んだわけではないことを指摘している。ウィルソンは、ナンシーがフェイギンに強いられて売春をするようになったことを、「あたしが食べるための稼業よ。冷たい、湿った、汚い街は、あたしの家だわ。そしてあんたはずっと前にあたしをそこへ追いやった人でなしよ」(116) と主張していることをその理由として挙げている (37)。

(14) 犯罪者たちは、当時、上品でない言葉を使っていた。今日通りで用いられるスラング、すなわち、警察官を表す "pig" や犠牲者を表す "pigeon" は、そのような言葉から来ている (Seymour 18)。

(15) ディケンズは、『我らが主の生涯』(*The Life of Our Lord*, 1934) で「どんな男や女や子供にも決していばったり不親切にしてはいけない。たとえその人たちが悪くとも、もしその人たちが親切な友人と良い家庭を持ち、もっと教育されていたならば、良い人になったろうに、と思いなさい」(33-34) と述べている。

(16) 一八六三年六月、ディケンズは、彼が住んでいたタヴィストック・ハウス (Tavistock House) の借地権を譲り渡したユダヤ人事務弁護士J・P・デイヴィス (Davis) 夫人のイライザ (Eliza) から二十二日付の一通の手紙を受け取った。その手紙の中でデイヴィス夫人は、「軽侮の対象となっているヘブライ民族に対し、悪意と偏見をあおるようなことをなさったと言われております」と批判し、さらに「生きておられるあいだに作者として、分散しているとはいえ、一つにつながっている民族に及ぼした重大な間違いに関して、弁明ないしは償いをしていただけるものと存じます」と反省を促している。デイヴィス夫人に対して、ディケンズは、「『オリヴァー・トゥイスト』のフェイギンがユダヤ人として描かれているのは、ほかでもありません。あの種の犯罪は、ほとんど例外なくユダヤ人であったという事実があったからです」(一八六三年七月十日) と弁明をしている。しかし、見落としてはならないことは、一八六四年五月から一八六五年十一月にかけて、分冊月刊された『我らが共通の友』(*Our Mutual Friend*) に、ライア (Riah) という高潔な気質のユダヤ人を登場させていることである。『オリヴァー・トゥィスト』を書いている時点では、ディケンズは、まだデイヴィス夫人の影響を受けていないので、ユダヤ人にとって不利な描写になっていると思われる。

参考文献

Brontë, Charlotte. *Jane Eyre*. Oxford: Oxford UP, 2000.

Davis, Paul. *Charles Dickens A to Z*. New York: Checkmark Books, 1998.

Dickens, Charles. *The Life of Our Lord*. New York: Simon & Shuster, 1999.

——. *Oliver Twist*. New York: Oxford UP, 1987.

Drakakis, John. Introduction to *The Arden Shakespeare: The Merchant of Venice*. Ed. John Drakakis. London: Bloomsbury, 2010: 1–159.

Emsley, Clive. *Crime and Society in England 1750–1900*. New York: Longman, 1996.

Giddings, Robert. "*Oliver Twist* Dramatised by Allan Beasdale, ITV November-December 1999, *David Copperfield* Dramatised by

Adrian Hodges, BBC-1 Christmas Day and Boxing Day 1999." *The Dickensian*. 96. London: The Dickens Fellowship, 2000: 67–79.

Hirsh, Brett D. "Judaism and Jews." *The Cambridge Guide to the World of Shakespeare: Shakespeare's World, 1500–1660*. Vol. 1. Ed. Bruce R. Smith. New York: Cambridge UP, 2016: 709–19.

Hobsbaum, Philip. *A Reader's Guide to Charles Dickens*. London: Thames and Hudson, 1972.

Joyce, James. *Dubliners*. New York: Penguin Books, 1992.

Mayhew, Henry. *London Labour and the London Poor*. No. 2. London: Frank Cass & Co., 1967.

Murray, Brian. *Charles Dickens*. New York: The Continuum Publishing Company, 1994.

Newsom, Robert. "Jews." *Oxford Reader's Companion to Dickens*. Ed. Paul Schlicke. Oxford: Oxford UP, 1999: 303.

Novy, Marianne. *Shakespeare and Outsiders*. Oxford: Oxford UP, 2013.

Peterson, Nathan. ""A Poor, Hungry Plot": *Lazarillo de Tormes* in English Translation and the Episodic Structure of the Picaresque." *Philological Quarterly*. Vol. 93. No. 4. Ed. Eric Gidal. Iowa City: U of Iowa, 2014: 453–70.

Seymour, Miranda. "England Swings." *The New York Times* (June 6, 2019). New York: The New York Times, 2019: 18.

Shakespeare, William. *The Arden Shakespeare: The Merchant of Venice*. Ed. John Drakakis. London: Bloomsbury, 2010.

Stević, Aleksandar. "Fatal Extraction: Dickensian Bildungsroman and the Logic of Dependency." *Dickens Studies Annual*. Vol. 45. Ed. Stanley Friedman, Edward Guiliano, Anne Humpherys, Natalie McKnight, Michael Timko. New York: AMS P, 2014: 62–78.

Stoll, Elmer Edgar. "Shylock." *Bloomr's Shakespeare Through the Ages: The Merchant of Venice*. Ed. Harold Bloom, Neil Heims. New York: Infobase Publishing, 2008: 126–40.

Thurley, Geoffrey. *The Dickens Myth: Its Genesis and Structure*. London: Routledge & Kegan Paul, 1976.

Westland, Ella. Introduction to *Oliver Twist*. St Ives: Clays, 2000.

Wilson, Erin. ""No Certain Roof but the Coffin Lid": The Melodramatic Body and the Semiotics of Syphilis in *Oliver Twist*." *Dickens Studies Annual*. Vol. 44. Ed. Stanley Friedman, Edward Guiliano, Anne Humpherys, Natalie McKnight, Michael Timko. New York: AMS P, 2013: 32–42.

アーレント、ハンナ『全体主義の起原1　反ユダヤ主義』大久保和郎訳、みすず書房、二〇一七年。

勝山貴之『シェイクスピアと異教国への旅』英宝社、二〇一七年。

ギブニー、フランク・B『ブリタニカ国際大百科事典　十九』秋吉輝雄訳（「ユダヤ人」）、ティビーエス・ブリタニカ、一九九四年。

サイクス、ノーマン『イングランド文化と宗教伝統』野谷啓二訳、開文社、二〇〇〇年。

シャピロ、マイケル『世界を動かしたユダヤ人１００人』大谷堅志郎訳、講談社、二〇〇〇年。

ジョイス、ジェイムズ『ダブリン市民』安藤一郎訳、新潮社、一九九五年。

ストレイチイ、リットン『ヴィクトリア女王』小川和夫訳、冨山房、一九八一年。

中村保男「解説　喜劇時代のシェイクスピア」、『ヴェニスの商人』福田恆存訳、新潮社、二〇一五年。

パターソン、マイケル『図説　ディケンズのロンドン案内』山本史郎監訳、原書房、二〇一〇年。

マイヤー、ハンス『アウトサイダー』講談社、一九九七年。

松村昌家「ヴィクトリア朝のユダヤ人像――ステレオタイプの成り立ち」、『大手前大学人文科学論集』大手前大学・大手前短期大学、二〇〇二年、211–27.

モティマー、イアン『シェイクスピアの時代のイギリス生活百科』市川恵理、樋口幸子訳、河出書房新社、二〇一七年。

ロス、キャシー、ジョン・クラーク『ロンドン歴史図鑑』大間知知子訳、原書房、二〇一五年。

第二章
「有益な移民」という神話
――イングランドにおけるユグノー移民(1)

閑田　朋子

はじめに

異質な文化が出会えば摩擦は避けられないが、異質な文化を受け入れることで文化や思考の多様性が生まれ、それが双方に豊かな可能性をもたらすこともまた否定できない。本章は、その「豊かな可能性」に至る道を模索することを目的として、イングランドにおける大規模なユグノー移民の受け入れを一例として、その社会的同化に至るまでの経緯を追うものである。

一五一七年のルター (Martin Luther, 1483–1546) の九十五ヶ条の論題を発端に始まった宗教改革のなか、カルヴァン派の強い影響下にあったフランスのプロテスタントは、ユグノーと呼ばれた。ユグノーはイングランドが大量に受け入れた最初の移民であり、二〇一五年にオンライン版の『インディペンデント』(*The Independent*) 紙は、英国人の六人に一人はユグノーの祖先をもつという説を紹介している。ユグノーは、産業・科学・芸術などの面で優れた技術をもたらしたため、ボイド・トンキン (Boyd Tonkin) が述べているように、「後の時代から見ればバラ色の光に包まれて」、「グレートブリテンにおいて最も成功」した「理想的な移民」として語られがちである。だが、アン・カーシェン (Anne J. Kershen) はその著『よそ者、外来者、そしてアジア人』(*Strangers, Aliens and Asians*, 2005) のなかで、このような考えを、「『有益な移民』という神話」と呼んで一刀両断している (168)。実際にユグノーは忌み嫌われもすれば、その成功は妬みと反感の対象にもなった。

本章は、イングランドにおけるこのような両義的な視線が、時代と共に変化していく様子を大きく概観した後に、ケース・スタディとしてユニテリアンの知的バックグラウンドを持つ二人の女性作家、イライザ・ミーティヤード (Eliza Meteyard, 1816–79) とエリザベス・ギャスケル (Elizabeth Gaskell, 1810–65) が描く十九世紀中頃のユグノーの表象について考察するものである。具体的には、ミーティヤードが一八四六年に『ピープルズ・ジャーナル』(*People's Journal*) 誌に発表した短編小説「スピタルフィールズの意匠——ある物語」("Art in Spitalfields: A Tale") と、ギャスケルが一八五三年に『家庭の言葉』(*Household Words*) 誌に発表した随筆「ユグノーの特質と物語」("Traits and Stories of the Huguenots") を扱う。紙面の都合から、本章は断片的な各論にならざるを得ないが、経済・政治といったハードな面からではなく、人の心というソフトな面から移民受け入れのあり方を見ていきたい。

大量のユグノー移民とゼノフォビア（外国人嫌悪・恐怖症）

イングランドに渡ったユグノーは、十六世紀から比較的恵まれた受け入れられ方をしてきた。宗教改革を支持するエドワード六世 (Edward VI, 1537–53) は一五五〇年に、大陸から渡って来たプロテスタントに信仰の自由を与える勅許を発令し、ユグノーはロンドンのスピタルフィールズの近くに位置する聖アントニウス病院 (St. Anthony's Hospital) のチャペルを集会の場とすることができた。カトリックのメアリ一世 (Mary I, 1516–58) の治世下では、このチャペルの礼拝は中止されたが、一五五八年にエリザベス一世 (Elizabeth I, 1533–1603) が王位を継承すると間もなく再開された。フランスではその数年後（一五六二年）にカトリックのギーズ公フランソワ (François de Guise, 1519–63) の命により大勢のユグノーが虐殺され、このヴァシーの虐殺事件 (Massacre de Wassy) が発端となって、同国はユグノー戦争 (Guerres de Religion) と呼ばれる三十六年の断続的な内戦状態に入った。

一五九八年にアンリ四世 (Henry IV, 1553–1610) がナントの勅令 (Édit de Nantes) を発布し、プロテスタントにもカトリック信者とほぼ同じ権利が与えられたが、プロテスタントに脅威を覚えたルイ十四世 (Louis XIV, 1638–1715) は、竜騎兵をプロテスタントの居住地に駐屯させて圧力をかけ、一六八五年にはフォンテーヌブローの勅命 (Edit de Fontainebleau) を出してナントの勅令を廃止した。結果として、財産の没収、投獄、拷問、ガレー船での強制労働など、ユグノーに対する弾圧に拍車がかかった。ナントの勅令廃止から約十八カ月の間、イングランドは未曾有の移民流入を経験し (Kershen 37; Cottret 188)、フランス語を語源とする refugee（難民・国外亡命者）という英単語が生まれた ("refugee," def. 1a, 1b)。

以下、イングランドにおけるユグノーの表象を時系列順に追っていくが、その前に、ユグノーに限らず、フランス人全体の表象を確認しておこう。イングランドのフランス嫌いは有名だから、典型例は一つで足りるだろう。王政復古期の政治家・作家であるサミュエル・ピープス (Samuel Pepys, 1633–1703) は、一六六一年の九月三十日の日記に、スペインとフランスの使節団の間で起こった争いについて記録を残している。王の前の優先権を巡るこの争いは武力衝突に発展し、ロンドン市民の耳目を集めた。

……聞くところによるとスペイン側が勝利をおさめ、フランス側の大型四輪馬車の馬三頭と従者数人を殺し、[ロンドン・] シティを通り抜けて我々の王の馬車の隣に陣取ったということだ。この知らせを聞いてシティ全体が喜びに湧き立つことといったら、驚くほどである。そして実際、私たちは皆、当然のことながら、スペイン人は大好きで、フランス人は大嫌いである。(Pepys 281)

ピープスはこのように断言するものの、フランス語を話すことができたし、シティの銀行街スレッドニードル・ストリート (Threadneedle Street) にある、ロンドン最大のユグノー教会、フレンチ・チャーチ (French Church) に一六六二年から六四年の間に、その日誌に記されているだけでも五回は訪れている。さらには一六六五年にユグノー移民の娘のエリザベス (Elisabeth Pepys, née de St Michel, 1640–69) と結婚しているし、ユグノーのために募金もしている (Pepys passim; Tomalin 343)。フランス人全体と、ユグノーという特定の集団、そしてエリザベスという、目の前にいる特定の個人は、別ということだろうか。

ユグノー移民に対する両義的な態度は、イングランド議会においても明らかであった。一六七〇年代以降、帰化の手続きにかかる費用（六三―一〇〇ポンド）を下げる法案が繰り返しイングランド議会に上程され、その度に上院を通り下院で否決されている (Kershen 196)。裕福なユグノー移民、とりわけ実業家たちの帰化がイングランドの経済に有利に働くと考えられていたが、それにもかかわらず、ゼノフォビア（外国人嫌悪・恐怖症）がこの法案の成立を妨げた。たとえば、ブリストルの下院議員ジョン・ナイト (John Knight, ?–1718) は、一六九四年に以下のように発言している。

……もしこの法案が通れば、かつてエジプトの人々を襲った厄災[2]に匹敵する大変な「災禍」をこの国に招くことになるだろう。エジプトの厄災のなかでもとくにある厄災は、今回、我々にとって非常に深刻である。すなわち、彼の地に大量のカエルが発生し、エジプトの王たちの部屋にまで入って来たという、あの厄災のことである。と言うのも、今でさえ、セント・ジェイムズやホワイトホールの外交や行政の場も、我らの歴代の王の宮殿も、あのカエルだらけの国《フロッグ・ランダー》の人間のゲコゲコ・ガーガーいう大音量の騒音のせいで、とても入れたものではないからだ。

しかもこのスピーチは、「まずこの法案を国会議事堂から蹴り出し、次に外国人をこの王国から蹴り出そうではないか」という身も蓋もない言葉で締めくくられている (England and Wales 443–44)。

ナイトの発言からは、名誉革命後にウィリアム三世 (William III, 1650–1702) の宮殿で、ネーデルラント（オランダ）人やフランス人が優遇されたことに対する反感がうかがわれる。もともと「カエルだらけの国の人間」(Frog-lander) という言葉は、海抜が低いため、湿原に堤防を築き、運河を通すことで水害から国土を守ってきたネーデルラント（オランダ語で「低い土地」を意味する）の人々を指す蔑称であったが、フランスを嫌う人々はフランス語を「蛙のガーガー声」と呼んで嫌った (Kershen 135)。一方、一〇六六年のノルマン征服以後、宮廷で使われたフランス語は、社会的上昇志向と結び付き、上流階級の人々が会話に好んで取り入れたこともよく知られている (Leith 122; Kershen 135)。

ナントの勅令廃止からほぼ四半世紀後、一七〇九年に外国人プロテスタント帰化条例 (Foreign Protestants Naturalisation Act 1708, 7 Anne c. 5)(3) が議会を通過した。これによって帰化の手続きにかかる費用は安くなったが、ほとんどのユグノーは帰化の申請をしなかった。帰化はユグノーにとって優先順位が低い案件であったことがうかがわれる。受け入れ側と受け入れられる側の意図がかみ合わないまま、この条例はわずか三年後（一七一二年）に撤廃された。カーシェンは、撤廃の原因の一つとして、ユグノーの実業家がイングランドの産業を牛耳るのではないかという警戒心を指摘している (Kershen 197; Statt 35–37)。

ここで、十七世紀以降にイングランド人がユグノーに対して抱いていた、二種類のステレオタイプのイメージを紹介しておこう。一六九〇年代のブロードサイドの俗謡《バラッド》(4)「ムッシューの不運」("The Monsieur's Misfortunes," [c. 1690]) には、「フランスからやって来たばかりの若くて元気なだて男」が描かれている。この「だて男」は、「大金持ちのどこぞのご子息もかくやの身なり、香水つけて服には刺繍、顔につけぼくろ、頭はカール」といういでたちである (qtd. in Statt 189)。彼がユグノーだとは書かれていないが、ナントの勅令が廃止されたのが一六八五年であったから、時期的に俗謡の作者・読者ともにユグノーを意識しただろうことは想像に難くない。

このようなだて男の姿は、約半世紀後にウィリアム・ホガース (William Hogarth, 1697–1764) が描いた絵画「ヌーン」("Noon," 1738) にも、引き継がれている［図1］。(5) この絵は、英国国教会のセント・ジャイルズ・イン・ザ・フィールズ (St Giles in the Fields) の尖塔を背景に、右手にロンドンのパブ、左手にユグノーの教会を配している。ユグノーの教会からは、礼拝を終えた人々がソーホー (Soho) のホッグ・レーン (Hog Lane) に出てくるところである。前方にいる派手な上着を着た男は、エキゾチックな服装と大げさな身振り・言葉づかいで女性を誘惑するプレーボーイのステレオタイプを体現している (Kershen 198)。

もう一方の典型的イメージは、木靴をカタカタと鳴らし、ぼろをまとった貧困層のユグノーのそれである。彼らは「木靴」という蔑称で呼ばれ、にんにくと玉ねぎ、キャベツと根菜類を主食としていたことから臭いと言われ、病原菌扱いされた (Kershen 197–98; Statt 189–91)。テムズ川北岸に位置するホワイトチャペル教区教会に十七世紀終わりから十八世紀にかけて在職したリチャード・ウェルトン (Richard Welton, 1671/72–1726) 牧師は、ユグノー移民のことを次のように述べている。

［図1］

> この下層民連中は、まさにこの世の腐れゴミであり、処罰と赤貧を逃れ、ここで安全に暮らしているだけでは飽き足らず、我が国の貧しい者たちから奪ったもので肥え太り、我々の出費で金持ちになり、我らの住む地を乗っ取らなくては気が済まないのだ。(Qtd. in Smith 92)

貧しければ蔑み、富めばイングランドを食い物にしたとなじり、ユグノーを嫌悪する。カトリックの国で不当な仕打ちを受けた宗教的受難者として同情の対象であるはずのユグノーは、富と技術をもたらす有益な移民として歓迎されもすれば、自国を脅かす存在として見なされもする両義的な存在であった。

　だが十八世紀中頃にこの両義性のバランスが危うくなる。その著『英国ナショナリズムの勃興』(*The Rise of English Nationalism*, 1987) に、「文化史一七四〇—一八三〇」("A Cultural History 1740–1830") の副題をつけたジェラルド・ニューマン (Gerald Newman) をはじめ、ナショナル・アイデンティティの意識とともにゼノフォビアが高じた時期として、十八世紀中頃を挙げる歴史家は少なくない (Pocock 98–117; Colley, "Apotheosis of George III" 94–129; Statt 191)。この時期のイギリスは、激しい植民地戦争を経てフランスに勝利し、第一次植民地帝国を形成している最中にあった。産業革命が始まり、海外貿易は著しく発展し、観光旅行熱が高まっていた。ダニエル・スタット (Daniel Statt) もまた、「イングリッシュネス」がイングランドの人々のアイデンティティにおいて中心的な役割を果たすようになった時期として、一七五〇・六〇年代を挙げている。今なお愛国歌として親しまれている「統べよ、ブリタニア!」("Rule, Britannia!") の原型が、英国皇太子フレデリック (Frederick, Prince of Wales, 1707–51) の前で初演されたのが一七四〇年のことである (Scholes 897)。国家を擬人化した女神であり、しばしば自由の象徴とされる、新しいブリタニア像［図2］[6] がしきりに印刷され、絵画や彫刻の題材にされたのもやはりこの頃のことであった (Atherton 94)。

［図2］

　この時期のフランス移民に対する嫌悪感も、「木靴」を象徴に表現されることが多い (Dickinson 159–62; Atherton 85; Newman 67–77)。一七五三年にユダヤ人帰化条例 (Jewish Naturalisation Act 1753, 26. Geo. 2, c. 26) がグレートブリテンの議会で成立すると、ユダヤ人のみならずフランス人の移民をも対象として、「ユダヤ人お断り、木靴お断り!」のプラカードが立ち並び、ブリストルでは群衆が、「普通帰化お断り、ユダヤ人お断り、フランス人のボトル製造業者お断り、労働者の賃金を［移民労働者の所為で］一日四ペンスに下げるな、にんにくはもう沢山！」と声を張り上げた (Statt 193; George 26; Colley, *In Defiance of Oligarchy* 155; Hertz 67)。だが一七八七年にフランスのルイ十六世 (Louis XVI, 1754–93) がヴェルサイユ勅令 (Édit de Versailles) を発布し、カトリック以外の者にも公民権が与えられるようになると、フランスでの公的なユグノーへの迫害は終了し、大々的な移民の流出はここにひと段落した。

二　「有益な移民」の町スピタルフィールズ

ここから、ロンドンのイーストエンドに位置するスピタルフィールズに焦点を絞ろう。ナントの勅令廃止後、ルイ王朝期にイングランドに移り住んだユグノーの数は、四万とも五万ともいわれるが (Gwynn, "The Number of Huguenot Immigrants" 391)、そのうち約二万人がスピタルフィールズに居を構えたと推測される (Kershen 37)。数字の精度はさておき、かなりの割合のユグノー移民が、スピタルフィールズに移住したと考えてよいだろう。

スピタルフィールズのユグノー移民は、十六・十七世紀のイングランドに、絹織物の最先端の技術と、目も綾なデザインをもたらした (Page 132–33)。どっしりとした光沢ある絹地に、美しい花や鳥の複雑な柄が高度の技術を駆使して織り込まれた絢爛豪華な手織物は、宮廷で大いにもてはやされ、一世を風靡した。その後百年以上に渡るイングランドの絹織物産業の繁栄に、彼らが果たした役割は大きい (Kershen 169)。ユグノー移民が、イングランドの織物産業の弱点であったデザインの未熟さを補ったとも言えるかもしれない。ニューマンやスタットは先にフランス人男性のステレオタイプとして紹介したただて男のイメージに、ファッションにおいて優位性を誇るフランスに対してイングランドが抱く劣等感の反映を読みとっている (Newman 35; Statt 189)。

十八世紀も後半になると、スピタルフィールズに逆風が吹き始める。一七六三年時点で、スピタルフィールズの織工の半数以上がユグノーの子孫だったとされるが (Kershen 171)、彼らは低賃金や不完全就業、失業から貧困に苦しみ暴動に走り、結果として歴史に悪名高いスピタルフィールズ条例 (Spitalfields Acts, 1773, 1791, 1811) が導入された。この条例は、語弊を恐れず単純化すれば同一作業同一賃金制をうたったものである (Page 135–36)。一見すると高い賃金を維持する、労働者に有利な制度であるかに思われるが、実際には平均賃金が他の地域のそれよりも高止まりした結果、多くの製造業者がスピタルフィールズを逃げ出し、失業者がさらに増えることになった (*Observations* 2)。しかも世間では、無地または小さくてシンプルな模様を散らした薄くて軽い布が好まれるようになり、スピタルフィールズの重く豪華な手織りは、流行遅れになった。一八二四年に、生糸の輸入関税が撤廃され、絹糸に課された関税も従来のほぼ半分になると、安く大量に輸入された生糸・絹糸は、北部工業地帯の機械織り産業の追い風になった。さらに一八二六年に海外からの絹製品の輸入が解禁になると、安い輸入品の流入を警戒した北部工業地帯は設備投資に力を入れ、動力織機が一気に普及した。こうして薄利多売の量産型産業へと移行が進むなか、昔ながらの手の込んだ手織りを続けるスピタルフィールズは斜陽の一途をたどり、スラム化が進んだ (“Parliamentary Papers” 105; Prothero 211)。スピタルフィールズの斜陽は産業革命という大きな時代の波のなかで生じた現象であるが、同時に移民ならではの心の持ちようがそこに影を落としたのではないだろうか。亡命者である彼らにとって、絹織物の技術がフランス人としての矜持と密接に結びつき、時代遅れになってなお捨てきれないものであったとしても不思議ではない。

そのような時期に、笑劇作家として人気を博したトマス・ヘインズ・ベイリー (Thomas Haynes Bayly, 1797–1839) の『スピタルフィールズの織工』(*The Spitalfields Weaver*, 1838) が、セント・ジェイムズ劇場 (St James's Theatre) で封切られた。本作の脚本は、初演の一八三八年だけでも、チャップマン&ホール (Chapman & Hall) 社などから相次いで出版されているから、それなりの当たりを取ったのだろう。本作は、かつてはスピタルフィールズの織工であった、裕福な工場主ブラウン (Brown) 氏と、上流階級出身の妻アデール (Adelle) を中心に展開する。二人は愛し合っているが、社交界はこの身分違いの結婚を嫌う。夫妻は社交界のしつこい誹謗中傷にうんざりして、最後にはロンドンから田舎に移り住むことにする。観客は、最初は上流階級の登場人物と一緒になって、ブラウンの粗野な言動を笑いのめし、二人が純粋な愛ゆえに社会から疎外される結末に至って、ほろ苦い思いを味わうことになる。ブラウンは英語名だが、現実のスピタルフィールズでも教区の記録をたどれば、第三、第四世代のユグノー移民が子供に英語のファースト・ネームを付け、便宜上、自らの姓を英語風に変えたことが分かる (Kershen 37)。さらに言えば、スピタルフィールズといえばユグノーの絹織物産業が連想されて久しい時代のことである。本作には、ブラウンのように経済的に成功し、果ては生粋のイングランド人の美しく洗練された妻をも手に入れかねないユグノーの子孫に対する妬みと反感が、複雑に反映されているように思われる。

初期取材・調査型ジャーナリスト、イライザ・ミーティヤードが「スピタルフィールズの意匠」(1846) を発表したのは、『スピタルフィールズの織工』初演の八年後のことである。スピタルフィールズを舞台としたこの短編小説には、本章冒頭で言及した「理想的な移民」、「有益な移民」という神話が埋め込まれていると同時に、ユグノー移民に対する複雑な感情が反映されている。以下にその様子を見ていこう。

この短編小説は、一八二〇年代半ばのスピタルフィールズの町の描写から始まる。ミーティヤードは、「ユグノー」という言葉を使うことなく、町の風景に現れる「物」を描くことによって、スピタルフィールズをユグノー移民の街として読者に示す。

スピタルフィールズの中心には、クリスピン通り (Crispin-street) からノートン・フォルゲート (Norton Folgate) 通りへと抜ける大通りが走っている。そこは独特な景観となっている。すなわち建物は背が高く、荒れ果てていて、特に屋根の近くに窓が多い。これらの窓は、鳴き鳥の無数の鳥かごによって光を遮られている。一方、壁の外側に取り付けられたほぼ全ての棚に、花一杯の箱や鉢が据えられている。それらの花々

は季節の花で、薄汚い街路の息苦しい空気のなかで、貧弱な葉や芽をなんとか茂らせていた。(40)

この土地の住民は、海外からやってきた、いわば異能の民である。背が高く天井近くに窓が多い建物は、現実のスピタルフィールズに特徴的な建物である。前述のようにユグノー移民は絹織物の高い技術力を誇り、スピタルフィールズの親方職工となって設備の整ったテラスハウスに住み、機織り作業のためにできるだけ日光を取り入れようとして、最上階に大きな窓を付けたのだ。作中の住人が花を好む様子もまた、現実のユグノー移民の特徴と合致する。彼らは花を愛し、球根や種をしのばせてイングランドに渡り、花を織物のデザインの主要なモチーフとした (Flanagan 19)。作中の無数の鳥かごも、スピタルフィールズの職工たちが鳥を捕まえる技術に長け、彼らが訓練した歌鳥がイングランド市場を出回る歌鳥の大部分を占めていた事実に合致する (Page 137)。

ミーティヤードは、スピタルフィールズの住人を「ロンドンの職工」と呼ぶ。これは、ユグノー移民がすでにイングランドに同化しつつあったこの時代だからこその表現なのかもしれまい。以下は先の引用文に続く文章である。

この辺りは、主にロンドンの職工たちが住んでいる、むさ苦しい地域である。壊れた犬小屋や汚い入り口を見れば、熱病が年々どこから湧いて出るのかよく分かる。いかにもといった風情の、かび臭い行商人の店やみすぼらしい薬剤師の店、商品もまばらな閑散とした肉屋、ショーウインドーに糸と布切れしかない仕立て屋があった。そして極めつけは、ごてごてと過剰なほどに物を置いた質屋であった。この最後の店は、繁盛していた……。(40)

町のさびれた様子と、精彩を放つ質屋の対比は、一八二〇年代に現実にスピタルフィールズがスラム化していた史実に即している。質屋が質流れの品々を展示しているショーウインドーは、かつて豪奢な絹織物が並べられていた展示室の名残であろう。

バンダナ、古いフランス語の本、外国のつづれ織りや絹物の切れ端に木彫り、病人の滋養飲料用カップやスプーンのような古い食器類が、メダルに入り混じってあちこちに並べられていた。メダルは、在りし日に、珍しいクジャクバトや珍しい花々の賞として獲得されたものであった。(40)

バンダナはスピタルフィールズの絹織物の特産品であり (*Observations* 27)、古いフランス語の本や異国のタペストリーや絹の切れ端はユグノー移民の人々の典型的な持ち物であった。珍しい鳥や花を育ててコンテストで得たメダルも、彼らがこれらのコンテストで力を発揮した史実を反映している。(7) ユグノーという言葉を使わないせいでむしろ、この土地がほかとは違う「移民」の街だという事実が際立っている。

ここで本作のあらすじを紹介しよう。ヒロイン、サラ (Sarah) は、前述の質屋の娘である。彼女は無口な思慮深い女性で、母を亡くした後、幼い妹の世話をしながら質屋の父の仕事を手伝ううちに、婚期を逃した。一八一〇年代中頃に、サラは質屋に足しげく通う機織り職人レスティオウ (Restieaux) と知り合い、本の貸し借りを通して植物学や歴史の知識を共有し、友情と信頼を育んでいく。

作中、ミーティヤードはスピタルフィールズの産業不振の原因を、デザインの問題に帰している。フランス東部リヨンの織物とスピタルフィールズの織物を比較すると、後者の機織り技術は他の追随を許さず、品質は優れているが、「デザインと色彩の優位性」を誇るリヨン製品の方が客にアピールする。しかしイングランドには、「一体何が悪いのか、そしてどうすれば良いものやら、分かる者はほぼ皆無だった」(42)。その頃、王室関係者のある公爵がレスティオウの雇い主に、デザインも生地も「完全にイングランド的」(42) であることを条件に、豪華な絹のタペストリーを金に糸目をつけずに発注する。

デザインに悩んだレスティオウはサラに助けを求め、二人は協力して一枚のサンプルを織りあげる。その柄は大変に素晴らしいもので、報償が与えられたばかりでなく、イングランドのテキスタイル・デザインの将来性を証明するものとして数日後に下院に提出された程だった。デザインの大切さを実感したサラは、質屋を営む父親が亡くなると、残された多額の遺産を使ってデザイン・スクールを開く。この学校はレスティオウの助けを得て運営され、サラが苦労して海外で学んだ知識を生かして大々的な成功を収め、イングランド中から織物産業の工場主が見学に訪れるようになる。しかしサラは、一八三九年にチフスにかかって死亡し、中心人物を失ったデザイン・スクールは数カ月と持たずに閉校する。

以上の物語全体を概観すると、レスティオウが受けついたユグノーの技術的遺産と、生粋のイングランド人サラの「完全にイングランド的」なデザインが融合し、イングランド全体の織物産業を活性化するという筋道が見えてくる。レスティオウはイングランドにとってまさに「有益な移民」そのものである。

レスティオウがユグノーの子孫であることは、スピタルフィールズの土地柄とそのフランス語名から見当がつく。しかしながら、普通に英語を話す彼に、その卓越した機織り技術以外にユグノー移民らしい特徴は見当たらない。前述のように、レスティオウとサラは乏しい賃金のなかで買った本を貸し借りして、自学自習にいそしむ。その姿は、レスティオウがユグノー移民の子孫でありサラが女性であることを除けば、当時、知を求める労働階級の若者たちが「相互向上協会」を作り、本を貸し借りしたり勉強会を開いたりしていた姿を彷彿とさせる。そこにあるのは、ミーティヤードの生涯の友、(8) サミュエル・スマイルズ (Samuel Smiles, 1812–1904) が讃えるセルフ・ヘルプの精神を具現化したかのようなイングランドの労働者の姿である。作中、サラが「セルフ・ヘルプ」(40) の精神を以て自身を教育しようとしていたことが直接に述べられているから、ミーティヤードがセルフ・ヘルプの精神を己のヒロインとレスティオウに体現させ、労働者の理想像に重ねていることが分かる。イングランドに同化して英語を不自由なく操り、セルフ・ヘルプでより一層有益な労働者になるという、実に都合の良い移民像をレスティオウに見るのは、穿ちすぎだろうか。

それにもかかわらず、「完全にイングランド的」なデザインとはどのようなものなのか、という問いが、移民の子孫であるレスティオウには「超え難い」(42) 壁になる。どこまで行っても移民は移民、ということだろうか。さらに言えば、作り上げたサンプルが認められたのは、イングランドの自然を真に迫って写し取ったサラのデザインが、決め手になったからである。また、前述のようにサラが開いたデザイン・スクールをレスティオウが支えることからも、飽くまでもサラ（＝イングランド）が主であり、レスティオウ（＝ユグノー移民）が従だという図式が浮かび上がる。そのサラにしてもスピンスターという、男性優位の社会においては周縁部の存在である。本作はサラとレスティオウにひと時は大変な成功を許し、スピタルフィールズの、ひいてはイングランド全体の織物産業促進の夢を託している。それだからこそ、二人のデザイン・スクールの閉校は、移民も女性も成功しすぎてはならないという、当時のイングランド社会のイデオロギーを反映しているようで、後味が悪い。

三　尊敬できるユグノー――個人としての悲しみを描くギャスケル

ギャスケルが初めてフランスを訪れたのは、一八五三年のことである。この旅行が直接の切っ掛けになったのかどうかは分からないが（太田 172; Chadwick 192）、その約半年後に当たる十二月十日にギャスケルは、エッセーと物語を組み合わせた「ユグノーの特質と物語」("Traits and Stories of the Huguenots") を、チャールズ・ディケンズ (Charles Dickens, 1812–70) が編集する『家庭の言葉』(*Household Words*) 誌に発表した。引き続きギャスケルは同誌に、翌週・翌々週（十二月十七日・二十四日）の二回に渡って、「私のフランス語の先生」("My French Master") を連載している。さらに一八六二年および六三年にフランスを旅行した際に書いた日記を、『フレイザーズ・マガジン』(*Fraser's Magazine*) の一八六四年四・五・六月号に、「フランス日記」("French Life") として連載している。前者は、フランス革命のためにイギリスに亡命したフランス人貴族の人生を語る短編小説であり、後者にもフランス革命やユグノーに言及している箇所がある。フランスからの亡命者に対するギャスケルの関心の高さが分かる。とくにユグノーについては、ギャスケル自身が「ユグノーの特質と物語」の冒頭で、「私はいつでも、ユグノーに関する話であれば何でも聞きたいと思っていた。そして彼らについて多くの断片的な情報を集めてきた」(265) と明言している。

「ユグノーの特質と物語」は、新教徒に「信仰の自由を保証した」(265) ナントの勅令から話を始め、次にこの勅令がユグノーに認めた特権をルイ十三世が剥奪したことに言及し、ルイ十三世とカトリックがユグノーに勝利したラ・ロシェル包囲戦 (Le Siège de La Rochelle/Le Grand Siège de La Rochelle, 1627–28) の凄劇を語っている。これに続いて、ルイ十四世の治世下に竜騎兵によってユグノーが迫害されたこと、そしてついに一六八五年のフォンテーヌブローの勅令 (Édit de Fontainebleau) によってナントの勅令が廃止されたことが述べられている。

このような歴史上の出来事を前置きとして、ナントの勅令が廃止された結果生じた三つの亡命の物語と、フランス脱出後のユグノーの前途多難な人生が語られる。それからギャスケルは、地中海でアルジェリアの海賊に襲われて奴隷として売られた者や、スペインで異端審問にかけられた者について簡単に触れた後、アメリカに逃れた亡命者が経験した苦難を描いている。次に、イングランドに定住したユグノーに話を移し、彼らの子孫がフランス語を話し、フランス人としての矜持を持ち続けていた様子を語る。そして最後に、もはやフランス語ではなく英語を話すユグノーの末裔に言い及び、それでもなかの一人が晩年に自らの英語名をフランス語名に改めたことを付け加えて、「私の知るユグノーの話はこれで全部です」(275) と述べて結びとしている。

ここでもユグノーは、「有益な移民」として描かれているのだが、単に役に立つのではなく、尊敬すべき人々であることが強調されている。いわく、亡命したユグノーは、「節度を保ち、勤勉で思慮深くて知的、徳義に厚く意志の強い人々」(273) であり、「すでに製造業や商業において、頭角を現していた」(269)。また、マサチューセッツ州に受け入れられたユグノーの子孫は、「受けた恩義の幾分か」を、ある者は独立戦争の戦場で、ある者は政治や経済分野でと、「様々な形で返した」(272)。一方イングランドでは、ユグノーの亡命者のために寄付金が集められた。病気や高齢のためにこのような助けを必要とする者もいたが、「大部分は、活発でたくましい男たちで、良識にあふれ、実践的手腕に優れ、より自立的なあり方をもって」(273) 生きていった。

またギャスケルは、ユグノーの子孫として、サミュエル・ロミリー (Samuel Romilly, 1757–1818)、サラ・オースティン (Sarah Austin, née Taylor, 1793–1867)、ハリエット・マーティノー (Harriet Martineau, 1802–76) の三人を紹介している。ロミリーは法律家、政治家にして死刑廃止論者でもあり、オースティンは編集者にして翻訳家兼評論家、マーティノーはその著作『経済学例解』(*Illustrations of Political Economy*, 1832–34) をもって一世を風靡したジャーナリスト兼小説家である。この三人を挙げたのは、ユグノーがイングランドの文化・社会にいかに貢献したのか読者に知らせるためであろう。

ギャスケルは、ユグノーを歴史上の「受難者」として描き、その哀切を前面に出して読者の同情を誘う。例えば、餓死が多発したラ・ロシェル包囲戦において、「役立たずの無駄飯食い」と見なされたユグノーの女性と子ども、そして老人たちは、次のように描かれる。

彼らはこよなく愛する街を追い出されて、よろよろと歩き、ふらふらに疲れ切ったところで、敵の銃弾を浴びた。生き残った者たちはラ・ロシェルの外壁まで戻った。飢え死にすることになろうとも、心安らかに死ねる場所を求めてのことだった。(265)

ナントの勅令が廃止されたために生じたイングランドへの三つの亡命の物語も、家族の物語として語られているため、読者の同情を誘いやすい。一つ目の物語は、ノルマンディーの貧しい農夫ルフェーヴル (Lefebvre) についての話である。ユグノーである彼は、ナントの勅令の廃止を知って、命がけで幼い娘をフランスから脱出させるが、後に残った彼もその妻も力尽きたかのように死んでしまう。二つ目は、ブルターニュから亡命したユグノーの夫婦の物語である。妻は無事に渡英したが、夫は捕まり拷問される。何年にも渡って牢獄に囚われ、拷問のために足の裏の肉が剥がれ落ちるが、なお彼は改宗を拒む。修道士たちは無益な拷問に嫌気が差して、彼を解放する。男はたどり着いたロンドンの街をさまよい歩き、ついに妻と再会する。三つ目の物語では、赤ん坊を連れて町を出ようとすれば、関門で亡命の意図がばれるだろうと恐れた夫婦が、親子三人そろって逃げ延びるために一計を案じる。いずれの話もユグノーの物語である以前に、家族の物語として、読者の胸を打つ。

亡命後のユグノーが、異国で故郷を懐かしむ様子もまたやるせない。故郷を恋うバラッドに胸ふさぐ者もいれば、海辺ではるか遠くの見えるはずもないフランスに目を凝らす者もいる。彼らはフランス人としての矜持を持ち、フランス語を話し、フランスにいる親戚と連絡を取り合い、フランス風の生活を維持しようと努める。スピタルフィールズ近郊の朝市に、「イングランドでは一般に使われることのないたくさんのハーブ」(274) が並ぶのは、ユグノー移民たちが欲するからである。周りから奇妙に思われようと、ある者は年を取ってなお、先祖がフランスから持ち出した若い頃の衣装を着続ける。それは確かにユグノーについての記録ではあるが、人として誰もが抱き得る、遠い故郷を懐かしむ思いこそが、話の焦点になっている。

本作は、アンガス・イーソン (Angus Easson) の言葉を借りれば、「フィクションとジャーナリズムの間に位置し、数々の物語に歴史の糸を通したペンダント」(211) のような作りになっている。つまり、エッセーと物語の要素が分かちがたく混在してはいるが、そこにはしっかりとした歴史の動線が通っているのだ。筋は、ユグノーがフランスを追われ、異国、とくにイングランドに逃れ、世代を経るにつれて亡命先の社会に同化していく姿を、時系列順に追うというシンプルなものである。手法は、史実を聞き伝えで得た物語と組み合わせることによって、「ユグノー移民という集団」に先立つその「個人」に光を当てるものである。これによってギャスケルは、本来「他者」であるはずの移民を読者と同じ人間として描き、その感情移入と共感を誘うことに成功している。

おわりに

ラファエロ前派の一員ジョン・エヴァレット・ミレー (John Everett Millais, 1829–96) は十九世紀中頃に絵画『聖バーソロミューの日のユグノー』(*A Huguenot, on St. Bartholomew's Day*, 1852) を制作した［図3］[9]。そこに描かれているのは、一五七二年の「聖バーソロミューの虐殺」(Massacre de la Saint-Barthélemy) の日の恋人たちの姿である。カトリックの女性が、ユグノーである恋人の命を救おうとして、彼の腕にカトリックのシンボルである白い布を巻こうとしている。ミレーがこの絵の着想を得たジャコモ・マイアベーア (Giacomo Meyerbeer, 1791–1864) のオペラ『ユグノー教徒』(*Les Huguenots*, 1836) では、男性は信仰ゆえにこれを断り、そのために二人はともに殺される。ひたすら美しく悲しいこの絵画には、かつて嫌われていたユグノーの印象はかけらもない。

［図3］

一八五〇年代に入る前に、スピタルフィールズからフランス的な特色は払拭されていた (Kershen 37)。スピタルフィールズの絹織物産業の衰退とともに、ユグノーの子孫は別の土地に移り、ユグノーの技術やデザインも、もはや時代遅れになっていた。ギャスケルが同情の対象としてユグノーを描く一方で、ベイリーの『スピタルフィールズの織工』は一八八〇年頃にも出版されていた。また、絹織物と言えばユグノーという印象も根強く残り、『ドレスとファッションのマイラのジャーナル』(*Myra's Journal of Dress and Fashion*) 誌の一八八七年二月号には、ミレーの絵画を用いた広告

［図4］

［図4］[10]が載せられている。

ウェルトン牧師がユグノーを「まさにこの世の腐れゴミ」と呼んだ約二百年後に当たる一八九八年、歴史家のジョージ・レジナルド・バレイン (George Reginald Balleine, 1873–1966) は、その言葉を引用し、すさまじい偏見を指摘した上で、「我らに明らかな教訓を学ばせたまえ」と述べている (Balleine 22)。正論ではあるが、そこにはユグノーへの警戒心や反感が消え去った後のイングランド社会が反映されているとも言えるだろう。移民が持ち込んだ異質な文化を受け入れることで、文化や思考の多様性が生まれ、それが受け入れ側に豊かな可能性をもたらすためには、移民が自分たちにとって「有益」かどうかで判断するのではなく、ギャスケルが示したように、想像力を用いて、同じ人間として個人の心情を推し量ることが最初の一歩になるのかもしれない。

注

（1）本論文は、ヴィクトリア朝文化研究学会『ヴィクトリア朝文化研究』第一七号（二〇一九）に発表した拙論「ユグノーと英国織物産業――デザインにおけるイングリッシュネスの模索」を大幅に改訂し、それに加筆したものである。

（2）旧約聖書の出エジプト記によると、古代エジプトにおいて奴隷として遇されていたイスラエルの民を解放・救出するために、神は十種類の災いをもたらしたとある。第二の厄災はカエルの災いであり、ナイル川からエジプトの地を覆うほど大量のカエルが現れたとされる (Exod. 8. 1–15)。

（3）Foreign and Protestants Naturalisation Act of 1708 または General Naturalisation Act of 1709 と表記されることもある。一

七〇八年と一七〇九年の二つの表記があるのは、現在の暦に合わせれば法案通過は一七〇九年三月二十三日だが、当時の用いられていた暦では一七〇八年であったためである。

（4）質の悪い紙の片面に、木版画の粗いイラストを添えて、俗謡やニュース等を刷った廉価な印刷物。ブロードシートとも呼ばれる。

（5）William Hogarth, "Noon," *Four Times of the Day*, 1736, oil on canvas, 74.9×62.2 cm, Ancaster Collection at Grimsthorpe Castle, Bourne, Lincolnshire, public domain. この油絵を複製した彫版は左右逆転している。

（6）Giovanni Battista Cipriani, *O Fair Britannia Hail*, 1760, etching, 30.4×22.4 cm. National Portrait Gallery, London, https://www.npg.org.uk/collections/search/portrait/mw275281/O-Fair-Britannia-Hail

（7）具体例は、"Spitalfields and Its Weavers" 124 を参照。

（8）ミーティヤードはスマイルズのことを、"so good a friend" と呼んでいる (Royal Literary Fund, 3 November 1863)。この時点では『セルフ・ヘルプ』(*Self-Help*, 1859) はまだ出版されていないが、スマイルズは一八四五年にリーズの相互向上協会に請われてセルフ・ヘルプについての講義を行い、これについて「スピタルフィールズの意匠」が掲載された『ピープルズ・ジャーナル』誌に "What Is Doing for the People in Leeds?" (7 March 1846, pp. 136–38)、および "People, What Are the People Doing to Educate Themselves" (18, 25 April 1846, pp. 222–24, 229–30) の記事二本を寄稿している。

（9）John Everett Millais, *A Huguenot, on St. Bartholomew's Day, Refusing to Shield Himself from Danger by Wearing the Roman Catholic Badge*, 1852, oil on canvas, 92. 71 × 64. 13 cm, Manson and Woods Ltd., London, public domain.

（10）"The Huguenots Silk Wear Guaranteed," *Myra's Journal of Dress and Fashion*, Feb. 1887, p. 62.

参考文献

Atherton, Herbert M. *Political Prints in the Age of Hogarth: A Study of the Ideographic Representation of Politics*. Clarendon Press, 1974.

Balleine, George Reginald. *The Story of St. Mary Matfelon, the Parish Church of Whitechapel*. Free School-Press, 1898.

Bayly, Thomas Haynes. *Mixed Playbill for The SkeletonWitness!, or, the Murder of the Mount; The Spitalfields Weaver; The Rake's*

Progress. [Royal] Pavilion Theatre, 1838.

——. *The Spitalfields Weaver*. [Whiting, 1838].

——. *The Spitalfields Weaver*. Chapman & Hall, 1838.

——. *The Spitalfields Weaver: A Burletta, in One Act*. National Acting Drama Office, [1838].

——. *The Spitalfields Weaver: A Comic Drama, in One Act*. Lacy, [1838?].

——. *The Spitalfields Weaver: A Comic Drama, in One Act*. Samuel French, [1838?].

——. *The Spitalfields Weaver: A Comic Drama, in One Act*. Thomas Hails Lacy, [c. 1865].

——. *The Spitalfields Weaver*. John Dicks, [1880?].

Chadwick, Esther Alice. *Mrs Gaskell: Haunts, Homes, and Stories*. Cambridge UP, 2013.

Cottret, Bernard. *The Huguenots in England: Immigration and Settlement, c. 1550–1700*. Translated by Peregrine and Adriana Stevenson. Cambridge UP, 1991.

Colley, Linda. "The Apotheosis of George III: Loyalty, Royalty and the British Nation 1760–1820." *Past & Present*, no. 102, 1984, pp. 94–129.

—— *In Defiance of Oligarchy: The Tory Party, 1714–60*. Cambridge UP, 1982.

Dickinson, H. T. *Liberty and Property: Political Ideology in Eighteenth-Century Britain*. Weidenfeld and Nicolson, 1977.

Easson, Angus. *Elizabeth Gaskell: The Critical Heritage*. Routledge, 1991.

[England and Wales, Parliament, House of Commons]. "Sir John Knight's Speech, against the Bill for Naturalising Protestant Foreigners." *The History and Proceedings of the House of Commons of England: With the Speeches, Debates, and Conferences, between the Two Houses; Through Every Session from the Year 1660[–1714]. Faithfully Collected from the Best Authorities, and Compared with the Journals of Parliament*. Vol. 2, [s.n.], 1742.

Flanagan, J. F. Introduction. *Spitalfields Silks of the 18th and 19th Centuries*. F. Lewis, 1954, pp. 5–23.

Gaskell, Elizabeth. "Traits and Stories of the Huguenots." *Journalism, Early Fiction, and Personal Writings*. Edited by Joanne Shattock, 2005. Vol. 1 of *The Works of Elizabeth Gaskell*, Joanne Shattock, general editor, Pickering and Chatto, 2005–2006, pp. 265–75.

George, M. Dorothy. *England in Transition: Life and Work in the Eighteenth Century*. New ed., Penguin, 1953.

Gwynn, Robin [D]. *Huguenot Heritage: The History and Contribution of the Huguenots in Britain*. 2nd rev. ed, Sussex Academic Press, 2011.

——. "The Number of Huguenot Immigrants in England in the Late Seventeenth Century." *Journal of Historical Geography*, vol. 9, no. 4, 1983, pp. 384–95.

Hertz, Gerald Berkeley. *British Imperialism in the Eighteenth Century*. A. Constable, 1908.

Kershen, Anne J. *Strangers, Aliens and Asians: Huguenots, Jews and Bangladeshis in Spitalfields, 1666–2000*. Routledge, 2005.

Leith, Dick. "The Origins of English." *English: History, Diversity and Change*. Edited by David Graddol, Dick Leith and Joan Swann. Routledge, 1996, pp. 95–132.

Meteyard, Eliza. "Art in Spitalfields: A Tale." *People's Journal*, 18, 25 July 1846, pp. 40–42, 52–54.

Newman, Gerald. *The Rise of English Nationalism: A Cultural History, 1720–1830*. St. Martin's Press, 1987.

Observations on the Ruinous Tendency of the Spitalfields Act to the Silk Manufacture of London. Printed for John and Arthur Arch, 1822.

Page, William. "Industries: Silk-Weaving." *The Victoria History of the County of Middlesex*. Edited by Page. Archibald Constable, 1911, pp. 132–37.

"Parliamentary Papers. Hansard, Great Turnstile, Holborn." *Westminster Review*, July 1841, pp. 87–132.

Pepys, Samuel. *Diary and Correspondence of Samuel Pepys, F. R. S.: Secretary to the Admiralty in the Reigns of Charles II and James II*. Vol. I, 3rd ed., Henry Colburn, 1848.

Pocock, John. "England." *National Consciousness, History, and Political Culture in Early-modern Europe*. Edited by Orest Ranum. Johns Hopkins UP, 1975.

Prothero, Iorwerth. *Artisans and Politics in Early Nineteenth-Century London: John Gast and His Times*. Routledge, 2013.

"Refugee." *The Oxford English Dictionary*. Oxford UP, 2023, https://www. oed. com/view/Entry/161121?rskey=KYs4xt&result=1#eid.

Royal Literary Fund, *Archives of the Royal Literary Fund, 1790–1918*. World Microfilms, 1984, case file 1269, reel 46, no. 27.

Scholes, Percy A. *The Oxford Companion to Music*. 10th ed., Oxford UP, 1970.

Smith, Hubert Llewellyn. *The History of East London from the Earliest Times to the End of the Eighteenth Century*. Macmillan, 1939.

"Spitalfields and Its Weavers." *Chambersr's Edinburgh Journal*, 9 May 1840, pp. 123–25.

Statt, Daniel. *Foreigners and Englishmen: The Controversy over Immigration and Population, 1660–1760*. U of Delaware P, 1995.

Tomalin, Claire. *Samuel Pepys: The Unequalled Self*. Penguin, 2002.

Tonkin, Boyd. "Refugee Week: The Huguenots Count among the Most Successful of Britain's Imigrants." *The Independent*, 18 June, 2015, https://www. independent. co. uk/news/uk/home-news/refugee-week-the-huguenots-count-among-the-most-successful-of-britains-immigrants-10330066. html.

太田裕子「ユグノーの特性とギャスケル」、『没後一五〇年記念　エリザベス・ギャスケル中・短編小説研究』大阪教育図書、二〇一五年、一七五―八三頁。

第三章

クリスティナ・ロセッティとイタリア、ギリシア、トルコ

藤田晃代

はじめに

十九世紀イギリス、ヴィクトリア朝を代表する詩人、クリスティナ・ロセッティ (Christina Rossetti, 1830–94) は、知識人であり亡命イタリア人であった父親の影響の下、若い頃から古典も含め広くヨーロッパ文学に親しんでいた。ロセッティのヨーロッパ文学への関心は彼女の詩作への影響にも見てとれ、それらは古代ギリシア詩人サフォー (Sappho, 630BC?–570BC?) をうたった詩や「故郷」イタリアを舞台とした詩にうかがえる。英語のみならずイタリア語でも詩作を行なったロセッティだが、一八六五年にイタリアを初訪問した際にはイタリアへの高まる思いを帰国直後に英詩でうたい上げた。ヨーロッパ文学、特に詩の源泉であるギリシア、ロセッティ自身のルーツであり、文化や芸術の宝庫でもあるイタリアが彼女の詩作に与えた影響は計り知れないが、一方でロセッティは社会活動にも強い関心を寄せており、一八五三年にクリミア戦争 (the Crimean War, 1853–56) が勃発した際には実現しなかったものの、フローレンス・ナイチンゲール (Florence Nightingale, 1820–1910) の看護部隊に志願したほどだった。クリミア戦争に関して、クリスティナ・ロセッティの詩作への影響はこれまであまり論じられることがなかったが、クリミア戦争中、戦後の彼女の詩作にはそれまで以上に死や喪失の主題が多く影を落とすようになる。クリミア戦争の名目はイギリスが当時すでに弱体化していたオスマン帝国（トルコ）をロシアの

南下政策から守るものであったが、オスマン帝国と西欧列強の勢力はすでに逆転していたにも関わらず、イギリス国内にもトルコを「脅威」とみなす見方はいまだ広がっており、ロセッティと同時期に活動した詩人、エリザベス・バレット・ブラウニング（Elizabeth Barret Browning, 1806–61）によるソネット「ハイラム・パワーズによるギリシア人奴隷像」（"Hiram Powers' Greek Slave"）（1850）は、この問題を示す作品の一例ともいえる。本論の目的はクリスティナ・ロセッティの詩作を当時の時代背景をもとに「故郷」ヨーロッパと「他者」トルコの観点からとらえなおすことにある。

一　クリスティナ・ロセッティと「故郷」イタリア

ロマン派およびヴィクトリア朝時代のイギリスの文人たちにとって、イタリアは長らくヨーロッパ文明の故地として憧れの地であり、貴族の子弟たちの教育の総仕上げとしてのグランドツアーの訪問地でもあった。一方で女性詩人とイタリアの関係についてはアリソン・チャプマン（Alison Chapman）によると「ヴィクトリア朝の女性詩人にとっては、イタリアはまたアイデンティティと故郷にまつわる、鋭く且つジェンダー的問題で覆われていた」（235）という。例えば、前述のブラウニングが一八五六年に発表した長編詩「オーロラ・リー」（"Aurora Leigh"）では、主人公の女性詩人オーロラ・リーがイタリアを活動拠点とする自立した職業詩人として描かれている。ロセッティ家の子どもたちの場合、幼いころからイタリアをはじめとする古典文学に親しんでおり、チャプマンはまた「イタリアとイタリア語はロセッティ家では特別な地位を占めていた」（237）と述べ、その理由について「亡命知識人であり、ダンテ・アリギエリ（Dante Alighieri, 1265–1321）の研究者であった父ガブリエレ・ロセッティ（Gabriele Rossetti）と父方のポリドリ家（the Polidoris）からイタリア系の血を引く母フランセス（Frances）の影響によるためである」（237）と続けている。チャプマンによれば「（ロセッティ家の）子どもたちはすべてバイリンガルであり、家族は二重の文学的、文化的、言語的アイデンティティを持っていた」(237) という。一八六五年まで一度も故郷を訪問することのなかったクリスティナ・ロセッティにとってイタリアは、文学そして言語を通して常に詩人の周囲および深部にあった存在といえる。このことは詩人が英語にとどまらずイタリア語でも詩作を行なったこと、また英詩においてもイタリアに起源をもつソネット（十四行詩）を多く残したことからも十分うかがえる。本論は英文学の論文であることに鑑み、英詩のみを扱うが、まずはロセッティが「故郷」イタリアによせた詩を二編考察する。

ロセッティがイタリアをうたった詩はともに一人称の語り手によってなされ、このことは詩人自身の体験と密接にある出来事をうたった詩として読者（聴き手）にも迫ってくる。まずはロセッティが一八六五年のイタリア訪問を終え、帰国直後に書いた抒情詩「イタリアよ、わたしはおまえに挨拶をする」("Italia, Io Ti Saluto!") を論じる。この詩ではロセッティはイタリアとイギリスを南と北という地理的な対比によってとらえながら「故郷」イタリアに寄せる思いをうたい上げている。

心地よい南から北へ戻ってきて
　私が生まれ、育ち、生涯を閉じるであろうところへ
日々の仕事をこなすために、
　果たすべき役割をなすために戻ってきて
アーメン、アーメン、私は祈る　(1–5)[1]

イギリスへ帰国した今、語り手は日常へと戻り、「故郷」のイタリアはすでに遠くなっている。後半で語り手はイタリアを表す「南」という言葉を繰り返して故郷への慕る思いをうたいこんでいく。

ツバメが南へ舞い戻るとき、
　心地よい南へ、心地よい南へ、
私の眼には涙がまた浮かぶ
　　かつてのように、
そしてかぐわしいその名を口にする　(11–15)

離れてこそ語り手の故郷への思いはさらに募っていく。語り手は南に渡るツバメに託して叶わぬ思いをうたっていく。「南」という言葉の繰り返しは、北のイギリスとの気候的、地理的な隔たりを強調するだけでなく、繰り返されることで故郷イタリアが語り手の記憶に呼び覚まされ続ける効果も生む。ロセッティにとってイタリアとは、常に詩人の深部にあり続けたが、訪問を経てその「故郷」の記憶は繰り返し呼び覚まされ、新たに保持されるものとなっている。

ロセッティはイタリア人の気質を主題とした詩作も行なっている。前掲の詩と同年の一八六五年に書いた「エンリーカ、一八六五年」("Enrica, 1865") は、ロセッティが共通の知人ウィリアム・ベル・スコット夫人 (Mrs. William Bell Scott) を通じて知り合ったイタリア人女性についてうたった詩である。(2) この詩ではイギリス人とイタリア人の気質の対比が主題をなす。

イギリス人女性は、整った身なりで礼儀正しく、
すべて同じ鋳型から打ち出されたよう、
思いやりはあるけれど見かけは冷たく、
丁重にふるまうのも自尊心から

その人は生来の礼儀があって、
学校の教えで叩き込まれたのではなく、
規則に従って丁重なのでもなく、
思いやりがあって真心の表情を見せる　(9–16)

イギリス人女性の取り澄ました、同じ型にはまった冷たい印象と自由且つ暖かな風土ゆえ自然に身についた礼儀正しさをもつイタリア人女性の気質が対比されて描かれるが、作中で語り手は両者を共に「思いやりのある」"[w]arm-hearted"という言葉を用いて語っていることにも注意すべきだろう。語り手は両国の女性の違いを強調するというよりむしろ、根底に横たわる共通点を描くことに専念している。

でも彼女がイギリス人女性のことを、
その海と同じく冷たく生彩を欠いて、
岩のように頑固だと思ったとしても、それでもきっと
私たちも奥深くでは強靱で自由だと知ったでしょう。(21–24)

ブリテン島を囲む北海に例えられるイギリス人女性の冷たい印象の根底にはイタリア人女性と同様、温かくて自由を重んじる強靭な魂があることを語り手はうったえることで詩は締めくくられる。これは英伊両国にルーツをもつ詩人が二つの故郷とその人々に対する誇りと敬意ゆえに成し遂げられた表現といえるだろうが、イタリア人女性を描くにあたって、詩人は英語を表現手段とし、イギリス人としての側をより意識して表現している点が指摘できる。クリスティナ・ロセッティにとってイタリアとは、イギリス人として生きるうえで誇りと自信を鼓

舞する「故郷」でもあったのだ。

二　ギリシアへの憧憬とその陰影

クリスティナ・ロセッティは、ヨーロッパ共通の基盤としての古典、とくに古代ギリシア文学に並々ならぬ関心を抱いていた。ギリシアへの憧憬は文学を通じたものであり、とくに詩人としての彼女の関心を引いた存在は古代ギリシアの女性詩人サフォーであった。十九世紀においてサフォーは同性愛の詩人というよりも、悲恋の末に悲劇的な最期を遂げた詩人として知られ、多くの詩人が題材としていた。(3) ロセッティもサフォーをうたった詩を残している。一八四八年に詩作された「もし身投げから助かったならサフォーは何と言ったか」("What Sappho would have said had her leap cured instead of killing her.") では、ロセッティはうたい続けることで死から逃れ再生するサフォーの姿をうたっている。悲恋の末に一度は死をえらんだサフォーが助かった後にさまよい、詩人として再生する決意に至るまでが一人称によって語られる。サフォーは哀しみを背負いながらうたう。

痛みに耐えなければならない　愛する人が
　私をいとしく思って戻ってくるまで。
　愛する人が去ったとき　その足音はくすぶる
痕跡を残したけれど　それはまた燃え上がる
いとしい人よ　戻ってきて
その愛で私を満たして　あなたのものにしてほしい。(61–66)

恋人が戻ってくるまで悲哀をうたうことで詩人として生き続けるサフォーの姿には、詩作を続けることで生きながらえる同時代の女性詩人というロセッティ自身の立場を古代の詩人に重ね合わせた様子がうかがえる。詩作という表現手段をもつことで限定的だが抑圧から逃れ続けた詩人にとって、サフォーは時間も場所も超えて想像力をかき立てる存在だった。

古代ギリシアをめぐってロセッティがさらに同時代の言説に近づけて描いた詩は一八五六年に書かれた「もっとも低い地位」("The Lowest Room") であろう。この詩はホメーロス (Homer, 800BC?-?) の叙事詩『イーリアス』(*the Iliad*) のなかのトロイ戦争 (the War of Troy, 1200BC?) に登場する人物が言及されるなどロセッティのギリシア古典の知識が随所にみられる詩である。トロイ戦争をめぐる古代世界について姉妹が対話するという形式をとるが、一人称の語り手は無為に過ごす自分たちよりも古代世界に生きる人々に本来の姿を見出す。

「当時男たちは力と正義の人だった
　輝くような力があって、重い剣をかざしていた
血と炎に突き進み
　有言実行の人だった」(41-44)

戦士が武力を信じ、それらにうったえることにすべてをささげた者こそが英雄とされた古代世界はここでは理想化されている。それらの理想は自分たちの生きる同時代よりもさらに人々が「自由」を謳歌した時代として語られる。

「美しい人は争いを引き起こすと同じく

鎮めることもできた
そのころ奴隷は私たち妻よりも
もっと崇拝されていた」(61–64)

語り手はここで古代ギリシアの奴隷たちのほうが同時代の女性よりもずっと崇められていたとまで語る。ここでは抑圧された詩人が古代世界を理想として描くことで束の間のなぐさめを見出そうとするだけでなく、古代ギリシアになぞらえながら同時代の生きづらさを間接的にうったえかけているともとれるだろう。語り手の古代世界への言及はあたかも同時代の生きにくさの裏返しのようである。

「アキレスもさほどではないだって?
ギリシアじゅうを打ち負かし
ひとうなずきでトロイを手なずけたのは
半神アキレスではなかったか?」(129–32)

古代ギリシアは奴隷制度を有し、神話的世界のごとく混沌とした要素が残る世界であった。古代ギリシアを自由な理想世界としてとらえるには当然限界があるだろう。また、ギリシアと自由という点に関しては近代ギリシアとの関連で考察することもできる。一八二〇年に起こったギリシア独立戦争で多くの人々が傷ついた記憶はイギリスをはじめヨーロッパの人々にいまだ深く刻まれていた。(4) ヨーロッパ文明発祥の地とされる古代ギリシアの地は長らくトルコの支配下に置かれ、苦難と苦闘の末にギリシアが果たした独立はヨーロッパの人々が自由と古代世界への憧憬を再認識するきっかけとなった。ギリシア的なものへの人々の憧れはヨーロッパ側から見て「他者」であるトルコの「脅威」と表裏一体にとらえられていた。この点を本論の冒頭にも挙げたエリザベス・ブラウニングのソネット「ハイラム・パワーズによるギリシア人奴隷像」から見ていく。このソネットはアメリカ人彫刻家ハイラム・パワーズ (Hiram Powers, 1805–73) によって作成されたギリシア人の女性奴隷の大理石像を主題とした、奴隷制度の非人道性をうったえた作品である。フランシス・オゴーマン (Francis O'Gorman) によると、「ブラウニング夫妻は生涯の多くをイタリアのフィレンツェで過ごしたアメリカ人彫刻家ハイラム・パワーズのことを（夫妻も結婚後フィレンツェに住んだため）知っていた」(51) とのことであり、「彫像は一八四三年に完成し、ギリシア独立戦争時にトルコ人によって奴隷として売られていくギリシア人女性を描いた」(51) という。彫像は手枷をはめられ鎖につながれた裸体の女性像であり、奴隷制度の非人道性だけでなく女性に対する暴力を告発しているといえる。エリザベス・ブラウニングは彫像があたかも読者の眼前にあるかのように語り始める。

理想美は苦悩の会堂に入らずと
いうけれど、その敷居に立つのは
手枷でつながれたギリシアの奴隷と呼ばれる
異国の像[5]　(1–4)

「理想美」とされるギリシア的な美しさは物静かな奴隷の姿となって人々にうったえかける。人々が読み取るものはギリシア人奴隷の毅然とした美しさだけでなく、その背景にある「他者」トルコの残虐性や暴力性であろう。物静かな彫像をソネットにうたい上げることで、ブラウニングは不正義に対する抗議の声を正当なものとして上げる。

……すみやかに廃止せよ
この世界の奴隷という制度を、うったえよ、美しい石よ
神による純粋なる美の高みから、人間のあやまちに対して！
その美しいかんばせから、
東だけでなく西の嘆きをうったえよ、そして強きをくじき、恥じ入らせよ、
白き沈黙のとどろきによって、転覆せよ！　(9–14)

奴隷制度という非人道的な制度をはじめとする社会の不正義を告発したエリザベス・ブラウニングによるこのソネットを、ヨーロッパから見た「他者」であるトルコの文脈から読み解くと、そこには奴隷制度の非人道性をうったえる一方でトルコがヨーロッパの文脈から切り離されている姿勢が見えてくる。実際、この時代のトルコではすでに近代化という名の西洋化が推し進められていた。一八三九年には、様々な改革の方向性を示したいわゆる薔薇園（ギュルハネ）勅令が出されており、この勅令は「イスラム的伝統と西洋化のバランスを取りつつ制定されたものであった」（小笠原、237）とされる。近代化という名の下で事実上の西洋化が進みつつあった当時のトルコについてはソネットでは言及されない。代わりにギリシアの理想美や西洋人を連想させる大理石の「白さ」がことさら強調され、背景にあるトルコの残虐さが示唆されることでヨーロッパの「正統性」とトルコの「他者性」が示される。このソネットからはギリシア世界がヨーロッパにとって「他者」であるトルコとのいわば「防波堤」として歴史的、文化的にも理想化されていた可能性がうかがえてくる。このことはさらにヨーロッパの「優位性」をも示唆し、ここに人々のギリシアに対する憧憬の別の側面が見えてくる。

三　クリスティナ・ロセッティとトルコ、クリミア戦争

クリスティナ・ロセッティとトルコの関わりはクリミア戦争との関係を通じて考察できる。まずはクリミア戦争開戦直後の一八五三年九月に書かれた「碑文」("Epitaph") から見ていくが、この短詩はロセッティが詩中で唯一トルコに直接言及した作品である。エリザベス・ブラウニングのソネットと同様、女性奴隷が主題となっている。

奴隷であれど、頭には冠を戴き、
囚われの身であれど、その目に涙はなく、
鎖でつながれることなく、苦役を強いられることもない
私は嫉妬深いトルコ人の手に落ちた。(1-4)

ブラウニングのそれとは対照的に、ロセッティの描く奴隷は鎖につながれることがないばかりか、冠を戴いた姿として言及される。この短詩に描かれる女性奴隷は歴代のスルタン（皇帝）が住むトプカプ宮殿 (Topkapı Sarayı) のハーレム (Harem) へと連れて行かれた女性を彷彿とさせる。ハーレムの女性たちには原則外に出る自由はなく、その意味では「囚われの身」だったが、実際にハーレムで生活していた女性たちについてはハンデ・イーグル (Hande Eagle) 編「トプカプ宮殿博物館案内編集委員会」(Topkapi Palace Museum Guide Editorial Board) 発行の案内書で次のように説明されている。

「女性たちはたいてい、使用人として仕事を与えられ、ある一定の見習い期間を経て、洗濯や風呂のかま

ど焚き、食料貯蔵室の管理、食事の配膳係へとそれぞれ移っていった。容姿端麗で知性があると見なされた場合はその適性に応じて読み書きや裁縫、刺繍、音楽そして舞踊の訓練を経験豊かな女性たちから受けた。宮殿内の高位の女性には〈カドゥン〉（文字通り、女性、レディの意味）の称号が与えられた。」(60)

ロセッティの短詩は女性が「嫉妬深いトルコ人の手に落ちた」側であった点をうったえている。ロセッティはハーレムの女性の実情を完全ではないにしても詩にうたいこみ、詩の最終部でトルコ人に言及することであらためてその「他者性」を強調する。クリスティナ・ロセッティとトルコをめぐって、この詩が書かれる直前に始まったクリミア戦争について次に論をすすめる。

先に挙げたようにイギリスのクリミア戦争参戦の名目はロシアの南下政策からすでに弱体化しつつあったオスマン帝国を守るものだったが、特筆すべきはこの戦争が史上初の情報戦となったことである。新聞報道によって戦況は多くの人々の知るところとなり、報道によって世論が形成され、やがて世論は情勢に影響を与えるまでになった。ノーマン・マコードとビル・パーデュー (Norman McCord &Bill Purdue) によれば「（クリミア戦争の）長引く論争は西欧列強の（英仏）両国の新聞報道によって断続的に討議されていたのだが、人々に愛国的熱狂を湧き上がらせた」(271) という。これらの背景についてはさらに「世論に押される形で一八五四年二月、英仏両国は平和的解決を破棄し、三月にはロシアへ宣戦布告した」(271) と述べている。激戦地となったクリミア半島のセヴァストポリ (Sevastopol) に関しては、「同年夏の終わりには、セヴァストポリにあるロシアの要塞を破壊する目的で派遣軍をクリミアに移動させる決定がされ」(271)「やがて凄惨な状況を語る多くの報告が書簡や取材中の新聞社特派員から本国へ届くようになった」(272) 結果、「識字率の上昇や新聞購読の広まりもあってこれらの報告は世論の形成に影響を与えた」(272) という。世論の高まりもあって文人たちのなかにもクリミア戦争遂行のために活動をした者がいたが、(6) 世の中が戦争に染まっていくなかでクリスティナ・ロセッティは叔母エライザ・ポ

リドリ (Eliza Polidori) の影響もあり、一八五四年の秋にはフローレンス・ナイチンゲールの看護部隊に応募した。しかし年齢と経験不足を理由に断られたのだった。(7) ジョージーナ・バティスクーム (Georgina Battiscombe) によると、「(エライザ・ポリドリは) 到着するや看護師ではなく備品係をするよう命じられ大変な失望を味わったが、トルコの勲章を着けてイングランドに戻ったときの満足はひとしおだった」(25) という。一方ロセッティはクリミア戦争を直接体験することも、ナイチンゲールの率いる看護部隊の活動拠点となったコンスタンティノープル (Constantinople) の地を踏むこともなかったが、過酷な勤務となったコンスタンティノープル、スクタリ (Scutari)(現在のイスタンブール市ウスキュダル地区) でのナイチンゲールの様子は松谷浩尚氏によって次のように記されている。

ウスキュダルに着くとすぐにナイチンゲールは目の前に広がる光景に愕然とした。岸辺には馬の死体が浮いており、兵舎跡の仮病院までの道はゴミが散乱し、しかも道は全く舗装されていないため、雨で泥の海と化していた。そして病院の周りには、ぼろぼろの服を着たままの傷ついた兵士たちが歩き、飢えた野良犬たちがうろついていた。」(11)

松谷氏の記すナイチンゲールの目にした光景はリザ・ピカード (Liza Picard) のいう「戦争が始まるといつもイギリスの大衆を覆う楽観的見方は『タイムズ』紙のウィリアム・ラッセル特派員がスクタリの病院における非人道的状況を伝えると間もなく恐怖に変わった」(185) という記述と重ね合わせることで相当凄惨な状況であったことがわかる。世論に押される形で始まったクリミア戦争はこうして近代以降の大規模な戦争のいわば「序章」ともなっていく。

たしかにクリスティナ・ロセッティをはじめヨーロッパ側の人間から見たトルコは「他者」であったが、クリミア戦争当時、イギリスはトルコの援軍だった点に注意すべきだろう。しかし両国の関係ははじめから良好だったのではなく、あくまで英仏をはじめとするヨーロッパ列強が自国の中東での権益を優先するため、「共通の敵」とみなすロシアを打倒するための条件付き「友好関係」だったといえる。(8) 本論は文学の論文であることから西欧における東方問題については深入りしないが、ギリシア独立戦争を経てクリミア戦争当時のオスマン帝国はかなり弱体化していたにもかかわらず、英詩をはじめとする文学作品におけるトルコは相変わらず西欧の「脅威」としてとらえられ、描かれていた点は特筆に値する。

クリスティナ・ロセッティは、クリミア戦争を直接題材とした詩作はしなかったが、戦争が激化するなかでその詩作には死や喪失をテーマとしたものがみられるようになる。一八五四年九月に書かれた「古代様式より」("From the Antique")には、自身の無力さを痛感する詩人のもどかしさ重ねて読むことも可能であろう。詩は無力さを嘆く言葉から始まる。

うんざりする生活、ほんとうに、その人は言った
　女性のめぐり合わせは　二様に空白
もしも、もしも私が男性だったら
　そうでないにしても　少しでもましだったら。(1-4)

語り手は自らの無力を嘆きつつ、その存在を過小化していく。何もできない自分の存在価値は、第三者から見ればはじめからないに等しかったかのように語られていく。

　誰も私を思ったりしない

ましてわずらうことも、涙を流すこともない、
私は何でもない人、その間、他の人は
目覚めて、疲れ、眠りに落ちる。(13–16)

この詩は第一連の冒頭で「その人は言った」と第三者が語った内容として提示される点が注目される。「その人の語り」となることで一人称の語り手は、誰かが語ったこととして客体化されるだけでなく、不特定多数のうちの一人の声として示される。これは例えば新聞の投書のように読者（聴き手）が書き手（語り手）の声を誰かの声でありながら自分事により近づけて理解する可能性を醸し出す効果をも生み出しているのではないか。詩作が残された表現手段であったクリスティナ・ロセッティは、客体化された一人称の語りによって「誰でもない誰かである女性の声」を記録したといえる。

ロセッティはまた、「誰でもない誰か」が愛する人の死を語った詩をクリミア戦争中の一八五五年末に書いている。「五月」("May")は一人称の語り手が愛する人の死をめぐる季節とともに語る形式をとる。五月の花（メイフラワー、サンザシ）の咲くころ、語り手はいとしい人を想う。

かぐわしいいのちは終わり、
いいえ
日ごとに会うあの人に
青い泉が流れ
木々の花が雪のように白いところで
ときは五月だから。

あのころから月日は経っても
あの人は否とはいわない
あの人はもっともうつくしい
私が行くところ
あの人もともにそぞろ歩く。(1–11)

花咲く五月に語り手が会うという「あの人」はすでに亡き相手であることが次の連で明らかになる。

幹と枝だけのポプラはふるえ、
やせたブドウは蔓を伸ばしていた
　あの人と私のあいだには
石のように冷たく凍った土が
下草に覆われて横たわっていた
　こごえる暗闇がとばりのようにあの人を覆った
そして私は一人になった。(16–22)

語り手は、愛しい人を亡くした事実を受け止めつつ、その死について語ることで記憶のなかに再生し、生き続ける存在としての相手を、めぐる季節とともに咲く花に託して記録していく。死という出来事一つの背景にもさまざまな人の語りがあることが、一人称の語りを通じて誰かと共有され、普遍性を帯びてくる。

　あの人はあちこちで咲いている
　生け垣が並ぶところ、
苔むした川辺のいたるところに。
　私はあの人をあちこちで見つける
あの人は私に冠を戴かせる
白と赤の五月の花の冠を
　優しい三色スミレの花壇を育て
私の枝を芽吹かせ、花をつける
そして私の行くところ、花を咲かせる。(24-32)

個人の体験として描かれ、語られる死の主題が誰かと共有され共感を呼び込む普遍性をもつにいたる一方、ロセッティ自身、死に関するとらえ方の文化的相違を認識していたことがこの詩が書かれる直前の一八五五年十一月十三日付のウィリアム・マイケル・ロセッティ (William Michael Rossetti) に宛てた書簡からうかがえる。知人宅に滞在していた折、詩人は次のような一文を書いた。

……愉快なロシアの本にあった注釈から、私は魅力的な事実を知った。それは中国語には死を表す三つの語があるということ。低い身分の者には sze (?)、皇帝には pang だが王子などには hung (!) を使うとか。大変興味深い。(*The family letters of Christina Georgina Rossetti*, 24)(9)

書簡ではロセッティが手にしたとされるロシアの本に関する具体的な言及はないが、「ロシアの」という箇所に原文では“Russo”という形容詞が充てられていることから「ロシアに関する本」とも「ロシア人の手による本」とも解釈できる。状況から考えて後者の場合、ロセッティは英訳されたものを読んだ可能性があるが、死の主題について普遍性を目指して詩に書いた一方で「魅力的な事実」であり「大変興味深い」とすることで西洋との文化的な差異を超えるまでには至っていない点が指摘できる。

死の体験とその記憶を語ることは語り手が過去を背負い、再生し続ける行為である。クリミア戦争が終結した翌年の一八五七年九月には、異常な死を遂げた友人の夢に苛まれる語り手による「海岸の悪夢」(“A Coast-Nightmare”)が書かれる。

私には幽霊の国の友達がいる
　すぐ友達になったけれど、すぐに失った
そこでは波打ち際が血の海藻で染まっている
　はげしくのたうつ海の際で　(1-4)

語り手が夢に見る死者の集う海岸はゴシック・ロマンスを彷彿とさせる世界だが、クリミア戦争の記憶が生々しかった背景を考えると、激戦地セヴァストポリの包囲戦で傷ついた多くの兵士たちが船に乗せられ、黒海対岸のコンスタンティノープルまで運ばれていった様子を、そしてすでに述べたナイチンゲールが目にした凄惨な光景を報道によって知っていた人々にはむしろ現実味を帯びた恐怖の場面として迫る描写であったことは想像に難くない。語り手が出会うのは「そこに住む人々、死者の魂の群れ」(18)であるが、「群れ」にあたる言葉に原語では“troops”という語が使われていることから「部隊」や「連隊」という軍隊を連想させる文脈で語りがなされることがうかがえる。さらに幽霊たちは戦いに参加、または巻き込まれた人々を想起させる存在であることが示唆される。

　海から海へと、塔もある、街もある
　街にはそれぞれ七つの門
　そのうち一つには幽霊が自由に出入りする
　市民も、兵士も、船乗りも
　幽霊は自由の身　(20–24)

幽霊たちは死んで自由となった一方で語り手は幽霊となった友人に苛まれ続ける。悪夢に苛まれることで語り手は友人から自由になることができない。「毎夜、あの人がそばにいるのを感じる／インクのように漆黒の闇のなかで」(31–32) と語る語り手は、友人を亡くした負の記憶を背負っているのだ。過去の記憶は語り手をさいなんでいく。

　声なき声であの人は言う
　死の深淵の言葉にできない秘密を
　私が床に就くとあの人のラッパが鳴り響き
　眠りのうちにさまよわせる
　私が目覚めると悪夢のように追いかけてくる
　私の髪は逆立ち、鳥肌が立つ　(33–38)

原文は直説法単純現在形で語られるが、これは単に語り手が過去を回想するのではなく、背負った過去が今まさに語り手の前に立ち現れることに重きを置いた表現ゆえだろう。異常な最期を遂げた友、その友の悪夢は今、眼前にせまってくる。眼前に迫る光景は背負った過去によって今、立ち現れるゆえに、語り手にとってはいつまでも「現在」にあり続けるのだ。悪夢にさいなまれつつも、語り手は死者を「友人」と呼ぶ。このことは語り手がその存在を受け入れることで死者そして過去の記憶と生きる者、現在とのあいだはけっして遠く隔たったものではない、両者の関係はもっと近く表裏一体にある点を強調していることを示す。いまだそこにある「死」を語る語り手は、幽霊たちの「声なき声」を聴いた、いわば証言者の役割を果たしているともとれる。

結び

クリスティナ・ロセッティの詩を彼女のルーツでもあるイタリア、ヨーロッパ文明「共通の基盤」とされるギリシア、そしてクリミア戦争という時代の転換点となった文脈から読み解いてきた。このヨーロッパという「共通の基盤」は、それを認識する上で地理的に見てももっとも近いところにいる「他者」すなわちトルコの「他者性」そのものに裏打ちされたものであった。これらは実際、十九世紀以降、近代化という名の西洋化を推し進めつつあった反面、弱体化が否めなかったトルコが未だに西欧列強にとって時代錯誤的ともいえる「脅威」をもたらす「異質な存在」として文学作品に描かれていたことにもうかがえる。クリミア戦争を経て西欧諸国の国際的地位と発言権が高まっていく近代以降の英文学、英詩研究にあっては、今一度、それらを相対化し、世界のなかの英語英文学という文脈からとらえる必要性があると考える。

注

（1）以下、本稿に於けるクリスティナ・ロセッティの詩の引用は、R. W. Crump and Betty S. Flowers, eds. *Christina Rossetti: The Complete Poems*, (London: Penguin, 2001) によるものとする。なお、引用の詩の和訳はすべて筆者による拙訳によるものである。また、括弧内に行を記す。

（2）Betty S. Flowers によれば、本名を Signora Enrica Barile といい、ウィリアム・マイケル・ロセッティは彼女のスケッチを多く残したという。

（3）サフォーはロマン派の詩人をはじめ、イギリスの詩人にとって人気の題材であり、メアリ・ロビンソン (Mary Robinson, 1758–1800) は、サフォーをテーマに連作ソネット *Sappho and Phaon* (1796) を書いている。サフォーはヴィクトリア朝の詩人、アルジャーノン・チャールズ・スウィンバーン (Algernon Charles Swinburne, 1837–1909) やトマス・ハーディ (Thomas Hardy, 1840–1928) も詩の題材として取り上げている。

（4）ギリシア独立戦争に身を投じたロマン派の詩人として、ジョージ・ゴードン・バイロン (George Gordon Byron, 1788–1824) の名が挙げられる。

（5）引用は、John Robert Glorney Bolton and Julia Bolton Holloway, eds. *Elizabeth Barrett Browning: Aurora Leigh and Other Poems.* (London: Penguin, 1995) による。引用の詩は筆者による拙訳である。括弧内に行を示す。

（6）晩年のシャーロット・ブロンテ (Charlotte Brontë, 1816–55) は、夫のアーサー・ニコルズ (Arthur Nicholls, 1819–1906) とともにヨークシャー、ハワース (Haworth) の教区でクリミア戦争遂行のための寄付活動を行なった。アルフレッド・テニスン (Alfred Tennyson, 1809–92) は戦意高揚をうたった抒情詩 "The Charge of the Light Brigade" (1854) を発表した。また、長編詩 "Maude" (1855) の終盤では、クリミア戦争勃発によって、主人公の内面に向かっていた意識が一気に戦争に向かっていく場面がある。ロシアの作家、レフ・トルストイ (Lev Tolstoy, 1828–1910) にいたっては、クリミア戦争に従軍記者として同行し、従軍体験をもとにいわゆる「セヴァストポリ三部作」(1855) を執筆した。

（7）クリスティナ・ロセッティの看護部隊応募に関しては、メアリ・アーセノウ (Mary Arseneau) をはじめとする多くのロセッティ研究者が、詩人の社会活動と絡めて言及している。

（8）近年に至るまでイギリス、トルコ両国の国際的関係は国際情勢と自国の利益両面に左右された「友好関係」であるといえよう。

（9）原文中の中国語表記はアルファベット表記のままとした。

参考文献

Arseneau, Mary. *Recovering Christina Rossetti: Female Community and Incarnational Poetics*. New York: Palgrave Macmillan, 2004.

Battiscombe, Georgina. *Christina Rossetti: A Divided Life*. New York: Holt, Rinehart and Winston, 1981.（引用は拙訳。）

Bolton, John Robert Glorney and Julia Bolton Holloway, Eds. *Elizabeth Barret Browning: Aurora Leigh and Other Poems*. London: Penguin, 1995.

Browning, Elizabeth Barret. *Elizabeth Barret Browning: Aurora Leigh and Other Poems*. Eds. John Robert Glorney Bolton and Julia Bolton Holloway. London: Penguin, 1995.（引用詩は拙訳、括弧内に行を記す。）

Chapman, Alison. "Father's Place, Mother's Space: Identity, Italy and the Maternal in Christina Rossetti's Poetry." Eds. Mary Arseneau, Antony H. Harrison and Lorraine Janzen Kooistra. *The Culture of Christina Rossetti: Female Poetics and Victorian Contexts*. Athens/Ohio: Ohio University Press, 1999. 235–59.（引用は拙訳。）

Crump, R. W and Betty S. Flowers. Eds. *Christina Rossetti: The Complete Poems*. London: Penguin, 2001.

Eagle, Hande. Ed. *Topkapı Sarayı Müzesi Guide*. Trans. Michael D. Sheridan, Istanbul: Topkapı Palace Museum Guide Editorial Board, 2010.（引用は拙訳。）

Flowers, Betty S. "Introduction." Eds. R. W. Crump and Betty S. Flowers. *Christina Rossetti: The Complete Poems*. London: Penguin, 2001. xxxviii–xlvii.

McCord, Norman and Bill Purdue. *British History 1815–1914: The Short History of The World*. Oxford / New York: Oxford University Press, 2009.（引用は拙訳。）

O'Gorman, Francis. Ed. *Victorian Poetry: An Annotated Anthology*. Malden: Blackwell, 2004.（引用は拙訳。）

Picard, Liza. *Victorian London: The Life of a City 1840–1870*. New York: St. Martin's Griffin, 2005.（引用は拙訳。）

Rossetti, Christina. *The Complete Poems*. Eds. R. W. Crump and Betty S. Flowers. London: Penguin, 2001.（引用詩はすべて拙訳、

括弧内に行を示す。）

——. Christina Georgina and William Michael Rossetti. *The Family Letters of Christina Georgina Rossetti; with Some Supplementary Letters and Appendics*. London: Langman, 1923. Wroclaw: Ulan Press, rpt, c2014.（引用の書簡は拙訳。）

小笠原弘幸『オスマン帝国——繁栄と衰亡の600年史』東京、中央公論新社、二〇一八年、二〇二〇年第四版。

加賀乙彦編『トルストイ』東京、集英社、二〇一六年。

トルストイ、レフ「五月のセヴァストーポリ」、『トルストイ』加賀乙彦編、乗松亭平訳、東京、集英社、二〇一六年。

松谷浩尚『イスタンブールを愛した人々——エピソードで綴る激動のトルコ』東京、中央公論新社、一九九八年、二〇〇八年再版。

第四章
「喜びのない青ざめた言葉」ではなく
——J・M・シングの戯曲『西の国のプレイボーイ』に見られる言葉遣いの意義

小林　佳寿

はじめに

二十世紀初頭のアイルランドの劇作家J・M・シング（John Millington Synge, 1871–1909）はアイルランド文芸復興運動（The Irish Literary Revival）に大いに携わり名作を残した。しかし上演された彼の戯曲は本国でことごとく批判され、特に『西の国のプレイボーイ』（*The Playboy of the Western World*）が一九〇七年に上演された際には劇場内で暴動が起こった。シングはアイルランドの西部やアラン島などの島々に残る独特な言葉遣いや生活を体験し、その言葉遣いに惹かれ戯曲にあらわしたが、アイルランドの観客は粗野とも言えるセリフの数々を好意的に受け取ることはなかった。しかし一方でアイルランドを離れたヨーロッパでは概ね評価されており、現代ではアイルランドを代表するのみならず世界的にも優れた戯曲であるとみなされている。本稿では『西の国のプレイボーイ』を中心に、戯曲に現れる言葉と人物に対する批判に触れ、シングが戯曲に込めたものが何であるのかを明らかにしたい。

一　アイルランド文芸復興運動とは

アイルランドとイギリスは地理的に隣り合う位置にありながら民族も言語も歴史も異なる二つの国であるが、その近さゆえに主従関係が長らく続いていた国でもあった。アイルランドはカソリックを信仰する国であるが、ヘンリー八世による宗教改革やクロムウェルの侵略を経てイギリス人の入植が続き、一八〇一年、アイルランドはイギリスに併合される。アイルランドでは様々な反乱や蜂起が起こるが鎮圧され、イギリスによる同化政策により英語が広まり、アイルランド語を話す人々の間に浸透していった。

しかし十九世紀中頃よりアイルランドの自治を求める声は高まり、政治面ではパーネル (Charles Stewart Parnell, 1846–92) のような優れた指導者が活躍した。一方で文学面においても変化が訪れる。一八九九年に発会したアイルランド国民文学協会 (Irish National Literary Society) である。祖国の独立の機運に対し「精神的、文化的独立のないところに政治的独立はありえない」(佐野 ii) と考える詩人イェイツ (W. B. Yeats, 1865–1939) らによって作られたこの協会は一九〇三年にアイルランド国民演劇協会 (Irish National Theatre Society) となり、ダブリンのアベイ・シアター (Abbey Theatre) でアイルランドの作家たちによる新作劇を定期的に上演した。これらの活動はアイルランド文芸復興運動と呼ばれ、アイルランド文学を国内外に知らしめ、独立に大いに貢献した。

しかしながらこの文芸復興運動はアイルランド人が一丸となり、生まれた作品を愛し独立を目指すという理想とは程遠い、波乱含みの道を歩むことになる。というのもそもそもこの運動によって生まれる文学作品を政治的プロパガンダとして利用することに何の疑問も持たないナショナリストたちと、イギリスや他国に比肩する普遍的な作品をアイルランドから生み出したいと考える文学者たちとの間には当初から齟齬が生じていたからである。またそこにカソリックかプロテスタントかという宗教の違いや、支配者階級か労働者階級かという階級の違いが反発をより複雑なものにしたのである。

例えばアベイ・シアターを常設劇場として資金の支援をしたのはイギリス人のアニー・ホーニマン (Annie Horniman, 1860–1937) であった。彼女はイェイツの戯曲に対しては好意的であり、彼の試みのためなら資金援助を惜しまなかったが、その他の作家の戯曲に対しては苦情や注文も多かった。しかし彼女の援助なくして劇場運営は危ういものであった。そしてナショナリストらは、どうしてイギリス人がアイルランドでの劇場運営に口出しをするのかと不満を感じもした。このようなねじれが文芸復興運動にたびたび水を差した。

また、戯曲の内容に対しても反発は遠慮なく、時には過度に起こった。一八九九年、アイルランド国民文学協会の旗揚げ興行としてイェイツが一八九二年に発表した処女戯曲『キャスリーン伯爵夫人』(*The Countess Cathleen*) が選ばれた際に騒動が起こる。あらすじは中世時代、飢饉後のアイルランドにおいて飢え苦しむ民のもとに商人の姿をした悪魔がやってくる。悪魔は人々の魂を金貨と交換して集めており、人々は飢饉の苦しさに負け、一旦は魂を売り金貨を得るのだが、後悔して魂を買い戻そうとしてももはや悪魔は応じない。見かねた伯爵夫人が全財産を売り払い、最後は自分の魂と引き換えに民の魂を買い戻して息を引き取る。伯爵夫人は魂を売ったという行為ではなく、民を救おうとしたという動機によって天国へ行く。

この戯曲の内容を知ったカソリック信者たちは、悪魔にやすやすと魂を売り渡す登場人物たちは信仰に対する侮辱であるとして激しく非難した。イェイツはもちろん悪魔に魂を売り渡す浅はかさ、不信心さを戯曲のテーマにしたかったわけではない。むしろ飢えた毎日の中で神を疑い、魂を売ってでも食料を得たいと考えてしまう農民たちの姿に悲惨な極限状態を、そしてそのような農民を救いたいがために信仰すら投げ出す伯爵夫人の姿に究極の自己犠牲を見て取ることができるのだが、カソリック信者は動機はどのようなものであれ行為自体が許されぬと考えた。またナショナリストたちもこの戯曲はアイルランドの理想的な農民の姿を描かずにむしろ卑下したものであるとして批判した。カソリック系大学であるユニバーシティ・カレッジ・ダブリン (University College Dublin) の学生ら(1)も劇場に大挙し抗議行動をおこなった。

このように協会の演劇活動はアイルランドの様々な分野の人々がそれぞれの思惑と期待をこめて注目する中で前途多難な第一歩を踏み出したのである。

二　プレイボーイ騒動

そしてそのようなアイルランド国民演劇協会で、一番激しい騒動を引き起こした戯曲はシングの『西の国のプレイボーイ』であると考えられている。この戯曲は当時の観客の反感を買い、上演中観客による足踏み音やブーイングでセリフが全く聞こえない騒然とした状態の中、警官たちが呼ばれ観客を取り締まる事態に陥った。シングの劇とはいったいどのようなものであったのだろうか。まず騒動に至るまでのシングのアイルランド文芸復興運動とのかかわりを簡単に述べておきたい。

シングは一八九六年にパリで初めてイェイツに会っている。当時二十四歳のシングはヴァイオリニストになるという夢破れ、文筆家としての道も定まらずにいた。そのようなシングにイェイツは「アラン島へ行って、今まで表現されていないものを書くように」(2)と助言する。シングは一九〇二年まで毎年計五回アラン島を訪れ、一八九九年にはダブリンで『キャスリーン伯爵夫人』も鑑賞している。そして一九〇三年、アベイ・シアターで処女作『谷間の影』(*The Shadow of the Glen*)を上演する。しかし女性が不貞を働き夫から家を追い出されるというプロットを持つこの戯曲はアイルランド女性を侮辱するものであると批判を受け、ナショナリストたちの反感を買った。イェイツやイェイツの父らが作品の真意を説明し、ナショナリストらの指摘が見当違いであると反論しシングを擁護したが、ナショナリストたちは、シングの戯曲に理想的なアイルランドは一切描かれていないとみなした。こうしてシングという作家は、処女作によってアイルランドの理想とは正反対のことを描いて貶めようとする者であるというレッテルが貼られてしまう。シングはその後一九〇四年に『海へ乗りゆく者たち』(*The Riders to* the Sea)、一九〇五年に『聖者の泉』(The Well of the Saints)を上演し、第四作目に問題となる『西の国のプレイボーイ』を発表する。

アイルランド西部の寒村で、酒場の主マイケルが通夜へ出かけるため一晩家を空けることになり、娘のペギーンに留守番をさせようとする。気の強いペギーンは、娘一人で留守を預からせようとする父親をなじるが、父は許婚であるまたいとこのショーンに泊まってもらえば良いと言う。しかしショーンはペギーンを守るためとはいえ、まだ結婚していないことを理由に酒場に泊まることを頑なに拒んでいる。そのさなかに若い男、クリスティが酒場にやってくる。クリスティは、父親を殺し、ここまで逃げてきたのだと告白するが、マイケルたちはたいした度胸の男だと感心し、クリスティに酒場の用心棒を頼んで仲間とともに通夜へ出かける。ペギーンとクリスティが酒場で打ち解け話しこんでいるところに、後家クウィンがやって来る。ショーンに頼まれクリスティを自分の家に泊めてやるべく迎えに来たと言う。ペギーンはクウィンを追い払い、クリスティを酒場に泊める。翌日、「父親殺しの英雄」クリスティの噂は広まり、彼は飛び入り参加した浜競馬で優勝し、あっという間に村の人気者となるが、殺されたはずのクリスティの父親が酒場まで息子を探しにやって来る。驚いたペギーンはクリスティをうそつき男だと怒り、酒場から追い出そうとする。ペギーンに嫌われたくないクリスティは皆の前で父親を殴り殺し、再び村人から英雄扱いしてもらえるかと思いきや、今度は人殺しとして村人たちに縛り上げられる。しかしまたしても父親は死んでおらず、クリスティは父親と元気に酒場を出て行く。後に残されたペギーンは声をかけるショーンに平手打ちをし、泣き叫ぶ。「ああどうしよう、あんたはほんとにいなくなった、西の国のたった一人の伊達男を、私はなくしちまったんだ!」

一九〇七年にアベイ・シアターで初演を迎えたこの戯曲は、観劇中に激怒した客たちによる野次と床を踏み鳴らす音で、俳優たちのセリフが聴こえなくなったため舞台は中断される。そして七日間の興行の間、舞台は連日劇を批判する者と擁護する者たちの罵声が飛び交い五百人もの警官が動員され、逮捕者も出て、プレイボーイ騒動（Playboy Riot）と呼ばれる騒動となった。

暴動のきっかけはクリスティがペギーンのことはあきらめろ、あの子に似た子ならいくらでもいるから、と言われたことに対して反論する場面であると広く知られている。

クリスティ　俺が欲しいのはペギーンだけだ。ここから東の国まで選り抜きの美女を肌着一枚でずらりと並べて見せたところで、俺の心は動きはしない。（大場 213）

このときの肌着、下着をさす「shift」という言葉があけすけで下品であったためその言葉をきっかけに騒動が引き起こされたと認識されているが、shift という言葉は、実は既に二度劇中で使われているのである。

一度目は第二幕冒頭、酒場で一晩を過ごしたクリスティのもとに村の娘たちとクウィンが訪れるがペギーンに見つかってしまう。酒場は売店も兼ねており、ペギーンは苛立ちながら彼女たちの用を聞く。

ペギーン　（クウィンにはさらに念入りの軽蔑）そして後家さんは何が御入用ですかね。

クウィン　（たじろがない）糊を一ペニー分。

ペギーン　（どなる）あんたのとこなんか洪水が引いてから家じゅうで白い下着一枚白いシャツ一枚持たないじゃないか。あんたに売るような糊はないよ。キラマックへでも行っといで。（大場 173）

二度目は第二幕終盤、クウィンはペギーンがいない間にクリスティに言い寄る。

クウィン　あんたもきっとあたしが亭主を殺したときのようにするんだろうねえ。あたしはずうっと長いこと上の方に住んでいるが、気が晴れた時には外に出て、日向ぼっこをしながら靴下をつくろったり、肌着を縫ったり、気が沈んでる時には窓から海を眺めてね、沖を通っていく三本マストの帆船やら、一本マストの釣り船やら、底引き船やら、それで向こうを航海して行く毛むくじゃらの荒くれ男のことを考えたり、長いことひとり暮らしのわびしい身の上を考えたりしてたのさ。（大場 183）

三度目に出てくる shift という言葉は確かに騒動のきっかけかもしれないが、果たしてその言葉一つが直接的な原因だろうか。もちろん下着姿で居並ぶ美女たち、というイメージが不道徳に感じられるものであったであろうが、下着姿の女性が舞台に登場するわけではない。ここで三度目に shift という言葉が発せられる前のシーンに注目してみたい。父親が生きていたことで村人からもてはやされなくなると考えたクリスティは、再び英雄視されようと村人の前で血まみれの父親を殴り倒している。父親殺しがテーマともいえる戯曲の中で shift という言葉よりもショッキングで重要なシーンが舞台で繰り広げられたと言える。

クリスティの話によれば父親は息子をこき使うひどい男だが、一方父親に言わせればクリスティも何をやらせても下手なまけ者の息子であった。村人たちはクリスティ目線による父親殺しの話を聞いている間は現実離れした英雄譚を楽しんでいたが、父親が現れ、クリスティの化けの皮が剥がれ、実際に息子が父親を殺す場面を目の当たりにすると村人たちはあまりのグロテスクさにクリスティを擁護できず、人殺しの烙印を押し、警察に突き出そうとするのである。

この気まぐれな態度は、戯曲を見た観客の反応にもあてはまると言えないだろうか。仮に観客が、クリスティが戯曲の冒頭で父親殺しを告白した場面で即座に父親殺しをする登場人物は不道徳であると戯曲を批判するのであれば、彼らの態度は一貫していると考えられるが、劇中人物らと同じようにクリスティを英雄であると思い込み、父親が生きていて再び父親を殺す場面でたちまち不謹慎だと騒ぎ始めるのだとすれば、観客は皮肉にも劇中の村人と全く同じ反応を示していることになるだろう。「この作品は、ふつうは喜劇と受け取られているが、むしろ風刺だと考えられなければならない」[3]という指摘はもっともであろう。

シングの戯曲を批判する人々、主にナショナリストはしばしばシングの戯曲の登場人物に対して、「このような（不道徳な）人間はアイルランドにいない」という論調で攻撃してきたのであるが、自らの戯曲鑑賞に対する反応はまさしくシングが描いたアイルランド人をなぞるものであると考えられ、ナショナリストの批判は的外れと言うほかないのではないだろうか。

三　シングの言葉に対する興味と戯曲に対する姿勢

また「shift」という言葉のみならず、西部の田舎町の住人が使う多くの罵り言葉、蔑み言葉が通奏低音のようにセリフの中で使われていたこともシングの戯曲が強い反発を引き起こす原因の一つであったことも述べておきたい。『西の国のプレイボーイ』を上演するにあたり、登場人物のセリフが非常に下品で観客を不快にさせることが予想されたため、イェイツらはきわどいセリフを削除するようシングに指示した。しかしシングは従うことなく戯曲は上演を迎えるのである。観劇好きな一観客として発足当時から劇場に通い続け、シングのこれまでの戯曲に好意的だったホロウェイ (Joseph Holloway, 1861–1944) もショックを受け、日記に「これはアイルランドの農民の姿を描いたものではなく、病的で悪意にあふれたものだ」[4]とつづっている。

シング自身も戯曲における登場人物の荒々しい言葉遣いが観客の混乱と反発を招くということは、これまでもたびたび自分の戯曲を批判され目の敵にされてきたシングならばおそらく理解していたはずである。なぜそれでも頑なにセリフを変更しなかったのであろうか。そこにシングの言葉に対するこだわりを見出すことはできないだろうか。シングはヘブライ語、フランス語、ドイツ語、イタリア語、アイルランド語を操ることができた。一八九六年にイェイツがアラン島訪問を勧めたのもシングがアイルランド語を話すことが出来ると知ったからであった。シングはアイルランド西部に浮かぶ小さな島、アラン島で人々が話すアイルランド語はもちろん、アイルランド語と英語が混じり合ったアングロアイリッシュを聞き、その言葉遣いの巧みさを観察している。

　彼らの中には、普通の農民よりももっと正確に自分の言わんとすることを英語で表現できる者もいるし、また絶えずゲール語の慣用句を使い、「それ」の代りに「彼」や「彼女」という単語を用いる者もいる。現代ゲール語には、それに相当する中性代名詞がないからだ。

　驚くほど豊かな英語の語彙を持つ者も二、三人はいるが、ほかの人々はごく日常的に使われる英単語しか知らない。そこで彼らは、自分が伝えたい意味を言い表すのに、見事な言い回しを考え出すことになる。（甲斐 21）

また、英語を全く知らないと言っていた何人かの女たちが、その気になれば苦もなく言いたいことを相手に伝えられるのを知って、私はびっくりさせられた。

娘たちの一人は、ゲール語の文法で英語をあやつって、「この指輪、あんたに高いお金になってるよ。もっと少ないお金にしなよ。そしたら、この娘たちみんな、買うだろうよ」と言っていた。（甲斐 131）

またシングが生きていた時代には、十九世紀の保守的な価値観や道徳観が色濃く残る中、アラン島にはそのような価値観に縛られぬ豊かな人間関係や生活に彩られていることにシングは気づく。

　島の人々の知力や魅力の多くは、彼らの暮らしにいかなる分業も存在していないことと、その結果、それぞれの個人の能力が幅広く発達していることに関係しているようだ。……男たちは……優秀な漁師である。布舟を驚くべき豪胆さと腕前でもって操ることもできる。単純な畑仕事もすれば、海藻のケルプも焼く。……漁網を繕い、家を建て、屋根を葺き、揺り籠も棺も、自分で作る。（甲斐 122）

この島の女たちには、社会因習にとらわれる前の女性の姿が見られる。リベラルな気質というものは、パリやニューヨークの女性たちの特質と思われがちだが、ここの女たちは、何かそれに似たものを持っている。（甲斐 137）

これらの引用によるとシングはアラン島の人々の生き生きとした言葉を聞き、生活に触れ、彼らの能力に感嘆し惹かれていたことがうかがわれる。そしてアラン島で見聞きした様々な話は彼の戯曲に大いに取り入れられたのである。

シングが言葉にこだわっていたという痕跡は『西の国のプレイボーイ』序文にも示されている。シングは「喜びのない青ざめた言葉で世の中の現実を扱うイプセンやゾラ」と当時流行作家であったリアリズム演劇の代表作家であるイプセンらを批判し、「それゆえ知的な現代劇は失敗し、人々は、現実の素晴らしいものや荒々しいものにしかない豊かな喜びの代わりに与えられた、ミュージカル・コメディの偽りの喜びに嫌気がさしたのだ」、と主張した。そして「よい戯曲においてはセリフのすべてが木の実やリンゴのように味わい深いものであるべきだ」と主張した。(5)

シングは内容ありきの言葉ではなく、まず生き生きとした言葉があり、その言葉を話す人々の中に豊かなストーリーが生まれると考えたと思われる。それゆえに汚い言葉が使われているから聞き取りやすいように変える、民族のプライドを鼓舞するためにセリフを美化することは愚かなことだと考えていたのではないかと思われる。

というのはそれこそその言葉を話す人々を尊重していないことにほかならず、本末転倒でありセリフを変えることはシングにとって許しがたいことであり、変えるわけにはいかなかったのであろう。

最後に

当時独立運動に邁進し、民衆を鼓舞し、アイルランド人が誇り高き民族であることを示すような作品を求めていたナショナリストたちにとってシングの劇は、自分たちの追い求める理想を打ち砕くようなものであったと容易に想像できる。アイルランドを代表する農民たちの姿に崇高さや不屈の精神を見出す劇が作られることにより自治独立への礎となることをナショナリストたちは期待していたが、シングの描く農民たちは口汚く怒り、酒を飲み、簡単に手のひらを返し、小さな出来事に右往左往し、大声で暴れ泣きわめく。

しかしシングはそのような姿を、農民たちを卑下し嘲笑しようとして描いたのではない。農民の粗野ではあるがおおらかで、豊かな感受性を持つ生き方をシングはアイルランド西部でしばしば見てきた。そしてシングはその姿に独立のための政治的な価値ではなく芸術的価値を見出し、戯曲にあらわしたのだといえる。そしてシングの劇はアイルランドが独立したあとも色あせることなく上演され続けているのである。

注

＊本稿は「J. M. Synge の戯曲に見られるアイルランド民族」と題して欧米言語文化学会第十三次年次大会（二〇二一年九月五日、オンライン開催）の連続シンポジウム「人種・民族Ⅱ」において発表した原稿を加筆修正したものである。

（1）ユニバーシティ・カレッジ・ダブリンには当時ジェイムズ・ジョイスも学生であったが学生らが署名したイェイツの戯曲

に抗議する抗議文にジョイスは一人、署名しなかった（杉山 42）。

（2）Yeats, W. B. *Autobiographies* (London: Macmillan, 1955), 343.

（3）Malone, Andrew E. *The Irish Drama* (London: Constable and Co Ltd, 1929), 153.

（4）Holloway, Joseph. *Joseph Holloway's Abbey Theatre*, ed. Robert Hogan and Michael J. O'Neill (London: Feffer and Simons, Inc, 1967), 81.

（5）Synge, J. M. *Collected Works*, vol. IV, Plays, Book II, ed. Ann Saddlemyer (London: Oxford, 1968), 53–54.

引用文献

杉山寿美子『アベイ・シアター　１９０４―２００４　アイルランド演劇運動』研究社、二〇〇四年。

イェイツ、W・B『イェイツ戯曲集』佐野哲郎・風呂本武敏・平田康・田中雅男・松田誠思共訳、京都：山口書店、一九八〇年。

シング、ジョン・M『アラン島』甲斐萬里江・村田薫・安藤文人・石井富美枝共訳、恒文社、二〇〇〇年。

――『海に騎りゆく者たちほか』木下順二・高橋康也・倉橋健・喜志哲雄・大場建治・甲斐萬里江共訳、恒文社、二〇〇二年。

第五章
白い肌と灰色の肌
――E・M・フォースター作「あのときの船」における身体性と人種主義(1)

髙坂　徳子

はじめに

E・M・フォースター（E. M. Forster, 1879–1970）による短編小説「あのときの船」（"The Other Boat," 1972）(2)は、二十世紀初頭の帝国航路の客船を舞台に、英国人の少年と国籍不明で「少し黒人の血が混じって」（169）いる少年の出会いと約十年後に再会した二人の愛と死を描いている。本章では、肌の色の異なる二人の若者の愛と死に至る結末を人種主義の観点から探ってみたい。

「あのときの船」は英国とインド間を航行する二隻の客船(3)を舞台とする。最初の船は、第一節のみに登場する。この船には、英国人のマーチ夫人（Mrs March）と長男ライオネル・マーチ（Lionel March）、オリーヴ（Olive）、ノエル（Noel）、ジョーン（Joan）、赤ちゃん（Baby）の五人の子どもたちと混血児ココナッツ（Cocoanut）、アームストロング大尉（Captain Armstrong）、モラヴィア派の宣教師ホットブラック氏（Mr Hotblack）、そして、英国人とインド人の水夫が登場する。牧師の娘であり、元陸軍少佐の妻マーチ夫人は、ある事情から子どもたちを連れて夫の任地インドから帰国の途に就く。デッキでは、マーチ家の子どもたちとココナッツが兵隊ごっこをして遊んでいる。すると、マーチ夫人は、「ちゃんと遊びなさい」（169, 170）と子どもたちに指示する。彼女は厳格な母親である。

る。このような夫人に反抗的なココナッツは、遊び相手としてライオネルの言う通りになってくれるただ一人の人物だ。しかし、「少し黒人の血が混じっている」(167) ココナッツに、マーチ夫人はきつく当たるのである。

二隻目の船は、陸軍大尉 (Captain) になったライオネルが任地のインドへ向かうために乗った船である。彼は、英国人客アーバスノット陸軍大佐夫妻 (Colonel and Mrs Arbuthnot) やオリーヴの知り合いのレディ・マニング (Lady Manning) らと支配階級 (the Ruling Race) (169) に属するゆえ、「お世辞だが、ビッグ・エイト (Big Eight) と呼ばれる」(171) 英国人のグループに加わる。一方、ココナッツも年上のパールシー教徒の秘書と同じ船に乗っており、ライオネルは「偶然」彼と同室になる。ライオネルは「黒みを帯びた灰色の肌」(173) の「現地人」(dagoes) (171, 174) との同室ゆえ、強い不快感を抱くが、ココナッツは臆することなく彼を誘惑する。最初は拒絶するライオネルだが、やがて抑えていた感情が解き放たれたとき、ココナッツと性的関係を持つようになる。しかし、ボンベイ到着を目前に、ある出来事がライオネルの怒りを買うと、彼はココナッツを絞殺し、自らも裸のまま海に飛び込んで果てるのである。[4]

ジェイムズ・S・マレク (James S. Malek) は、「ココナッツをライオネルの「影」とみなすことによって、母や同僚たちによってライオネルに加えられた社会的な圧力やライオネルの「ペルソナ」、すなわち英国陸軍の将校やマーチ夫人の長男として彼が被る「仮面」の両方と戦うものを、ユング心理学の助けで解決することができる」(222) と主張している。さらに、クリストファー・レーン (Christopher Lane) は、「あのときの船」について「「永遠の生命」よりも細部までライオネルとココナッツの人目を忍んだ性的関係を詳述しているのだが、それは同性愛嫌悪、性の上での人種主義、そして民族的偏見という等しく暴力的な衝突を示している」(171) と断じている。またタメラ・ドーランド (Tamera Dorland) は、夫不在のマーチ夫人がひとり親として「母親の名前は、良心、法、或いはファルスを意味するようになる」(198) と主張し、彼女を“phallic mother” (209), “phallic Mater” (214) と述べ、「息子の良心や神の教えの媒介として置かれる母、[5]「おふくろ」、すなわち帝国の奥様 (memsahib)」

(196) の役割に注目している。

まず、ライオネルとココナッツの肌の色に関連して、人種主義の時代背景について見ておこう。英国における「帝国と人種論の関連について」(木畑『帝国主義』40) ポール・B・リッチ (Paul B. Rich) は、「一七七〇年代以前に黒人は先天的に劣等な人種(6)であるという学説もあったが、むしろ英国の文化的特徴、すなわち黒(7)が邪悪さに結びつくというキリスト教文化の伝統的関係によって、劣等な人種と判断されていた」(8) (4) と述べている。

一方、木畑洋一は次のように主張している。

> 人種間の差異についての意識、とりわけ皮膚の色をはじめとする身体的差異についての意識が、他の人種に対する反感や敵意、侮蔑感、自分たちの人種をめぐる優越感などの形をとって表出される人種主義は、イギリスにおいても古くから存在してきた。しかし、それがイギリス社会の中で積極的に育まれ、ひろがりを見せるようになったのは、十九世紀以降、とくに「帝国主義の時代」においてである。(木畑『支配の代償』256)

さらに木畑は、「ここで一つ注意しなければならないのは、民族間の優劣感覚が、肌の色の違いを最も顕著な差異標識とするこのような人種主義を基底としながらも、それに限られることなく、同じ白人の間でも存在したことである」(木畑『帝国主義』42) と述べ、「また「劣った」存在とみなされる他者を女性とみなし、それに優越する自己を男性と表象する傾向が、民族・人種差別意識のなかでみられたことにも注意しておきたい」(木畑『帝国主義』43) と指摘している。

本作では、肌の色の異なるライオネルとココナッツの支配と被支配の関係性が、外面と内面における男性性と女性性によって描かれ、さらに動物によっても表象されている。(9) 本章では、ライオネルとココナッツの性による身体性の相違と動物に喩えられる意味について明らかにし、二人が死へ向かう結末について人種主義の観点から考察してみたい。

一　「あのときの船」と価値観の対立

ライオネルとココナッツの出会いは、「あのときの船」に遡る。スエズ運河を目前に、一等船客用のデッキではマーチ家の子どもたちと「少し黒人の血が混じって」(169) いるココナッツが一緒に遊んでいる。そこでは、「昔々、男の子たちが手に入れられるだけの服を着て、体をこわばらせて静かに死の場面を演じている」(10)(166)。ココナッツはライオネルの再三の誘いにも、「できません。僕はいしょがしい」("I cannot, I am beesy.") (166) と独特の言葉遣いで断る。しかし、ココナッツは兵隊ごっこで弾が当たっても、ライオネルの言う通りに倒れてくれるただ一人の人物である。

ココナッツは、嬉しそうにキャーッと叫びながらデッキの上を転がる。彼は美しく気立ての良い子どもたちにしきりにせがまれるのが好きだ。「ムムムムムを見に行かないといけないんです」と彼は言う。

「それなに?」

「ムムムムムですよ。沢山いますよ。船の細いところに」

「へさきのことを言っているのよ」とオリーヴが言う。

「一緒に行きましょう、ライオン。あの子はだめだわ」

「ムムムムムってなんだい?」

「ムムですよ」ココナッツは、両腕をぐるぐる回して甲板の上にチョークでなにかの印を描く。

「これはなんなの?」

「ムムですよ」

「名前は？」

「名前はないですよ」

「これはなにをするの？」

「これはそう――いつも――いつでも――」

「飛び魚かい？　妖精？　三目並べかい？」

「名前なんかないですよ」

「お母さま！」とオリーヴは、紳士と連れ立って歩く夫人に向かって呼びかける。

「全てのものに名前がありますよね？」

「そうですよ」（166–67）

オリーヴもライオネルも全てのものに名前があることを信じている。ライオネルは、「だって聖書の始めのところで、アダムが全ての動物に名前を付けたのだもの」(167) とオリーヴの言葉に付け加える。このライオネルの指摘は、「創世記」第二章で述べられる神の言葉に該当する。また第一章では、「神は言われた。「我々のかたちに、我々の姿に人を造ろう。そして、海の魚、空の鳥、家畜、地のあらゆるもの、地を這うあらゆるものを治めさせよう」」（二六節）と述べられている。この神の言葉は、「少し黒人の血が混じって」(169) おり、後に複数の動物に喩えられるココナッツが、人 (man) すなわち「白い肌」のライオネルによって支配される運命であることを示唆している。(11)

一方、ココナッツは、「ムムムムムは聖書の中にはいませんよ。いつも船の細くなった所にいてひょいと出たり入ったりする。アダムが知るわけないですよ」(167) とマーチ家の子どもたちに反論する。キリスト教徒のマーチ家の子どもたちに対して、ココナッツは異なる価値観を持っているのだ。このようなココナッツは、マーチ家の子どもたちと下のデッキへ移動して、「ムムムムム」を探しに行くのである(169)。他方、「白い肌」のマーチ家の子どもたちは、日射病の危険も忘れて日よけ帽《トーピー》も被らずに遊んでいる。[12] マレクは、「最初から迷信深いココアは、物語の中で見えない世界に最も近い。彼は舳先へ降りて彼らを連れて行くことによって、マーチ家の子どもたちに「ムムムムム」を紹介する。（略）ココアにとっては居心地のよいふるさとのような所だ」(223)と述べている。

　一等船客用のデッキに残ったアームストロング大尉は、ココナッツの肌色に気付くと「少し黒人の血が混じっていますね」(169) とマーチ夫人に告げる。彼女は、「帰国の旅だから構わないのです。インドへ向かっているところならば許さないでしょうけれど」(169) とココナッツに「寛大な」態度を示すのである。このような二人の会話は、彼らが帝国意識の持ち主であることを示している。帝国意識とは、「世界が大きく支配する側と支配される側に分かれた帝国世界の下では、」「支配――被支配関係の存在を当然とする心性（メンタリティ）が広がっていた。それは支配する側においてとくに強く、帝国意識と呼ぶことができる」（木畑『二十世紀』26）のである。さらに、「支配――被支配関係を当然とする考えは、人種による人々の差異を重視し、それを人間としての能力や発達度に関連させる人種主義と密接に結びついていたが、たとえばイギリスの帝国意識では人種主義が明白に示された（イングランド人を頂点とする白人を上位に置き、次いでインド人など、最底辺に黒人というピラミッド形の構図）」（木畑『二十世紀』27）のである。それゆえ、マーチ夫人は、キリスト教が東方のものであることやレヴァントから出ていることも、まして十二使徒に少しでも黒人の血が混じっていることも認めることができないのである(169)。また、彼女は、女であるゆえ身分の低い英国人水夫の言い分に従わなければならなかったとき、ココナッツに馬鹿にされたことに対して、「男らしくない (unmanly) 子」(170) と彼を罵るのである。子どものココナッツへの「異常な激怒」(170) はマーチ夫人の人種主義を表している。ある事情から父親不在のマーチ家の子どもたちは、彼女の抑圧的な宗教観と人種主義を己の価値観として育っていくことが予想される。マーチ夫人が生身の人間として登場するのは冒頭の節のみであり、その後「声」としてライオネルに内在すると、彼を束縛する価値観として支配するのである。

二　身体性と内面

二隻目の船の出来事は、ライオネルからマーチ夫人への手紙で始まる。「あのときの船」から約十年後、陸軍大尉になったライオネルは、任地のインドへ向かうためにS・S・ノルマニア号(S. S. Normannia)[13]に乗船する。彼は紅海を航行中に母への手紙を認めると船上から投函する。

「やあ、おふくろ(Hullo the Mater!)」(170)と軽快な呼びかけで始まる手紙は、「一九一X年十月」の日付となっており、近況が報告されている。中頃にココナッツとの再会も伝えられ、「あなたの親愛なる長男、ライオネル・マーチ」で手紙は終わる。手紙の結辞に「長男」という言葉を付けるライオネルには、マーチ家の将来の家長としての意識の高さが見て取れる。家長としての立場は、ライオネルの男性性を守ってくれるのである。そのような彼の外見について、三人称の語り手は次のように描写している。

彼は出世盛りの若手将校のあるべき姿をしている。身だしなみがよく、筋骨たくましい美青年だが、だからといって目立ちすぎることはない。彼は職業において素晴らしい運に恵まれていたが、それを妬む者はいなかった。最近ではほとんどまれだが、砂漠での小規模な戦いのひとつに加わり、突撃し果断さを発揮したものの負傷し、そのことが急送公電で伝えられたので、まだ若いころに陸軍大尉の地位を得た。(略)豊かな金髪に青い目、紅潮した頬と健康な白い歯から成る頭部が、広い肩幅で支えられている。(略)同僚の将校たちのように、彼もややきつめの軍隊の夜会用制服《メス・ユニフォーム》を着ているが、そのために彼の立派な体格はいっそう目立っている。(171–72)

ライオネルの身体には、前途有望な若い軍人として申し分のない男性性が表れている。また、白い肌、「金髪に青い目」と「広い肩幅」(172) には、彼が父親と同じ「百パーセントアーリア人」(184) であることが示されている。他方、ライオネルはビッグ・エイトとの付き合いにおいて「優れた外見にもかかわらず、惨めなトランプ遊びをする」(172) 人物である。彼は、船が地中海に入るとブリッジでの負けが始まり、紅海に至るころには、「ビッグ・エイトのほどほどの掛け金の最大限で負けている」(172) のである。英国から離れるにつれライオネルはブリッジでの負けが込むのだ。このことは、彼の内面の男性性が英国に根を下したものであり、距離的に英国から遠くなるほど弱くなることを意味している。このようなライオネルの内面の男性性は不安定である。

一方、語り手は、船室でライオネルを待ち侘びるココナッツの外見について、次のように述べている。

明るい色のスカーフがココナッツを覆い、黒みがかった灰色の肌と対照をなしており、不快ではない芳しい香りが彼から放たれている。彼は十年間でハンサムな青年に成長している。しかし、今でもおかしな頭の形は同じだ。彼は帳簿をつけていたが、それらを下に置き英国人将校を惚れ惚れと見つめる。

「ああ、もう来ないかと思った」と涙をためた目で述べる。

「忌々しいアーバスノット夫妻と彼らのブリッジにやられていただけだ」とライオネルは答えて船室のドアを閉める。

「死んじゃったかと思った」

「いや、死んではいないよ」

「僕も死ぬかと思った」(173)

匂いについてシャンタル・ジャケは、「他人の匂いを嗅ぐ、または匂いを嗅がれるということは、いつでも、ある存在の親密な部分を発見しその内部に侵入することなのだ」(56) と述べ、「匂いはこのようにして他人との同化を可能にし、自分の身体と他人の身体の距離を消し去る」(56) と主張している。ココナッツの裸体から放たれる香気は、ライオネルの身体の中に侵入して一体になりたいという願望であり、ココナッツの欲望を表すのである。彼は香気をまとった身体を「明るい色のスカーフ」(173) で覆い、恋焦がれるライオネルを涙で潤んだ瞳で見つめる。このようなココナッツの表情や身体は女性性を帯びている。他方、裸のココナッツは、衣服をまとい「〈文明〉の側にいる」(中村 72)「白い肌」のライオネルに対して、「黒みがかった灰色の肌」(173) の「野蛮な他者」(中村 72) であるとも言えるのではないだろうか。「ココナッツは「あのときの船」でもライオネルが好きだったが、今ではそのころにもまして彼が好きだ」(173)。それゆえ、ココナッツは「野蛮な他者」(中村 72) を演じることによって、「奴隷となることを当たり前だ」(中村 72) と考える「白い肌」のライオネルの歓心を買おうと目論んだのではないだろうか。もしそうであればこのような支配と被支配の二人の関係性は、「あのときの船」で遊んだ兵隊ごっこを想起させるのである。

ライオネルは、ココナッツの誘惑によって感情をかき乱されると、デッキへ上がってしまう (174)。混乱するライオネルには、彼のホモセクシャル・パニック[14]が表れている (174–75)。彼は同性愛者であるという性的指向を認知するゆえ、その衝撃によってパニックを起こし、己の欲望を抑圧しようとするのである。このようなライオネルは、己が同性愛者であることを隠蔽しているのである。彼は申し分のない外面の男性性にもかかわらず、ビッグ・エイトとのブリッジで勝つことができない人物だ。しかも彼らの中でただ一人ひどい船酔いに苦しむと、デッキの下の船室に駆け込むのである (176–77)。ホモソーシャルなデッキの世界すなわち英国社会は、ミソジニー（女性嫌悪）とホモフォビア（同性愛嫌悪）によって構成されている。それゆえ、同性愛者であるライオネルは、デッキから排除されるのである。

三　身体性の変化と人種主義

デッキから排除されるライオネルの抑圧された内面は、船室でココナッツに触れたときに解き放たれる。ライオネルがココナッツに「ほんの僅かだが、身体が触れ合う（contact）(177)のを許すと、ライオネルは何かが全身を駆け巡るのを感じ」(177)、夜にはココナッツと性的関係を持ってしまうのだ(177)。二人の関係は英国から遠くなるにつれ深まり、紅海に至ると「当然のこととしてベッドを共にする」ようになる(177)。[15]

ライオネルが服を脱ぐと汗の匂いが拡がり、金色の中から一つの筋肉が盛り上がる。彼の用意ができると、猿のように登ってくるココナッツを振り落とし、彼をいるべき場所に置いて優しく弄ぶのだ。彼は自分の体力を心配しており、絶えず優しくする。そしてココナッツの上に覆いかぶさると、互いにしたいことをするのだ。(173)

ライオネルの金色の体毛や汗には、彼の獣欲が表れている。しかしマーチ夫人は、「ライオネルを含めて子どもたちの中に肉欲があることを認めなかった。彼女の子どもであるゆえ、彼らは性的に清らかでなければならない」(180)という価値観を持っている。ライオネルは母親の持つこのようなキリスト教の性の価値観からも、異性愛を是とする家父長制社会の価値観からも逸脱する行為を犯したのである。彼は、「一旦因習が壊されるとそれらを粉々にする平凡なタイプの人間なので、一時間や二時間言葉も行為も慎むことはない」(178)のだ。これ[16]

に対して、ココナッツにとって「商売と同様愛においても、警戒が望ましく保険を掛けておかなければならない」(178) のである。ライオネルへの長年の思いを遂げたにもかかわらず、ココナッツはこのような状態が二度とないことを知っているのである (177)。

一方、語り手は、ココナッツが「ライオネルの裸の体を猿のように登ってこようとする」(173) と彼の行動を含め、人間より下等な猿に喩えて描いている。[17] 人間のココナッツを動物に喩えて描出する語り手も人種主義者である。しかも、「おかしな頭の形」(173) をしているため、ココナッツと呼ばれる彼の本名がモラエス (Moraes) (194) であることは、物語の最後にライオネルによって語られるのみである。他方、"Lionel" は「古期フランス語でライオンの愛称」という意味があり、初出は一三〇〇年より前である ("lionel," def. n.)。また、"Lionel" は "Liocel" と同義であり、"liocel" の意味は「主に紋章の、小さなまたは若いライオン」であり、初出は一六一〇年である ("liocel," def. n.)。さらに "lion" の意味には、「英国のライオン、英国の紋章としてのライオン。それゆえ、しばしば比喩的に英国国家として用いられる」があり、初出は一六八七年である ("lion," def. n. 5c)。英国を象徴する名前を持つライオネルのココナッツに対する優越性は、肌の色や外見のみならず彼の名前にも含意されているのである。

愛し合った後、ライオネルはココナッツに「痛くなかったかい」と尋ねると、彼のためにシャンパンを運んで来る (178)。語り手はそのときの彼の姿を、「半ばガニュメデスで、半ばゴート人」[18] (178) と述べている。ガニュメデスの意味は、「トロイ人の青年で、ゼウスによって酌人にされた人物」から転じて、「男色の相手にされる少年」となり、この意味での初出は一五九一年である ("ganymede," def. n. 1, 2)。「半ばガニュメデス」(178) と描写されるライオネルの身体は、マーチ夫人がココナッツを叱るときに述べた「男らしくない」(unmanly) (170) 身体に変化していくのである。

四　「愛」の結末と二人の死

ライオネルは、マーチ家の長男であるゆえ己の属する階級にも、さらに英国の国籍を持つゆえ国家にも、そして軍人としての職業上の立場にも固定化されている。しかし、ココナッツは「家庭での生活がほとんどない」(168) うえに国籍不明であるゆえ、家族にも国家にも縛られない自由な生き方ができるのである。語り手は、ココナッツが「ロンドンで教育を摘み取り、アムステルダムで商売を始めた」(181) と述べている。彼は一七世紀のアムステルダムの商人のように、商人同士の「人的つながり」（秋田『帝国盛衰史』101）を通して「新聞のシティ欄に載っていない金融上の」(180) 情報を得ると、「ポルトガルとデンマークの二つのパスポート」(180, 181) を使って自由に移動し、金を儲けてきたのではないだろうか。このようなココナッツは、客船の事務員を買収することによってライオネルと同室のチケットを手に入れるのである (174)。彼は、ライオネルにパジャマなどを贈ると、ブリッジで負けた賭けの借金も秘書を通して返済させる (179)。ライオネルのために金を使い続けるココナッツは金持ちだ。「黒人の血がわずかに入っていなければ、アジア人の血が半分入っているに違いない」(181) という彼の出自は不明である。しかし「黒みがかった灰色の肌」(173) であるゆえ、金持ちになってもココナッツの社会的地位が上昇することはないのだ。

ライオネルは、ココナッツの贈り物のお返しに彼の欲しい物を尋ねると、ライオネルの髪の毛の付いたヘアブラシをねだるのである (179)。しかし、このブラシはインドにいるライオネルの婚約者イザベル (Isabel) からの「成年祝いの贈り物」である (179)。ライオネルにとって結婚は、マーチ家の後継者となる子どもを得て、家長としての地位を保障するために重要である。それゆえ、婚約者の贈り物をココナッツに与えることに対して、躊躇するライオネルの態度には、内在する男性性への不安が表れている。そのような彼の様子に気付いたココナッツは、ブラシを「ハゲワシ (vulture) のようにさっとつかみ取る」のである (180)。「ハゲワシ」を意味する“vulture”

(180) には「卑しく強欲な性質の人物」の意味もあり、初出は一六〇三年である ("vulture," def. n. 2b)。また、『旧約新約聖書新事典』によれば、「死体や腐肉を食らう（ヨブ 39: 30, 箴 30: 17, マタ 24: 28, ルカ 17: 37）ため、国土を汚れたものとすると考えられており、旧約聖書でも食べてはならない汚れた動物のうちに数えられている（レビ 11: 13, 申 14: 12)」(1326) と述べられている。(19)

一方、ライオネルの父親は陸軍少佐までいった軍人であったが、ビルマの奥地で現地人の女性と生活を共にするようになり免職となった人物である (183)。父親の相手が女だと聞いたココナッツは、子どもの存在を指摘する。彼の指摘の深刻さについて、ライオネルは次のように述べる。

「もしいたら混血児だ。ひどく気が滅入る結末だ。僕の言う意味わかるだろう。僕の家系は、つまり父方の方だけど、約二百年辿ることができるし、母方の方は薔薇戦争まで遡るんだ。それは本当に深刻なことなんだよ、ココア」。

戦士がまごつくのを見て混血児は微笑んだ。実際ココナッツは完全にへたばったときの彼がとても好きだ。会話全体はそれ自体重要ではないが、彼はそれまで抱いたことのなかった勝利の予感を抱くのである。(183)

ココナッツは、父親の「不始末」について語るライオネルに、彼の不安を見て取るのである。さらにライオネルは、あのときの船で一緒だった赤ちゃんが、帰国後まもなくインフルエンザで死亡したことも語る。そして、マーチ夫人が赤ちゃんの死をココナッツのせいだと信じていることも、明らかにするのである。彼女にとってココナッツが混血であることは、夫の「不貞」の結果生まれるかもしれない混血児とも重なる (Lane 275)。ココナッツは、「あのときの船」で対立していたマーチ夫人の「スケープゴート」(Malek 224) にされるのである。

やがてライオネルは、ココナッツに「恋に落ちた」(186) と告白すると、ココナッツは喜びと同時に勝利を予感する (187)。しかし、ライオネルが灯りのスイッチを消そうとしたとき、ドアの鍵となるかんぬきが外れているのに気付くのである (188)。ライオネルが本性を表すことができるのは、鍵を掛けた船室のみである (Lane 171) が、ココナッツは鍵が掛かっていなかったことをずっと知っていたのだ (189)。事の重大さから現実に戻ったライオネルの怒りの矛先が、ココナッツへ向けられると、二人の価値観の対立も露呈する。語り手は、「かんぬきが外れていた。小さな蛇はその穴の中に戻ることができない」(190) と述べ、ココナッツの描写が「小さな蛇 (snake)」(190) に変わったことを読者に伝えるのである。蛇を意味する言葉は他に “serpent” がある。“serpent” は『旧約聖書』の「創世記」第三章に登場する「イヴを誘惑した蛇」であり「悪魔」の意味がある。この意味での初出は一三〇〇年より前である (“serpent,” def. n. 2)。語り手[20]はココナッツを “vulture” (180) や “snake” (190) といった聖書に登場する動物に喩えると、彼に「罪」を着せてキリスト教的な価値観によって裁くのだ[20]。ココナッツがライオネルを誘惑し、堕落させた蛇に喩えられるゆえ「罪」を犯して堕落したライオネルはイヴに相当する。しかもライオネルは、ココナッツと話をするとき母が父と共にいるところを想像する。これは、彼が知り始めた快感を母も味わっているさまを表している (193) のであり、母に同一化[21]するライオネルは「母親の位置、すなわち男性にとって女性の恋人となる位置に自分自身を置いて」(Dorland 208) いることを意味する。これらのことからも、彼が同性愛者であることは明らかである。

それゆえ、「大きな空白の国」(193) に住み、子どもたちのなかで彼の罪を最も厳しく糾弾する母の声が、ライオネルの心の中で響くのである (193)。声 (voice) (193) には「神の声」の意味があり、初出は一三二五年より前である (“voice,” def. n. 6d)。彼にとって母の声は神の声と同義である。このような母の声が、「蜘蛛の糸」(193) のようにライオネルを捕らえると、同性愛者という罪で全能の神の如く裁くのである (Dorland 209)。このことによって、ライオネルが精神的な抑圧から完全に解放されていなかったことが明らかになる。彼はココナッツへの愛を感じたにもかかわらず、幼児のころに身に付けた価値観に囚われているのである。

「ボンベイまであと三日足らず」(195)を残し、デッキで寝ることを伝えるライオネルにココナッツは、「キスして」(195)と静かに告げる。ライオネルが拒否すると、「それじゃ僕がキスしてあげる」と彼の前腕の筋肉に唇を当てて噛む(195)。ライオネルは痛みで悲鳴を上げると、意識の中で鼠径部の傷が再び開き、先住民と戦った砂漠に戻るのである。彼には、そこで可視化される先住民の姿が、ココナッツに重なって見えるのだ。それゆえ、かつてライオネルが、先住民に執拗な暴力を振るい死に至らしめたように、彼の手がココナッツの喉を捻るのである(195–96)。このようなココナッツの殺害には、ライオネルの人種主義が表れている。レーンは、「ココナッツの殺人において、ライオネルの「半分ギャミネードで、半分ゴート人」の姿は、同性愛的欲望とその暴露が不安定にするように思われる男性性を再び刻むのである」(174)と指摘している。

ライオネルは、「自分が決着をつけたことを知ったとき、彼は悲しみも後悔も感じない」(196)のである。彼は絶命したココナッツの遺体を、自らの身体とスカーフで覆うと裸のままデッキへ上がり、ココナッツの「愛の種」(196)を体内に残したまま海へ飛び込んで果てるのだ(196)。

> 復讐の甘美な行為が後に続く。二人にとって今まで最も甘美で、恍惚が激しい苦痛へと硬化するとき、ライオネルの両手がココナッツの喉を捻るのである。二人ともいつ終わりが来たのかを知らなかったし、彼がそれを実感するとき、悲しみも後悔も感じないのだ。それは長らく下り坂であった曲線の一部であるし、死とは関係ない。(195–96)

「愛の種」(196)を体内に残したライオネルの身体は、ココナッツによって女性化されたことを意味する。一方、ライオネルとの再会のとき、女性性を帯びた身体でライオネルを迎えたココナッツは、己の「愛の種」(196)をライオネルの身体の中に侵入させることによって、一体化したいという願望を遂げる。このようなココナッツの欲望は、ライオネルの身体を征服するという彼の内面の男性性をも表しているのである。

ライオネルの遺体は、体に付着した血が鮫を引き寄せ発見されることはなかった(196)。ドーランドは海流について「私は、「支配的な海流」を帝国主義者の礼儀正しさと同性愛行為を禁止する英国の法律に対する隠喩と解釈する」(213)と主張している。同性愛者として逸脱したライオネルの遺体は、帝国の海によって排除されるのである。一方、ココナッツの遺体は、可能な限りの素早さで大海原に葬られる(196)。被害者であるにもかかわらず十分な弔いを受けられないのは、彼の肌色が黒みを帯びているゆえの差別である。水葬に付されたココナッツの遺体は、海流に逆らい北の方角へ流れていくのである(196)。彼は遺体となっても混血の異教徒であるゆえ、帝国の海流を擦り抜けて自由に流れていくことができるのだ。換言すれば、ココナッツは帝国や帝国主義を支えている価値観すなわち「黒みがかった灰色の肌」(173)の彼を差別してきた人種主義に逆らって流れていくのである。

ライオネルの死によってマーチ家は断絶する(197)。先に語り手は、「彼らは知らないが、二人とも捕まっており船は容赦なくボンベイへと彼らを運ぶ」(174)と述べている。帝国航路を航行する帝国の客船は、ボンベイ到着を目前にして逸脱した二人を海に葬るのである。

おわりに

本作の時代背景にも重なる英国社会の「男らしさ」と「女らしさ」について、宮﨑ますみは次のように述べている。

> 大英帝国の経済的優位のかげりが意識され始めた一八八〇年代以降は、性別イデオロギーは一層強固になり、社会が要求する程度に男らしくあること、あるいは女らしくあることがそこから逸脱することの許されない規範となっていった。これが多くの人々を縛る桎梏ともなっていったのは言うまでもない。(185)

英国が帝国としての下降線を辿っていたころ、ライオネルは「砂漠での小競り合い」[22] において先住民の投げた槍によって鼠径部に傷を負うのである (179)。その後、彼はココナッツを殺すと、自らも命を絶つという運命の下降線を辿ることになる。

フォースターは、「「あのときの船」で二人の人物が互いに滅ぼし合う運命にあるという悲劇的なテーマは、救済というテーマよりも面白い」と思うと述べている (Furbank: vol. 2, 303)。ライオネルが己の本性を表すことができるのは、鍵の掛かった船室すなわち密室《クローゼット》[23] のみである。ライオネルの内面に存在する人種主義は、船室の鍵が掛かっていなかったことを知っていたにもかかわらず、鍵を掛けないままで過ごしていたココナッツへの憎悪として表面化する。一方、ココナッツは、「黒みがかった灰色の肌」(173) の混血であるゆえ、金持ちでも社会的身分は低いのだ。ライオネルが彼と恋に落ちても、二人が対等な立場になることはできない。このような「ココナッツは、明らかにライオネルを破滅させる陰謀へ彼を引き込むことによって、恋人の転落を突然引き起こすという役割を引き受ける」(Lane 173)。彼はライオネルが英国社会からもこの世からも葬り去られるきっかけを作ったのである。

ライオネルの父は、「陸軍少佐までいった軍人であったが、ビルマの奥地で現地人の女性と生活を共にするようになり免職となった。妻を捨て五人の子どもを残したが、金は残さず手紙もよこさない」(183) 人物である。彼は家族や祖国との関係を断ち、己の価値観も職業も全て捨てることができた。それゆえ、現地人の女性と二人で生き延びることができたのだ (183)。彼らは「どこかビルマの奥地」(183)[24] へ逃げ果《おお》せることができたのである。

しかし、ライオネルは、軍人としての職業を失うことも、涼をとるためデッキで眠る彼と同じ階級に属する英国人たちとの関係を断つことにも躊躇するのである (192)。同性愛者であるという本性が露呈し、かつて彼の内面の男性性が根を下ろしていた英国の存在が「大きな空白の国」(193) へと変わっても、己の価値観を捨てることができない (193)。それゆえ、ライオネルは、このような彼の本心に気付いているココナッツによって、死へと導かれるのである。二人の若者は生き延びることができなかったのだ。彼らは帝国の衰退と運命を共にするかのようにインド到着目前の「植民地接触地帯」(Esty 2) において死ぬのである。

注

（1）人種主義については、平野千果子「序章人種主義を問う」(1–15) を参照。平野は「およその定義を試みるなら、人間集団を何らかの基準で分類し、自らと異なる集団の人びとに対して差別的感情をもつ、あるいは差別的言動をとることを人種主義とする。人種主義においては、分類された集団は多くの場合序列化され、基本的には自らを上位に位置づける集団が自らを優遇し、同時に下位とみなされる集団を差別の対象とする」(11) と述べている。

（2）本作についてフォースターは、一九一三年頃に執筆を着手し、あのときの船での出会いを描いた作品を一九四八年に出版した。さらに一九五七年から翌年にかけてライオネルとココナッツの性愛を描いた箇所を加え短編小説として「あのときの船」を完成した (Dorland 194–95) (Furbank, vol. 1: 224) (Furbank, vol. 2: 302–03) (Moffat 304) (Page, *E. M. Forster: A Biography* 369)。ニコラ・ボーマン (Nicola Beauman) によるフォースターの伝記によれば、後者については一九一二年インドへ向かう船上で、英国人将校の日記を見せてもらったフォースターが内容にインスピレーションを受け、後年再現した。その内容には、将校とインド人の少年との性行為が述べられていたのである (253–55)。そして、フォースターの死後『永遠の命と他の物語』(*The Life to Come and Other Stories*, 1972) に所収され出版された。

（3）レーンは、「フォースターの神話的な事柄にとらわれた旅の物語は、船に比喩的な意味を加える、それはコンラッド作

『ロード・ジム (1900)』における船のように典型的な追放、追放された共同体、そしてその他の植民地の問題である」と述べている (171)。

(4) ライオネルの陸軍大尉 (Captain) (171, 175, 189) という階級について、浦野郁は、ライオネルが、ハーマン・メルヴィル (Herman Melville, 1819–91) 作『ビリー・バッド』(*Billy Budd, Sailor and Other Stories*, 1924) の登場人物「ヴィアと同じ "Captain" と呼ばれる立場であることも偶然ではないだろう」と述べている (90)。他方、浦野は「舞台設定こそ二十世紀初頭のイギリスからインドに向かう船ということになっているが、フォースターの全作品中で唯一船を舞台とした男同士の愛憎劇であり、フォースターがこの物語を完成させた原動力として一九四五—五一年の『ビリー・バッド』制作があったことはまず間違いないないだろう」(80) と述べている。他に本作と『ビリー・バッド』についての言及は、ジュディス・シェーラー・ヘルツ (Judith Scherer Herz) による *The Short Narratives of E. M. Forster* (54–56) 及びドーランド (211, 218) を参照。

(5) 新田啓子は、「家父長制が異性愛関係をあてにして作られている以上、その維持には女の協力（共犯）が不可欠だ」(119) と主張している。さらに村山敏勝は、「彼［フォースター］の小説はしばしば、ゲイ・スタディーズとフェミニズムの連帯への意志を逆撫でする女性は、抑圧的な異性愛社会の規範にあまりにもどっぷりとはまりこんでおり、規範化の主体＝従属者として、男性同性愛と対立する (Bakshi 1996: 18–23; Cucullu 1998)」(178–79、［フォースター］は筆者）と指摘している。

(6) オレリア・ミシェル (Aurélia Michel) は、「一九四七年、創設間もないユネスコ」が「人種の科学的定義について」(11)「人種は存在しない」(12) と「裁定を下し」(11) たと述べている。平野は「人種というのが文字通り、人の種を表すのであれば、本書では種は一つであり、その意味で基本的に「人種はない」という立場に立つ」(3) と主張している。また、「黒人蔑視の淵源」としての「ノアの呪い」については（平野 31–42）を参照。

(7) 形容詞 "white" と "black" においても前者が「汚れのない」("white," def. adj. 7a) など肯定的意味を示しているのに対して、後者は「邪悪な」("black," def. adj. 9) など否定的意味を表している。他に、中村隆之「黒人とニグロ」(62–64)、「キリスト教的世界観の黒人表象」(76–78) を参照。

(8) 他に、中村隆之「黒人とニグロ」(62–64)、「キリスト教的世界観の黒人表象」(76–78) を参照。

(9) マネーシャ・デクハ (Maneesha Deckha) (280–81) 及び「植民地言説に対する、非動物と動物性の比喩の中心的な重要性にもかかわらず、ほとんどのポストコロニアル研究者たちはいまもなお、植民地化された人民に関する記述のなかに動物を含めていないのである」(283) を参照。他に、ジョルジョ・アガンベン (Giorgio Agamben) 作『開かれ——人間と動物』(*L'aperto: L'uomo e l'animale*, 2002) を参照。

(10) 本文の "It was long long ago, and little boys still went to their deaths stiffy, and dressed in as many clothes as they could find. (166)" について、ドーランドは「それは、旧約聖書の男の先祖が地上をまとめたとき、聖書の典型的な過去にも言及しているのである」(206) と指摘している。他に、デヴィッド・ロッジ (David Lodge 89–93) を参照。

(11) ライオネルの指摘する聖書の箇所は、「人が生き物それぞれに名を付けると、それがすべて生き物の名になった」(創世記第二章第一九節) である。創世記第一章では、「神は人を自分のかたちにされた。神のかたちにこれを想像し男と女に創造された」(第二七節)、「神は彼らを祝福して言われた。「産めよ、増えよ、地に満ちて、これを従わせよ。海の魚、空の鳥、地を這うあらゆる生き物を治めよ」(第二八節) と記されている。他に、ジャック・デリダ (Jacques Derrida, 1930–2004) による『動物を追う、ゆえに私は (動物で) ある』(*L'animal que donc je suis*) を参照。

(12) 日よけ帽《トービー》を被らずに移動するアングロ・インディアンのマーチ家の子どもたちの描写について、ノーマン・ペイジ (Norman Page) は「おそらくキプリングのアングロ・インディアンの世界の雰囲気とキプリングの文体の意識的なパスティーシュを再現する意図的な試みの両方が存在する」(*E. M. Forster's Posthumous Fiction*, 55) と指摘している。

(13) 「ライオネル・マーチの内部と社会的な規範となる理想との闘いを鑑みれば、船名も「マニア」とまではいかないが「規範」(norm) と「男」(man) に対する言外の洒落のようにみえる」(Dorland 215)。他に (Lane 171) を参照。

(14) 「ホモセクシャル・パニック」については、イヴ・コゾフスキー・セジウィック (Eve Kosofsky Sedgwick, 1950–2009) による *Between Men: English Literature and Male Homosexual Desire* (1985) pp. 161–79 を参照。

(15) 「接触」を意味する (contact)(177) は「人に触れている (touching) 様子または状態」を意味し、初出は一六二六年である ("contact," def. n. 1a)。"touching" については、セジウィックによる *Touching Feeling: Affect, Pedagogy, Performativity.* (2003)(13–22) を参照。

(16) 『旧約新約聖書大事典』「性生活」では、「旧約聖書によれば、性本能は、結婚および子供を儲けることにその目的がある (創 1: 27–28, 2: 18–24)」(672) とされ、「男色」では、「古代イスラエルにも同性愛が存在したが、旧約聖書の立法においては、姦淫、近親相姦、獣姦 (出 22: 19, レビ 18: 23, 申 27: 21) などともに、不自然で背徳的な性行為として厳しく禁じられている（レビ 18: 22, 20:13）」と述べられている。他方、新約聖書においては、「ローマの信徒への手紙」第一章第二六―二七節、「コリントの信徒への手紙一」第六章第九―一〇節、「テモテへの手紙一」第一章第九―一〇節、「ユダの手紙」第七節を参照。

(17) 十八世紀、人種分類の「性格づけ」のうち「黒人は、黒い肌、縮れた毛などの身体的特徴に加え、明らかに猿に近く、野蛮な状態にとどまるとのことである」（平野 88）。他に、デクハ (280–81) を参照。

(18)「半ばゴート人」(178) という表現は、フォースター作の短編小説「首環」("The Torque," 1972) においても使われている。人間と動物との性的な関係についても言及する本作では、登場人物の「控えめな」("The Torque," 153) 少年マルシャン (Marcian) が、姉の純潔を守るため「悪名高いゴート人」によって「レイプされる」("The Torque," 158)。すると、「半ばゴート人」("The Torque," 163) と化した彼は、妹たちの処女を奪い雌馬とも性的関係を持つに至る ("The Torque," 165)。一方、マルシャンの「厚い唇」は、彼の家族が「アフリカ人の血統」であることを表し、「黒みがかった灰色の肌」(173) のココナッツの「雑種性」にも通ずる。

(19) "vulture" については、塩田弘による「「禿鷹」"Vulture" の復権――G. Snyder の描く生態と神話」(2000) を参照。

(20) 本作における全能の語り手については、(Dorland 218–19) を参照。

(21)「同一化」については、セジウィックによる *Between Men: English Literature and Male Homosexual Desire*. (2016) pp. 21–27 を参照。

(22) スーダンを含む帝国による戦争と暴力については（木畑『二十世紀』31–35）を参照。

(23)「クローゼット」については、セジウィックによる *Epistemology of the Closet*. (2008) を参照。

(24) ビルマの「辺境地域」における「間接統治」については、根本敬による「東南アジアのナショナリズム」(238) を参照。

引用・参考文献

Beauman, Nicola. "India 1912." *E. M. Forster: A Biography*. Alfred A. Knopf. 1993, pp. 253–55.

"Black, *Adj*. (9)." *Oxford English Dictionary*. 2nd ed., vol. 2, Clarendon, 1989.

"Contact, *N*. (1)." *Oxford English Dictionary*. 2nd ed., vol. 3, Clarendon, 1989.

Deckha, Maneesha. "Postcolonial." *Critical Terms for Animal Studies*, edited by Lori Gruen. U of Chicago P, 2018, pp. 280–93.『アニマル・スタディーズ——29の基本概念』大橋洋一訳・監訳、平凡社、二〇二三年、四八三—五〇六頁。

Dorland, Tamera. "Contrary to the Prevailing Current? Homoeroticism and the Voice of Maternal Law in "The Other Boat."" *Queer Forster*, edited by Martin, Robert K., and George Pigford. U of Chicago P, 1997, pp. 193–219.

Esty, Jed. *Unseasonable Youth: Modernism, and the Fiction of Development*. Oxford U P, 2012.

Forster, E. M. "The Other Boat." *The Life to Come and Other Stories*. Edited by Oliver Stallybrass, Edward Arnold, 1972, pp. 166–97. Vol. 8 of *The Abinger Edition of E. M. Forster*.『永遠の命——短篇集Ⅱ』E・M・フォースター著作集6、北条文緒訳、みすず書房、一九九五年、二七三—三二二頁。

——"The Torque." *The Life to Come and Other Stories*. Edited by Oliver Stallybrass, Edward Arnold, 1972, pp. 151–65. Vol. 8 of *The Abinger Edition of E. M. Forster*.『永遠の命——短篇集Ⅱ』E・M・フォースター著作集6、北条文緒訳、みすず書房、一九九五年、二〇二三年、二四九—七二頁。

Furbank, P. N. *E. M. Forster: A Life*. Oxford UP, 1979.

"Ganymede, *N.* (1), (2)." *Oxford English Dictionary*. 2nd ed. , vol. 6, Clarendon, 1989.

Herz, Judith, Scherer. *The Short Narratives of E. M. Forster*. Macmillan, 1988.

Lane, Christopher. "Managing "the White Man's Burden": The Racial Imaginary of Forster's Colonial Narratives." *The Ruling Passion: British Colonial Allegory and the Paradox of Homosexual Desire*. Duke UP, 1995, pp. 145–75.

"Liocel, *N.*" *Oxford English Dictionary*. 2nd ed., vol. 8, Clarendon, 1989.

"Lion, *N.* (5)." *Oxford English Dictionary*. 2nd ed., vol. 8, Clarendon, 1989.

"Lionel, *N.*" *Oxford English Dictionary*. 2nd ed., vol. 8, Clarendon, 1989.

Lodge, David. "Repetition." *The Art of Fiction*. Penguin Books, 1992, pp. 89–93.

Malek, James S. "Persona, Shadow, and Society: A Reading of Forster's The Other Boat." Vol. II of *E. M. Forster: Critical Assessments: The Critical Response: Early Responses, 1907-44; The Short Fiction; Forster's Criticism; Misceaneous Writings*, edited by J. H. Stape, Helm Information, 1998, pp. 222–29.

Moffat, Wendy. *E. M. Forster: A New Life*. Bloomsbury, 2010.

Page, Norman. "Short Stories: *The Life to Come*." *E. M. Forster's Posthumous Fiction*. English Literary Studies, U of Victoria, 1977, pp. 21–66.

——. "Epilogue." *E. M. Forster: A Biography*. Alfred A. Knopf, 1994, pp. 364–72.

Rich, Paul B. *Race and Empire in British Politics*. 2nd ed., Cambridge UP, 1990.

Sedgwick, Eve Kosofsky. "Gender Asymmetry and Erotic Triangles." *Between Men: English Literature and Male Homosexual Desire*. Columbia UP, 2016, pp. 21–27. 『男同士の絆――イギリス文学とホモソーシャルな欲望』上原早苗・亀澤美由紀訳、名古屋大学出版会、二〇〇一年、三一―四〇頁。

——. *Epistemology of the Closet*. U of California P, 2008. 『クローゼットの認識論――セクシュアリティの20世紀』外岡尚美訳、青土社、一九九九年。

——. "Introduction: TEXTURE AND AFFECT." *Touching Feeling: Affect, Pedagogy, Performativity*. Duke UP, 2003, pp. 13–22. 『タッチング・フィーリング――情動・教育学・パフォーマティヴィティ』岸まどか訳、小鳥遊書房、二〇二二年、三五―四八頁。

"Serpent, *N.* (2)." *Oxford English Dictionary*. 2nd ed. , vol. 15, Clarendon, 1989.

"Voice, *N.* (6)." *Oxford English Dictionary*. 2nd ed. , vol. 19, Clarendon, 1989.

"Vulture, *N.* (2)."*Oxford English Dictionary*. 2nd ed. ,vol. 19, Clarendon, 1989.

"White, *Adj.* (7)." *Oxford English Dictionary*. 2nd ed. ,vol. 20, Clarendon, 1989.

アガンベン、ジョルジョ『開かれ――人間と動物』岡田温司・多賀健太郎訳、平凡社、二〇一一年。

秋田茂『イギリス帝国の歴史――アジアから考える』中央公論新社、二〇一二年。

――『イギリス帝国盛衰史――グローバルヒストリーから読み解く』幻冬舎、二〇二三年。

浦野郁「老艦長は回想し、歌う――オペラ『ビリー・バッド』における欲望の行方」、『ヴァージニア・ウルフ研究』第三三巻、二〇一六年、七七―九八頁。https://doi. org/10. 20762/woolfreview. 33. 0_79. pdf.

木畑洋一『イギリス帝国と帝国主義――比較と関係の視座』有志舎、二〇〇八年。

――『支配の代償――英帝国の崩壊と「帝国意識」』東京大学出版会、一九八七年。

――『二十世紀の歴史』岩波書店、二〇一四年。

塩田弘「「禿鷹」“Vulture”の復権――G. Snyder の描く生態と神話」、『広島大学欧米文化研究』第七号、二〇〇〇年、一五六―六三頁。https://ir.lib.hiroshima-u.ac.jp/00032270
ジャケ、シャンタル『匂いの哲学――香りたつ美と芸術の世界』北村未央訳、岩崎陽子監訳、晃洋書房、二〇一五年。

『聖書』聖書協会共同訳、日本聖書協会、二〇一八年。

『旧約新約聖書大事典』旧約新約聖書大事典編集委員会編、教文館、一九八九年。

デリダ、ジャック『動物を追う、ゆえに私は（動物で）ある』マリ＝ルイーズ・マレ編、鵜飼哲訳、筑摩書房、二〇二三年。

中村隆之「人種差別と奴隷制」、『野蛮の言説――差別と排除の精神史』春陽堂、二〇二〇年、六一―七九頁。

新田啓子「用語解説――ミソジニーと家父長制度」、『クリティカル・ワード 文学理論――読み方を学び文学と出会いなおす』三原芳秋・渡邊英理他編、フィルムアート社、二〇二〇年、一一八―一九頁。

根本敬「東南アジアのナショナリズム」、『岩波講座世界歴史20――二つの大戦と帝国主義Ⅰ　二〇世紀前半』岩波書店、二〇二二年、二二九―四八頁。

平野千果子『人種主義の歴史』岩波書店、二〇二〇年。

ミシェル、オレリア『黒人と白人の世界史――「人種」はいかにつくられてきたか』児玉しおり訳、明石書店、二〇二一年。

宮﨑ますみ「「神の救済」と「愛の救済」――フォースターと同性愛・インド・個人主義」、『ユリイカ――特集＝E・M・フォースター』一九九二年八月号、第二四巻第八号（通巻三二三号）、一八二―九一頁。

村山敏勝「登場人物には秘密がない――E・M・フォースターのクローゼット」、『（見えない）欲望へ向けて――クィア批評との対話』筑摩書房、二〇二二年、一四六―八六頁。

第二部
アメリカ文学・文化

第六章

『アンクル・トムの小屋』と『ハックルベリー・フィンの冒険』にみる黒人奴隷法とその史的展開

深谷　格

はじめに

『アンクル・トムの小屋』（*Uncle Tom's Cabin or Life among the Lowly*, 1852　以下『小屋』と略記）[1]は、一八五二年に出版され、当時の奴隷制の実態を告発した（山口ヨ① 240）。都合の悪い真実を暴露された人々は、事実と異なるとして本書を激しく批判した（山口ヨ② 261–62）。これに対し、著者ストウ (Harriet Beecher Stowe, 1811–96) は翌年、『アンクル・トムの小屋の鍵』（*The Key to Uncle Tom's Cabin*, 1854　初版は一八五三年だが本稿では一八五四年版を参照した。以下『鍵』と略記）を出版し、情報源を示して反論した。他方、『ハックルベリー・フィンの冒険』（*Adventures of Huckleberry Finn*, 1885　以下『冒険』と略記）[2]は、一八八五年に出版されたが、言葉遣いが下品だ、人種差別的だと非難され、公共図書館で禁書とされるなどの憂き目にあった (Twain1999, 308–10)。

本稿では、両小説が当時の合衆国南部、特にルイジアナ州の奴隷法を正確に記述し、奴隷法の違反行為の横行をも克明に描いていることを示し、それらの法律をフランス植民地時代の法と比較し、植民地時代から南北戦争前までの奴隷法の変遷を考察する。南北戦争前の奴隷制社会の真っ只中で奴隷制廃止を訴える悲劇『小屋』と、過去の奴隷制を想起しつつ現代を逆照射する喜劇『冒険』の読書へと読者を誘うことができれば幸いである。[3] なお、合衆国には奴隷制に関する厖大な判例があるが、紙幅の制約上、検討対象を制定法に限定する。

両小説の主な舞台はケンタッキー州とルイジアナ州である。両州はフランスのかつての広大な植民地ルイジアナに含まれる。フランスは七年戦争に敗北し、ルイジアナはミシシッピ川を境に東側がイギリス領、西側はスペイン領となった。西側はその後フランスに返還され、一八〇三年に合衆国に割譲された (Villiers, 58–61)。そのため、特にルイジアナ州ではフランス法の影響が強く（土井 1–83）[4]、一八〇六年制定のルイジアナ黒人法典（*Black Code of Louisiana*, 1806. 以下「一八〇六年法」という）にはフランスの黒人法典 (Code noir) の影響が伺われる。

黒人法典 (Code noir) は、ルイ十四世 (Louis XIV, 1638–1715) が一六八五年三月に制定した「フランス領アメリカ諸島の黒人奴隷の身分と規律に関する王令」(Édit du roy, touchant l'état et la discipline des esclaves nègres des îles de l'Amérique français, donné à Versailles au mois de mars 1685. 以下「一六八五年法」という）の通称で、北米、南米、カリブ海諸島のフランス植民地の奴隷制の一般法だった。その後、ルイ十五世 (Louis XV, 1710–74) は、植民地ルイジアナに適用される特別法として、一七二四年三月に「ルイジアナの黒人奴隷の身分と規律に関する王令」(Édit du roy, touchant l'état et la discipline des esclaves nègres de la Louisiane, donné à Versailles au mois de mars 1724. 以下「一七二四年法」という）を制定した[5]。

フランスの奴隷制は植民地に限定されていた。これはフランス王国の法格率「本王国では万人が自由である。奴隷はこの国の国境に達して洗礼を受けるや否や解放される」(Loysel, tome 1, 38) に基づく。

フランス植民地の奴隷制の源流はローマ法にある。しかし、ローマの奴隷制が戦争捕虜を奴隷としたことに始まり人種や民族を問わなかった (Schafer1996, 410) のに対し、フランス植民地や合衆国の奴隷制は黒人を対象としていた。また、ローマの奴隷は高度の学識や技術を有する者が多く、その解放の要件が緩やかだった (Schafer1996, 410–12) のに対し、合衆国の奴隷の多くは教育を受けられず解放要件も厳格だった。

一　法的性質

『鍵』は奴隷の法的性質をこう説明する。

ルイジアナの法律は「奴隷は、奴隷が属する主人の権力の下に置かれる。主人は、奴隷を売却し、その身体、役務、労働を処分することができる。奴隷は、いかなる行為をすることも何物を所有することもできず、主人に帰属することになる物のほか、何物も取得することができない」（ルイジアナ民法三五条）と規定する。サウス・カロライナの法律は「奴隷は、どのような意図、解釈、目的で見ても、その所有者、占有者、遺言執行者、遺産管理人、そして譲受人の手中において、法的に動産として考えられ、売られ、取り扱われ、見なされ、裁定される」と規定する。(Stowe 1854, 132)

右記ルイジアナ民法は一八二五年制定の民法（Civil Code of the State of Louisiana, 1825. 以下「一八二五年法」という）であり、同一七六条は「奴隷は、相続又はその他の方法によって財産を何一つ承継させることはできない。（以下略）」と規定する。これらと同趣旨の規定が一八〇六年法に既に存在していた。

一八〇六年法一五条「奴隷の身体はその主人に帰属するから、いかなる奴隷も自己の権利として何物も所有することができず、その勤労の産物をその主人の同意なしにいかなる仕方で処分することもできない」。

黒人法典にはこれらと同趣旨の規定があった。

一六八五年法二八条（一七二四年法二二条も同じ）「我々は、奴隷が、その主人に帰属するものは何一つ所有することができないことを宣言する。奴隷がその生業、他人の恵与又はその他の方法によって入手した物は、どのような名目で与えられたのであれ、当然にその主人の所有物として取得される。そして、奴隷の子、父母、親族及びその他の者は全て、解放奴隷であれ奴隷であれ、相続、生前処分、又は死因処分によって、奴隷から財産を取得したと主張することはできない。我々は、これらの処分を無効であると宣言する（以下略）」。

奴隷を物として規定するのはローマ法に遡る（ガーイウス 55）。奴隷を物と見なすことが奴隷に対する差別と非人道的処遇の正当化根拠であり、差別者が自己の良心を納得させる理屈となる。しかし、ストウは『小屋』第三一章でこう述べてその欺瞞を暴く。

黒人奴隷を「法的に動産として取り扱い、見なし、裁定する」とする法律を制定したとしても、思い出、希望、愛、恐れ、そして欲望からなる自分自身の私的小世界を持つ黒人奴隷の魂を消し去ることはできない。(vol. 2, 105–06)

物と人の両性質を持つものとして奴隷を規律する奴隷法は元々困難と矛盾を抱えていた。奴隷は、物である以上、売買の対象となる（一八二五年法三五条）。他方、奴隷は、人であるから、その婚姻、逃亡、虐待、教育、扶養、解放、裁判が問題となる。これらの問題を順に見ていこう。

二　売買

『小屋』は、ケンタッキー州の屋敷でのアンクル・トム (Uncle Tom) と四、五歳のハリー (Harry) を対象とする売買交渉で始まる。ハリーの母イライザ (Eliza) はこれを盗み聞きし、息子を抱いて逃亡する決意をする (vol. 1, 46–47)。また、『冒険』第八章で奴隷ジム (Jim) は自分の売買の話を盗み聞きしたため逃亡する (55)。

奴隷は、仮に優しい主人の所有物であっても、主人の破産や死亡を契機として売却され冷酷な人物に買い取られるおそれがある (vol. 1, 11) から、売買の際に逃亡することがある。

ハリーが母イライザの主人シェルビー (Shelby) の所有物である根拠は、一八二五年法一八三条が「奴隷の状態にある母から生まれた子は、その母が婚姻中であるか否かにかかわらず、その母の身分を承継する。それゆえ、その子は奴隷であり、その母の主人の所有に属する」と定めたことにある。一六八五年法一二条（一七二四年法九条も同じ）も「奴隷間の婚姻から生まれた子は奴隷であり、当該夫婦が別々の主人に属する場合には、その夫婦間の子は奴隷たる妻（母）の主人の所有に属し、夫（父）の主人の所有には属しない」と規定していた。

イライザが奴隷なのはその母キャシー (Cassy) が奴隷だから、キャシーが奴隷なのはその母が奴隷だからである (vol. 2, 140)。こうして奴隷の身分が固定され承継されていく。

では、ハリーをその母イライザと別個に売却することは適法か。一八〇六年法九条は「誰であれ十歳未満の奴隷である子をその母と別々に売却することは明白に禁止する」と規定する。それゆえ、四、五歳のハリーの売買は同条違反の違法取引である。『小屋』第一二章では、年齢十か月半の息子を分離して売られた母奴隷が自殺する (vol. 1, 166–74)。この売買も違法である。

『鍵』は、当時の奴隷売買広告の背後に家族と引き離される奴隷の存在を想像し、家族の分離売買を知った奴隷の無理心中事件も紹介している (Stowe 1854, 257–78)。

植民地時代の一六八五年法四七条と一七二四年法四三条は、母との分離売買の禁止対象を婚姻不適齢（未成年）の子としていた。しかし、その後、一八〇六年法は、禁止対象を十歳未満の子として分離売買可能な範囲を拡大した。但し、一八二九年のルイジアナ州法は、母を伴わない十歳未満の子を売買する奴隷商人にその子の母が死亡した事実の立証責任を負わせ、違法取引の場合、一千ドル以上二千ドル以下の罰金と六か月以上一年以下の拘禁を科した。同法により州境を越える違法な分離売買は激減したが、州内の違法取引は残存したようである(Schafer 1994, pp. 165–66)。

このように、奴隷売買は、奴隷が冷酷な主人に所有されるおそれと、奴隷の家族の崩壊のおそれを生じさせる点で二重に非人道的であり、小説の時代にはフランス植民地時代より苛酷な制度になっていた。

三　婚姻

『小屋』第三章で、各々別の主人を持つ奴隷の夫婦ジョージ(George)とイライザが語り合う。イライザは言う。

「あなたは、まるで白人男性だったかのように、牧師を介して私と結婚したのですよ。」(vol. 1, 23)

ジョージは答える。

「君は奴隷が結婚できないのを知らないのか。この国には奴隷が結婚するための法律などない。もし、彼［主人］が私たちを引き離すことに決めたなら、私は君を妻にしておくことはできない。」(vol. 1, 23)

ジョージの主人ハリス (Harris) は、ジョージをイライザと別れさせ別の女性と結婚させようとした (vol. 1, 23)。これは一八二五年法一八二条（「奴隷はその主人の同意なしに婚姻をすることができない。また、その婚姻は民法上のいかなる効果も生じさせない」）に基づく。

これと同様に、一七二四年法七条（一六八五年法一〇条とほぼ同じ）は、奴隷同士の婚姻につき「その父母の同意は必要でなく、主人の同意だけが必要である」と規定していた。

他方、イライザの母である奴隷キャシーは、その主人レグリー (Legree) の愛人だが (vol. 2, 136)、主人と法律上の婚姻をすることができない。これは、一八二五年法九五条が自由人と有色人種の婚姻を禁じたからである。但し、同法は、自由人が奴隷を内縁の妻とし、子をもうけることを禁じてはいない。

これに対し、一六八五年法九条は、奴隷との内縁関係から子をもうけた自由人男性に罰金を科し、当該男性が当該奴隷の主人である場合には、当該奴隷と子は当該主人から取り上げられ施療院に与えられると規定しつつ、その例外として、当該男性が「その奴隷との内縁関係中に他の女性と婚姻をしておらず、教会の定める手続に従って当該奴隷と婚姻をするならば」、当該奴隷は解放され、その子も自由人かつ嫡出子となると規定する。また、一七二四年法六条は、解放奴隷又は自由人たる黒人に限り奴隷との婚姻を容認した。

このように、一六八五年法と一七二四年法は、自由人と奴隷の婚姻と、それによる奴隷の解放とを容認する一方で、事実婚を禁じつつ事実婚から生まれた子を保護していた。奴隷の解放の効果を与えてまで法律上の（すなわち、カトリック教会での定めに従った）婚姻を奨励するのは、宗主国フランスの当時の国教であるカトリック教が、婚姻を秘跡として神聖視したことによると思われる。

ところが、前述のように、一八二五年法は、白人と有色人種一般の婚姻を禁じる一方で、奴隷を愛人として子をもうけることを禁じていない。そして、母奴隷から生まれた子は母の主人の奴隷となる。これによって奴隷の数を維持できるのである。このように法制度が設計されているのは、一八〇八年に合衆国全土で奴隷の輸入が禁

止された (Schafer1994, 150) ため、国内で奴隷を自給自足して奴隷制を維持する必要が生じたからであろう。

四　逃亡

『小屋』第七章で、ケンタッキー州の白人シムズ (Symmes) は、オハイオ川を渡河しオハイオ州に渡る逃亡中のイライザを助けて、こう言う。

「他人のために逃亡奴隷を狩り立てたり捕えたりする理由など一切見つけられない。」(vol. 1, 79)

著者は注釈する。

この貧しい非キリスト教徒のケンタッキー人は、自分の州の国制上の関係を教えられていなかった。(vol. 1, 79)

当時、ケンタッキー州は南部奴隷州の北限であり、州境のオハイオ川の北側のオハイオ州が自由州だった。この場面で、一八五〇年改正逃亡奴隷法（一八五〇年連邦議会制定法・一七九三年二月十二日承認の「司法からの逃亡者と自己の主人の役務からの逃亡者に関する法」（以下「一七九三年法」という）を修正増補する法）(Act of Congress of 1850. An Act to amend, and supplementary to the Act, entitled "An act respecting Fugitives from Justice, and persons escaping from the service of their Masters." approved February 12, 1793. 以下「一八五〇年法」という）が問題となる。一七九三年法とその改正法である一八五〇年法は、連邦議会制定法であるから、奴隷州と自由州とを問わず合衆国全土に適用されるのである。両法における「逃亡者」は黒人又は黒人奴隷を指す。

一八五〇年法五条後段（一七九三年法にはない新設規定）は「第三者（居合わせた者）、すなわち、しかるべき県の民警団」「善良な市民」にも逃亡奴隷の逮捕権を与えた。しかし、シムズは、イライザを逮捕するどころか救助し、オハイオ州のバード (Bird) 上院議員夫妻に助けを求めるようイライザに勧めた。但し、バード上院議員は一八五〇年法の制定に賛成票を投じていた。『小屋』第九章で、バード夫人は夫に尋ねる。

「この州にやってくる哀れな黒人たちに肉や飲み物を与えることを禁止する法案を、上院が可決したのは本当ですか。」(vol. 1, 102)

バード上院議員は答える。

「ケンタッキーからやってくる奴隷を助けるのを禁止する法案は可決されてしまったよ。」(vol. 1, 102)

バード夫人は法律の内容を尋ね、夫がそれに答える。

「では、それはどんな法律ですか。その法律は、あの哀れな人たちを一晩かくまい、何かおいしい食べ物と二、三着の古着を与えて、そっと追い払うことを私たちに禁止してはいませんよね。」

「いや、禁止しているのだ。そんなことをすれば逃亡を幇助したり教唆したりすることになるだろう。分かっているよね。」(vol. 1, 102)

他方、『冒険』第八章で、逃亡奴隷ジムと出会ったハックルベリー・フィン（Huckleberry Finn　以下「ハック」と略記）はこう述べて、ジムを告発しないと約束する。

「世間の人々は、私が黙っていると、私を堕落した奴隷制廃止論者と呼び軽蔑するだろう。しかし、そのようなことはどうでもよい。私は告げ口するつもりはない。いずれにせよ、私は後戻りするつもりはないからだ」(55)(6)

一七九三年法四条は、逃亡奴隷の逮捕後の妨害や逃亡奴隷の蔵匿又は秘匿を禁止し五百ドルの罰金を科したが、一八五〇年法七条は、逮捕後の救出に加えて逮捕の妨害も禁止し、逃亡のために「直接又は間接に幇助する」行為も禁止した。「直接又は間接に幇助する」行為には逃亡奴隷に飲食物を与える行為も含まれる。また、同条は、一千ドル以下の罰金及び六か月以下の拘禁を科すなど一七九三年法よりも厳罰化している。

これに関連する植民地時代の規定は、一六八五年法三九条（一七二四年法三四条も同じ）である。同条は「解放奴隷で、自宅に逃亡奴隷をかくまった者は、その主人に対し、かくまった日一日につき三十リーヴルの罰金を支払」い、「自由人たる黒人で、同様に自宅に逃亡奴隷をかくまった者は、その主人に対し、かくまった日一日につき十リーヴルの罰金を支払う」とする。同法が禁止するのは黒人（解放奴隷又は自由人）が自宅に逃亡奴隷をかくまう行為に限られ、処罰の内容は原則として罰金に留まる。

これに対し、一八五〇年法は、処罰対象を黒人に限定せず、自宅に奴隷をかくまう行為に限らず奴隷を幇助する行為を広く禁止し、罰金以外に拘禁も科すなど植民地時代よりも厳罰化している。前述のイライザを助けたシムズの行為は、もちろん同法違反の行為である。

奴隷の逃亡を助ける行為が禁止されるのは、前述のように、奴隷は物であり主人の財産権の対象であるからだ。しかし、奴隷は人でもあるから、奴隷の逃亡に関し奴隷の自由権と主人の財産権が衝突することになる（山口房 37）。自由権と財産権は、いずれも合衆国憲法修正五条四項が「何人も、法の適正な手続によらずに、生命、自由又は財産を奪われることはない」と規定する基本的人権である。だから、ハックは、『冒険』第三一章で、奴隷ジムの救出が主人ミス・ワトソン (Miss Watson) の財産の窃盗にあたると考えて悩むのである (220–23)。

ところで、『小屋』第八章 (vol. 1, 90) と第一一章 (vol. 1, 138) は逃亡奴隷の捜索と引渡しを求める懸賞広告を紹介し賞金の額を記す。『鍵』は一八五二年の逃亡奴隷の懸賞広告を掲載し懸賞金の額を示す (Stowe 1854, 346–64)。『冒険』第三一章は、奴隷ジムの逮捕者が二百ドルの礼金を受け取ったと記している (220)。

前述のように、一八五〇年法五条は「本法の迅速かつ効果的な執行のために、その役務が必要である場合にはいつでも、善良な市民が本法の迅速かつ効果的な執行を助けるために要請される」と規定し、一般市民に逃亡奴隷の逮捕権を与えた。逮捕を奨励するために懸賞広告が用いられるが、懸賞がなくても、一八〇六年法二七条は「県の監獄の看守は、逃亡奴隷が逮捕された場合、逮捕した者に対し、当該逮捕をした者が自由人であれ奴隷であれ、公道で逮捕され前掲監獄に引き渡された奴隷一人につき三ドル、森の中で逮捕され前掲監獄に引き渡された奴隷一人につき十ドルを支払う。そして、この支払総額は奴隷の主人によって償還される」と規定し、逃亡奴隷の逮捕を奨励している。

これに対し、一六八五年法は民間人に奴隷の逮捕権を与えていなかった。その後、一七二四年法三五条は「我々は、逃亡奴隷を所有する当該地域の我々の臣民に、その場所がどこであれ、当該所有者が適切だと判断する人々及び条件によって、又は当該所有者自身の手で、良いと思われるとおりに捜索を行うことを許可する」と規定し、逃亡奴隷所有者を含む民間人に逃亡奴隷の捜索権を与えたが、一八〇六年法二七条のような懸賞金規定を設けていなかった。

アンクル・トムは、主人シェルビーから厚く信頼され通行証明書を与えられていたので、『小屋』第五章で、

トムの妻クロイ (Chloe) はこれを利用した逃亡を勧めるが、主人の信頼を裏切れないトムは逃亡を拒む (vol. 1, 50–51)。また、『冒険』第三一章で、逃亡奴隷ジムと旅を続けるハックに、道連れになった公爵はこう言う。

「ことによると、君は、ジムが君の黒ん坊だとフォスター (Foster) 氏に信じ込ませることができるかもしれない。世の中には通行証の提示を要求しない馬鹿もいるからな。」(226)

通行証明書とは一八〇六年法三〇条に基づく許可証であり、これを所持していないと逃亡奴隷と見なされた。つまり、通行証明書を所持していない者は、たとえ解放奴隷であっても逃亡奴隷として逮捕されかねず、自分が逃亡奴隷でないことの立証は困難であった（後掲「九　裁判」参照）。これは一七二四年法と一六八五年法にはなかった規定である。

このように、植民地時代よりも奴隷の逃亡抑止措置が厳格化されただけでなく、自由人たる黒人の人権も脅かされることとなった。

五　虐待

『小屋』第三〇章でトムはレグリーに買い取られる (vol. 2, 103)。その農園では奴隷が日常的に虐待されていた。トムも、女奴隷を鞭うてという主人の命令を拒んだため鞭うたれ (vol. 2, 132–33)、最後には、逃亡奴隷の行先を教えなかったため激しく暴行され死亡する (vol. 2, 202–13)。『冒険』第四二章でも逃亡奴隷ジムが逮捕され暴行されている (288)。

奴隷に対する体罰について一八二五年法一七三条は「奴隷は全面的にその主人の意思に従い、主人は奴隷を矯正し懲罰することができる。但し、奴隷に異常な厳罰を加えること、奴隷を不具にすること、奴隷の手足を切断すること、奴隷を生命の危険にさらすこと、又は奴隷を死に至らしめることはしてはならない」と定める。レグリーによる懲罰は同条に違反している。

これに対し、一七二四年法は次のように規定していた。

一七二四年法三八条「我々は、当該地域［ルイジアナ植民地］の臣民全員に対し、すなわち、いかなる資格及び身分の者であれ、いかなる理由によるのであれ、その私権に基づきその奴隷に拷問若しくは虐待を加え、又は加えさせること、奴隷の手足を切断し、又は切断させることを禁じる。これに違反した場合には、その主人は、その奴隷を没収され、特別の訴訟手続で訴追される。但し、その主人が、その奴隷がそれに値すると考える場合には、奴隷を鎖につなぎ、鞭又はロープで打つことが許される」。

同三九条「我々は、当該地域［ルイジアナ植民地］に設置された司法吏員に、奴隷の主人又は監督が、その権力若しくは管理の下にある奴隷を殺害し、又はその手足を切断した場合、その主人又は監督を刑事訴追し、その事情の残虐さに応じて、殺人の罪で処罰することを命じる。（以下略）」。

これらの法律に手足の切断の禁止規定があるのは、当該行為が実際に行われていた可能性を示唆している。(7) また、一七二四年法が奴隷の拷問や虐待を禁じ体罰を例外的に認めたのに対し、一八二五年法は奴隷への懲罰を容認し異常な厳罰を例外的に禁じており、原則と例外が逆転している。しかも、一七二四年法と異なり、一八二五年法には違反に対する罰則がない。トムは女奴隷の虐待を命じられた。奴隷に奴隷を虐待させるというこの極めて残酷な行為は、一七二四年法三八条が「奴隷に……虐待を……加えさせること……を禁じる」として明確に禁止した行為だった。

六　扶養

『小屋』第三二章で、トムは、レグリー農園到着の夜、一週間分の食料として玉蜀黍《とうもろこし》を一ペック支給される(vol. 2, 121)。

一八〇六年法二条は「奴隷の所有者は皆、その所有するどの奴隷にも、毎月、現物払いで、玉蜀黍一バレル、同量の米、豆、又はその他の穀類、及び塩一パイントを与えなければならない。この規定に違反した場合には、違反ごとに十ドルの罰金を科される」と定める。

一バレル（約一一六リットル）が一月分だから、玉蜀黍一日分は約三・九リットルである。しかし、トムに支給された玉蜀黍一ペック（約九リットル）は一週間分だから、一日分は約一・三リットルであり、一八〇六年法二条に違反している。

他方、一六八五年法二二条は「主人は、その十歳以上の奴隷に、食料として、毎週、二壺半のキャッサバの粉、各々少なくとも二リーヴル半の重さのキャッサバ澱粉製のパンケーキを三個又はそれと同等の物、及び、二リーヴルの塩漬け牛肉、三リーヴルの魚又はそれに相当する物を支給し、離乳してから十歳になるまでの子どもには、上記食料の半分を支給する義務を負う」と定めていた。

本条の一壺の量が不明なので比較は難しいが、一八〇六年法が支給食料を穀類に限るのに対し、一六八五年法は澱粉質のキャッサバ等以外に肉や魚の支給も命じており、後者の方が栄養面でましだったようである。

七　教育

『小屋』第四章で奴隷トムは主人の息子である少年ジョージ (George) からアルファベットを教わっている (vol.

1, 28–29)。同第二八章でセント・クレア (St. Clare) は北部自由州出身の従姉オフィーリア (Ophelia) に問う。

「もし私たちが奴隷を解放したら、あなた方は喜んで教育してくれますか。あなた方の町には、黒人の男女を一人でも受け入れ、教育し、支え、キリスト教徒にしようと努める家庭が、どれくらいありますか。」(vol. 2, 76)

奴隷は、教育されると知性を備え、個人の権利を知り、個人の権利の学説を研究するようになり、奴隷制にとって致命的な結果を招くだろうし、教育を受けた解放奴隷は奴隷にとって危険な刺激物となることが予見できるから、アメリカの奴隷法は奴隷の教育を禁止していると『鍵』は述べる (Stowe 1854, 214))。一八〇六年法も一八二五年法も、奴隷の教育規定を持たない。教育を受けないと、解放されても生計を立てることは困難であろう。

これに対し、一六八五年法二条（一七二四年法二条も同趣旨）は「我々の島にいる全ての奴隷は、使徒伝来のローマ・カトリック教の洗礼を受け、その教えを受ける。我々は、新着の黒人奴隷を購入した住民が、その旨を八日以内に島の総督及び代官に知らせるよう命じる。これに違反した場合には、総督の自由裁量による罰金を科される。総督は、しかるべき時期に奴隷たちにカトリックの教えを授け、洗礼を授けさせるのに必要な命令を下す」と定めていた。

一六八五年法は、ナント (Nantes) の勅令を廃止するフォンテーヌブロー (Fontainebleau) 勅令と同年に布告されており、後者の勅令と同様にカトリック教による統治の強化・社会の周縁の人々の弾圧を企図していたと考えられる。但し、布教し洗礼に導くためにも、統治を容易にするためにも相当の教育が必要となるから、一六八五年法は奴隷に教育を施す効果も伴っただろう。また、「未開民族」への布教は、奴隷支配への罪責感を和らげる効果をもたらし、奴隷支配の正当化根拠にもなったはずである（中島 83）。しかし、一八二五年法にはこの種の規定すら存在しない。

八　解放

奴隷は解放により自由人となる。『小屋』第二八章でトムの主人セント・クレアはトムの解放手続を始めるが (vol. 2, 65)、手続完了前に刺殺される (vol. 2, 79–81)。セント・クレアの相続人であるその妻マリー (Marie) は、トムを解放せず、トムを含む奴隷全員を売却する (vol. 2, 87–91)。他方、『冒険』第四二章は奴隷ジムの主人ミス・ワトソンが遺言でジムを解放したことを記す (291)。

一八二五年法には次の解放手続規定がある。

一八四条「主人は、この州において、生存者間の行為又は死を予想してなされた処分によって、法律の規定する形式と要件に従って、その奴隷を解放することができる。しかし、最終遺言によって解放を行う場合には、解放は、明示的で方式通りのものでなければならず、遺贈、相続人の指定、遺言執行者の指定、その他これに類する処分行為のような、遺言のなされた状況による黙示的な解放であってはならない。このような黙示の行為があったとしても解放はなされなかったものとみなす」。

一八五条「何人も、その奴隷が三十歳に達し、解放に先立つ少なくとも四年間、素行が良かった場合でなければ、これを解放することはできない」。

一八六条「その主人、主人の妻、又は主人の子の一人の生命を救った奴隷は、その年齢にかかわりなく解放されうる」。

一八七条「その奴隷を解放しようとする主人は、自分が住む教区の裁判所判事に、その意思を表明する義務がある。判事は、その意思表明の公告を裁判所庁舎の扉に四十日間掲示して公示するよう命じなければならない。この期間が経過するまでに異議申立てが全くなかった場合には、判事は、その主人の解放行為の効力を承認する」。

セント・クレアは、生前、トムを解放することをトムに宣言していたが（vol. 2, 65）、解放は右の法定手続の履行を要する要式行為であり、口頭の意思表示や約束だけでは効力を生じない。手続が煩雑で時間を要することが、手続完了前のセント・クレアの死によるトムの解放の不実現・売却という悲劇を招いた。

植民地時代の奴隷解放の要件は左記のように一八二五年法に比べて緩やかだった。

一六八五年法五五条「二十歳に達した主人は、生存者間の行為又は死因処分によって、その奴隷を解放することができる。その際、その解放の理由を説明する義務はなく、二十五歳未満であっても両親の同意を得る必要はない」。

同五六条「主人によって包括受遺者に指定された奴隷、遺言執行者に任命された奴隷、又はその主人の子たちの後見人に任命された奴隷は、解放されたものとして扱われ、また、そう見なされる」。

一七二四年法五〇条「二十五歳に達した主人は、生存者間の行為又は死因処分によって、その奴隷を解放することができる。しかし、その主人がその奴隷の自由に相当な金目当てで値を付け、当該奴隷に窃盗や強盗をするよう仕向けることがありうるから、その奴隷の性質及び条件がいかなるものであれ、我々は、我々の最高評議会の判決によって許可を得ることなしに当該奴隷を解放することを万人に禁ずる。但し、その主人が陳述した［解放の］理由が正当であるように思われる場合には、当該許可は費用なしに与えられる（以下略）」。

九　裁判

奴隷は裁判手続上も不利な地位に置かれていたことを具体例で示しておこう。

レグリーは、トムを虐待死させた点で前掲一八二五年法一七三条に違反した。『小屋』第四一章で、トムの殺害を知ったジョージ・シェルビー（トムの元主人シェルビーの息子）は、レグリーをこう糾弾する。

「この殺人を公に知らしめてやるぞ。大統領のところに行き、君の悪事を暴露してやる。」(vol. 2, 214)

これに対し、レグリーは開き直って答える。

「どこから証人を手に入れるのか。どうやって殺人を証明するのか。」(vol. 2, 214)

著者は注釈する。

この農園には白人が一人もいなかった。南部のあらゆる法廷では、黒人の証言は無効であった。(vol. 2, 214)

レグリーの主張の根拠は次の規定にある。

一八二五年法一七七条「奴隷は、いかなる公職に就くこともできず、私的信託をすることもできない。奴隷は、後見人、保佐人、遺言執行者、弁護士になることができない。奴隷は、民事裁判においても刑事裁判においても証人となることができない。但し、特別法の定めがある場合はこの限りでない。奴隷は、民事裁判において、原告としてであれ被告としてであれ、当事者となることができない。但し、奴隷が自己の自由を主張又は立証しなければならない場合はこの限りでない」。

これに対し、一七二四年法は次のように規定していた。

二四条「奴隷は、公職に就くこと、公職から委任を受けること、商売を管理するためにその主人以外の者によって代理人に指定されること、そして民事裁判又は刑事裁判において仲裁人、鑑定人若しくは証人となることができない。但し、奴隷の証言が不可欠であり白人の証人がいない場合はこの限りでない。しかし、いかなる場合においても、奴隷は、その主人にとって有利又は不利となる証言をすることができない」。

二五条前段「奴隷は、民事裁判において原告若しくは被告として当事者となること、又は刑事裁判における民事の当事者となることはできない」。

一七二四年法二四条は、奴隷の証言を認める例外則を規定するが、例外は白人の証人がいない場合で、しかも主人の利害とは無関係の証言に限られるから、レグリーを殺人容疑で訴える裁判で仮に同条を適用したとしても、その奴隷を証人とすることはできない。一八二五年法一七七条は、民事裁判に限り、奴隷が自己の自由を主張立証する場合に訴訟当事者となることを認めるが、他の奴隷のために証言する権利は認めていない。

逃亡奴隷返還請求訴訟でも主人に有利で奴隷に不利な手続が規定されている（福岡 74–75）。一八五〇年法六条は、逃亡奴隷の主人だと主張する者（権利主張者）は、証言録取書又は宣誓供述書を提出すれば当該奴隷の所有権を立証できるが、逃亡奴隷として訴えられた者の証言は証拠として認められないと規定した。また、同九条は、逃亡奴隷裁判で裁判官が六条の権利主張者らから手数料を受け取ることを認めるが、手数料額を、当該奴隷を逃亡奴隷だと認定した場合には逃亡者一人につき十ドル、認定しなかった場合には逃亡者一人につき五ドルとして差を設けている。

このように、逃亡奴隷だと認定した場合の手数料が認定しなかった場合の倍額であることは、逃亡奴隷だと認定する判断への誘因となり（福岡 74–75）、公平な裁判は構造上期待できない。同法により、たとえ解放奴隷であっても、逃亡奴隷として逮捕され権利主張者の所有とされるおそれが高まった。

おわりに

『アンクル・トムの小屋』と『ハックルベリー・フィンの冒険』が問題とする奴隷法は、フランス植民地時代の奴隷法よりも黒人奴隷にとって苛酷である。しかも、当時、奴隷法が定めた奴隷を保護する最低限の規律さえも破る違法行為が横行していた。かつての植民地ルイジアナはフランス本国から遠く、少数の白人が多数の奴隷を苛酷に処遇すると反乱を招くおそれがあり、(8) フランスはイギリスと競合していたから、奴隷の処遇には相当の配慮が必要だった。それに比べて独立後の十九世紀の合衆国の南部諸州ではそのような配慮の必要性は低かっただろう。また、一八〇八年の奴隷輸入禁止から生じた他者の眼の届かない閉鎖的な環境（一種の鎖国）が、合衆国南部諸州の奴隷制のより苛酷な内容への変化に寄与したと思われる。

『冒険』第一八章で、ハックはグレンジャーフォード家 (Grangerfords) とシェパードソン家 (Shepherdsons) の殺し合いに巻き込まれる (128–34)。農夫 (Granger) と牧羊者 (Shepherd)、すなわち、農夫カイン (Caïn) と牧羊者アベル (Abel) という聖書『創世記』第四章に登場する兄弟を連想させる両家の対立は、リンカーン (Abraham Lincoln, 1809–65) が聖書『マルコによる福音書』第三章第二五節に依拠し「分かれたる家は立つこと能わず」と演説した（高木ほか 50）にもかかわらず始まった南北戦争の隠喩である。三十年も継続中という両家の反目は、『小屋』出版から三十三年後、南北戦争終結から二十年後の『冒険』出版時にもなお人種問題が根深くアメリカ社会に残っていることの暗示であり (Spencer, 133–34)、現在深刻化しつつある社会の分断・対立の予兆でもある。『冒険』第六章には、ハックの飲んだくれの父が自由人たる黒人を罵倒する場面がある (39–40)。海外から奴隷を輸入し奴隷制を発展させたことは、他方でプア・ホワイト（貧乏白人）の問題をも引き起こした (Stowe 1854, pp. 365–80. Brewer, 26–28)。これも今なお未解決の問題である。『冒険』は、被差別者がより弱い者を攻撃するという差別の連鎖の問題を我々の眼前に突きつける。

弱者といえば、その最たるものは子どもである。母奴隷の子は、法律上当然に母の主人の奴隷となり、母と引き離される危険にもさらされている。他方、『小屋』と『冒険』は、子どもを差別感情のない無垢な存在として描き、[9] 差別感情が人間の成長に伴い社会的に形成されることを示唆している（我々は皆かつて子どもだったことを忘れてはならない）。この差別を固定化・可視化するのは、法の制定と適用という人間の営みにほかならない。

奴隷法は、はたして我々と無縁の外国の過去の悪法にすぎないのだろうか。形を変えて現在も残っていないだろうか。『アンクル・トムの小屋』と『ハックルベリー・フィンの冒険』は、人々の関係を規律する法がどうあるべきか、今も我々に問いかけている。

注

（1）Harriet Beecher Stowe, *Uncle Tomr's Cabin or, Life among the Lowly, with an Introduction setting forth the History of the Novel and a Key to Uncle Tom's Cabin in two volumes*, New York: AMS Press. Inc, 1967.　この作品からの引用文は、この版により引用末尾の括弧に巻数とページを示す。日本語訳はストウ後掲の二つの訳書を参考にした。

（2）Mark Twain, *Adventures of Huckleberry Finn*, New York, Norton & Company, 1999.　この作品からの引用文は、この版により引用末尾の括弧にページを示す。日本語訳はトウェイン後掲を参考にした。

（3）ドイツ元大統領ヴァイツゼッカーの言葉「過去に対して目を閉じる者は、現在を見る目をも持たない」（加藤 25）を想起せよ。トウェイン (Mark Twain, 1835–1910) が、『冒険』執筆時、コネティカット州ハートフォード (Hartford) のストウ邸の隣に住んでいたという事情 (Twain1999, 394; Twain1924, p. 242) も両小説の相補性を感じさせる。

（4）スペイン法やイギリス法（コモン・ロー）の影響もみられるが（土井 1–82）、その検討は将来の課題としたい。

（5）一八〇六年法、一六八五年法、一七二四年法の訳については能見後掲を参照した。ルイ十四世は一七一五年に没し、ルイ十五世が即位したが、幼少のため、オルレアン公フィリップ (Philippe, duc d's Orléans, 1674–1723) が摂政となった。一七二三年、ルイ十五世は成年を宣言され、オルレアン公フィリップが没した。一七二四年法はその直後に制定された。なお、「黒人」等の差別的な表現を、本稿は法制史的研究としてそのまま用いることをお断りしておく。

（6）ハックは学校教育を受けておらず、平俗稚拙な言葉遣いをしているが、あえて大人の文章語で訳出した。「後戻りするつもりはない」は、文脈上は、元の家には戻らないという家出少年ハックの決意を意味するが、かつての奴隷制社会には戻るまいとの著者のメッセージとも受け取れる。

（7）例えば、ヴォルテールの著書『カンディード』第一九章には、右手と左足を切断された南米オランダ領スリナムの黒人奴隷が登場する（Voltaire100–01, ヴォルテール 364–65）。事実に即した描写であろう。

（8）実際、カリブ海のフランス植民地サン＝ドマングでは黒人奴隷の反乱が起こり、一八〇四年にハイチ共和国として独立した。

（9）『冒険』のハックや『小屋』のセント・クレアの娘エヴァンジェリン (Evangeline) がその例である。後者の名は福音 (evangel) に由来する。聖書『マルコによる福音書』第一〇章第一五節のイエスの言葉「子どものように神の国を受け入れる人でなければ、決してそこに入ることはできない」を想起せよ。

参考文献

Brewer, William. M. "Poor Whites and Negroes in the South since the Civil War." *The Journal of Negro History*, vol. 15, No. 1, 1930, pp. 26–37.

Loysel, *Institutes coutumières d'Antoine Loysel ou manuel de plusieurs et diverses règles, sentences et proverbes, tant anciens que modernes du droit coutumier et plus ordinaire de la France, avec les notes d'Eusèbe de Laurière, nouvelle édition, revue, corrigée et augmentée par M. Dupin et M. Édouard Laboulaye*. Paris: 1846.

Schafer, Judith Kelleher. *Slavery, the Civil Law, and the Supreme Court of Louisiana*. Baton Rouge: Louisiana State University Press, 1994.

Schafer, Judith Kelleher. "Roman Roots of the Louisiana Law of Slavery: Emancipation in American Louisiana, 1803–1857." *Louisiana Law Review*, vol. 56, n. 2, 1996, pp. 409–22.

Spencer, Andrew. "A Fiction of Law and Custom: Mark Twain's Interrogation of White Privilege in *Adventures of Huckleberry Finn*." *The Mark Twain Annual*. vol. 15, No. 1, 2017, pp. 126–44.

Stowe, Harriet Beecher. *Uncle Tom's Cabin or, Life among the Lowly, with an Introduction setting forth the History of the Novel and a Key to Uncle Tom's Cabin in two volumes*. New York: AMS Press. Inc, 1967.

——. *The Key to Uncle Tom's Cabin*, Boston: John P. Jewett and Company, 1854.

Twain, Mark. *Mark Twain's Autobiography*. vol. II, New York and London: Harper & Brothers Publishers, 1924.

——. *Adventures of Huckleberry Finn*. New York: Norton & Company, 1999.

Villiers, Le Baron Marc de. *La Louisiane, Histoire de son nom et de ses frontières successives* (1681–1819), Paris: Adrien-Maisonneuve, 1929.

Voltaire, *Candide, ou l'optimisme*, édition revue, corrigée et ornée de figures en tailles-douces, dessinées et gravées par Mr. Daniel Chodowiecky, Berlin 1778.

ヴォルテール『カンディード　他五篇』植田祐次訳、岩波書店、二〇〇五年。

ガーイウス『法学提要』佐藤篤士（監訳）、敬文堂、二〇〇二年。

加藤常昭『ヴァイツゼッカー』清水書院、一九九二年。

ストウ、ハリエット・ビーチャー『新訳　アンクル・トムの小屋　新装版』小林憲二訳、明石書店、二〇一七年。

――『アンクル・トムの小屋（上）（下）』土屋京子訳、光文社、二〇二三年。

高木八尺・斎藤光訳『リンカーン演説集』岩波書店、二〇一一年。

土井輝生「ルイジアナ民法史序説」早稲田大学比較法研究所紀要、第一四号、早稲田大学比較法研究所、一九六〇年。

トウェイン、マーク『ハックルベリー・フィンの冒険（上）（下）』土屋京子訳、光文社、二〇一四年。

中島義道『差別感情の哲学』講談社、二〇一五年。

能見善久「人の権利能力――平等と差別の法的構造・序説――」、『民法学における法と政策』能見善久・瀬川信久・佐藤岩昭・森田修編、有斐閣、二〇〇七年、六九―一二五頁。

福岡和子「『アンクル・トムの小屋』再考：『法破り』に見る小説戦略」、『英文学評論』第八一号、京都大学大学院人間・環境学研究科英語部会、二〇〇九年、七三―九一頁。

山口房司「逃亡奴隷法と人身自由法――地域間危機の復活」、『大阪経済法科大学紀要』第八号、大阪経済法科大学、一九七九年、一―六二頁（山口房として引用）。

山口ヨシ子「『アンクル・トムの小屋』と『アーント・フィリスの小屋』――南部の反応」、『『アンクル・トムの小屋』を読む』高野フミ編、彩流社、二〇〇七年（山口ヨ①として引用）。

――「『アンクル・トムの小屋』とジャーナリズム」、『『アンクル・トムの小屋』を読む』高野フミ編、彩流社、二〇〇七年（山口ヨ②として引用）。

［付記］　脱稿後、ルイ・サラ＝モランス『黒人法典　フランス黒人奴隷制の法的虚無』（中村隆之・森元庸介訳、明石書店、二〇二四年）に接した。

第七章

ジョン・スタインベックの生育環境および作品を通じて考える人種・民族

山内　圭

はじめに

ジョン・スタインベック (John Steinbeck, 1902–68) は、ドイツ系の父親と北アイルランド系の母親の間にカリフォルニア州サリーナス (Salinas) に生まれた。一九〇〇年代初頭、サリーナスには日系人をはじめとするアジア系労働者もいたので、スタインベックの少年時代を描いた作品には日系人が登場する。他にもスタインベックの作品には、例えば『トルティーヤ・フラット』(*Tortilla Flat*, 1935) などには、パイサーノ (Pisano) と呼ばれるメキシコ系やネイティブアメリカン系の混血の人々が登場するとともにカリフォルニアに住む多様な民族の登場人物が描かれる。また『怒りのぶどう』(*The Grapes of Wrath*, 1939) に描かれるネイティブアメリカンの人物、『チャーリーとの旅』(*Travels with Charley*, 1962) で述べられるニューオーリンズにおけるアフリカ系アメリカ人への差別の様子、メキシコを舞台にした『真珠』(*The Pearl*, 1947) 等の作品など、二十世紀の前半から半ばまでのアメリカおよびその周辺を描いたスタインベックの作品には、人種および民族にまつわるエピソードが数多く見られる。本論では、スタインベック文学の中からそのような部分を取り出して読者諸賢が人種や民族について論考する際の一助としたい。

一　ジョン・スタインベックの少年時代のサリーナス

まずは、一九〇二年生まれのジョン・スタインベックが生まれ育ったころの一九〇〇年代初頭から一九一〇年代にかけてのカリフォルニア州サリーナスのアジア系移民受け入れの様子をサリーナスの歴史を概説する書から見てみたい。

これは、中国人労働力を主にあてにしたモンテレー湾地域における最後の鉄道敷設計画であった。一八八二年の規制は、中国人移民を実質上中断させ、利用可能な労働力市場は縮小していた。中国人は、間もなくより若い日本移民によって取って代わられた。

中国人と同様、ほとんどの日本人は独身男性であった。日本及びハワイからの移民を実質上止めることとなった一九〇七年の紳士協定に従い、既にアメリカ合衆国に入国している人は、妻や子ども、そして親を呼び寄せることができた。このことにより、日系人家族が地域に永住することとなった。

もっとも初期の日系移民の何人かは、クラウス・スプレックルズに農園労働者として雇われ、一八九八年のサトウダイコンの収穫の労働力の大きな部分を占めた。日本からの労働力流入の大きな波は一九〇〇年に始まり、一九〇七年までにはカリフォルニア州で三万人の農業労働者が働いていた。サリーナスの日系人協会は一九〇五年に設立され、彼らの最初の行動の一つはアボット通りと鉄道の角の地所の墓地を購入するということであった。一八九八年以降日系人が埋葬されてきた郡立病院墓地からの改葬が一九一一年に行われた。(Breschini 2000, 62)（筆者訳）

ここに見られるように鉄道建設などに多く用いられた中国移民の労働力が一八八二年以降減少し、日系移民に取って代わられた。その後、日系移民の流入も減ることとなるが、それまでにカリフォルニアに入っていた日系人の家族の呼び寄せにより日系人家族が永住するケースが増えた。サリーナスの日系人協会が一九〇五年に設立され、その最初の行動が墓地の購入であったことは、おそらく彼らの「この地に骨をうずめる」という覚悟であったことが想像でき、意義深く、また感銘を呼ぶことである。なお、この墓地は現在でも「ヤマト墓地」(Yamato Cemetery) という名で現存している。

合衆国には、各地の地域の歴史を古い写真とその説明文で紹介するアルカディア・パブリッシング (Arcadia Publishing) 社の「アメリカのイメージ」(Images of America) シリーズがあり、それは、この原稿を執筆している現在、計八千三百冊を超える書が出版されている。これは、非常に優れた一大プロジェクトである。そのシリーズの中に、先ほどの引用文で言及されているハワイの砂糖王 ("Sugar King" of Hawaii) と呼ばれたクラウス・スプレックルズ (Claus Spreckels, 1828–1908) がサリーナス・ヴァレーに築き上げたスプレックルズ製糖工場の歴史をたどる『カリフォルニア州のスプレックルズ』(*Spreckeles, California*) というタイトルがある。その書に、サトウダイコン畑で働く移民と思われる農民たちが労働監督者と荷役馬の一群とともに写っている写真が掲載され、そのキャプションは次のように当時のアジア系移民事情を説明している。

> 一八九〇年代後期までは、サトウダイコンを栽培し運搬するのに必要な労働力のほとんどは、中国系男性移民が担っていた。たいてい、契約請負人がサトウダイコンの労働者を雇い、地元の農家に派遣していた。農家では派遣された各労働者の賃金を請負人に払っていた。一八八二年の排斥法が中国人労働力の合衆国への流入を止めた後、他の移民集団が最終的には彼らに取って代わった。日系、フィリピン系、インド系、そしてヨーロッパ系移民がすべて農業労働者として働いた。第二次世界大戦中の一九四二年にはメキシコ人が労働力となり始めた。(Breschini 2006, 23)（筆者訳）

この説明文中に出てくるような契約請負人が、スタインベックの『怒りのぶどう』にも登場してくる。

次に、同じアメリカのイメージシリーズの『サリーナス初期』(*Early Salinas*) に一九一一年九月にスプリング・スクール (Spring School) で撮影された小学生と先生の写真を見てみたい。これは、ジョン・スタインベックが通った学校ではないが、一九〇二年生まれのスタインベックもこの時期は同じサリーナスで小学生であった。

この一九一一年九月の写真には、スプリング・スクールの児童たちと教員アメリア・ボッチャーが写っている。左から右に、（第一列）ヘレン・ニッセン、ダロルド・ヒッチコック、ルイーズ・ニッセン、バート・フォーマン、バーサ・ブランケン、ジョン・ニッセン、ハリー・キタ (Harry Kita)、ウォルター・ジオットニーニ、（第二列）ジョニー・チャーチ、エルトン・モアハウス、マツ・キタ (Matsu Kita)、ウィリアム・チャーチ、アーサー・フェントン、リロイ・ヒッチコック、ジミー・ジオットニーニ、（第三列）セシル・ブリーズ、ブルース・チャーチ、クラレンス・チャーチ、バーサ・フォーマン、エルシー・アンダーソン、エルシン・ニッセン、?.ヨシタ (?Yoshita)、ハワード・ホームス)、（後列）ジョージ・フェントン、ヘンリー・ブランケン、ルース・スミス、アメリア・ボッチャー（教員）、フレッド・ブランケン。

(Breschini 2005, 111)（筆者訳、筆者傍線）

これは、校舎の入り口と思われるポーチに年齢差のあるように見えるおそらく異学年の児童たちと先生の写真につけられたキャプションである。同姓の児童が複数いるところから、子だくさんの家族または一族たちがこの地域で暮らしているであろうことがうかがい知れる。その中に、日系の（写真で見ても日系の顔をした子どもである）姓が「キタ」（ハリー・キタとマツ・キタ）と「ヨシタ」の二つ見られる。「ヨシタ」のファーストネームは「?.」となっているが、このキャプションのもとになった手書き文字が日本名になじみがないためもあってか判別できなかったということであろう。ちなみにこの「よした」は写真から男子児童と思われる。スタインベックの少年時代の思い出を描いた短編「あの夏」("The Summer Before," 1955) にも日本人の農夫が登場するが、先述のように日系人は家族を呼び寄せて農業を営んでこのサリーナス地域に暮らしていた。従って、少年ジョン・スタインベックもそのような日本人たち（及び他の移民たち）と自然に接していたようである。

スタインベックの伝記を著したジャクソン・ベンソン (Jackson Benson) もスタインベックがスプレックルズのサトウダイコン畑での作業中に外国移民の労働者たちと接していたことを指摘している。

> 〔スプレックルズのサトウダイコン畑の〕ほとんどの作業は、日本人、メキシコ人またはフィリピン人などの外国人によって行われていた。彼のスタンフォード大学在学中にスタンフォード大学の文学雑誌にスタインベックが発表した二つの作品のうち一つは、フィリピン系の労働者集団のボスと関わり合いになる白人少女についてのものである。スタインベックの労働者集団やその生活様式についての描写は、実際の観察にもとづくような響きがある。(Benson, 39)（筆者訳）

ここでいう作品は、スタインベックがスタンフォード大学在学中に学内の『スタンフォード・スペクテーター』(*Stanford Spectator*) 誌第二巻第五号に一九二四年二月に発表した短編「雲の指――大学の頑固さに対する風刺」("Fingers of Cloud: A Satire on College Protervity") のことである。

スタインベックは、一九二〇年、および一九二二年、スプレックルズ第九農場で、現場監督助手として季節労働者とともに飯場に泊まりながら働いた経験をもっていて、この短編内に出てくる描写はその時の経験や聞いた話に基づいているようである。この話では、十八歳の白人少女ガーティがフィリピン系の男ペドロと一時「結婚」するが、そのうちペドロの肌の黒さが許せなくなり出ていったという話である。ペドロがガーティと結婚するつもりだと言った時、フィリピン系の長老は「白人は自分たちのようなフィリピン系とは結婚してくれないと言った」(162) という部分が印象的である。

また、スタインベックの少年時代のメキシコ人との友情については二〇二〇年にウィリアム・ソウダー (William Souder) が出版したスタインベックの新たな伝記では次のように紹介される。

　ジョンが時間を一緒に過ごしたもう一人の少年はマックス・ワーグナー (Max Wagner) であった。ワーグナーはメキシコ生まれであった。ワーグナー家はメキシコ革命を逃れ、サリーナスから約七マイル離れた農地に居を構えた。スペイン語がワーグナーの第一言語だったため、他のほとんどの子どもたちはワーグナーをメキシコ人だと考えていた。(14)（筆者訳）

マックス・ワーグナーは一九〇一年にメキシコで生まれた。一九一二年に母親のイーディスが四人の息子を連れてサリーナスに移住したため、一八九七年生まれの兄のジャック (Jack) とともにスタインベックの幼なじみとなった。このワーグナー家の三人は、スタインベックとの交流も深く、それぞれがスタインベックに貴重なものを与えた。母親のイーディスは、子ども時代のスタインベックにいろいろな話を語って聞かせ、彼女から聞いた話を元にスタインベックは、「イーディス・マッギルカディはどのようにしてR・L・スティーブンスンに会ったか」("How Edith McGillcuddy Met R. L. Stevenson," 1941) を執筆した。また、兄のジャックは『ベニーの勲章』(*A Medal for Benny*, 1945) と『真珠』の映画をスタインベックと一緒に制作することとなる。マックスはスタインベックが原作の『赤い小馬』(*A Red Pony*) の一九四九年版の映画にバーテンダーとして出演する。そして、スタインベックの二人目の妻グウィンドリン・コンガー (Gwendolyn Conger) をスタインベックに紹介したのがマックスであった。このようにメキシコから来たワーグナー一家との交流が、スタインベック文学の中にメキシコを舞台としたものがいくつかあることやメキシコ系の混血パイサーノの人物が多く登場する理由になっているとも考えられる。

スタインベックの描くメキシコ人労働者たちや彼らとの交友についてベンソンは伝記でこのように書いている。

> 製糖工場の最も大変で汚い仕事はメキシコ人労働者によって行われた。スタインベックのメキシコ系アメリカ人やパイサーノについての知識の多くは間接的なものが多いとの印象を持つ者もいるが、彼は子ども時代以降からメキシコ系の人たちをよく知っていた。彼の友人マックス・ワーグナーは十二歳になるまでメキシコに住んでいたし、彼と一緒にサリーナスのいくつかのメキシコ系の家族と仲良くしていた。そのうち特にサンチェス兄弟とはティーンエイジャーの間よくつるんでいた。スプレックルズで働くメキシコ人たちとの交流から、彼は後に利用する何人かの人物や物語を集めていった。(Benson, 41)（筆者訳）

このようなメキシコ人との直接的体験からスタインベック文学のメキシコ人描写は生まれている。それでは、次にスタインベックが描くネイティブアメリカン（アメリカ原住民）について見てみたい。まず、挙げるのは『怒りのぶどう』における立ち退きを迫られる小作農の叫びである。

> 小作人たちは叫んだ――この土地のために、おじいさんはインディアンを殺し、おやじはヘビを殺した。たぶんおれたちは銀行を殺すことができる――そいつはインディアンやヘビよりもたちが悪い。たぶんおれたちは、おやじやおじいさんがやったように、おれたちの土地を守るために戦わなくちゃならないんだ。(40)

ここでは、「インディアン」（アメリカ原住民）は、土地を確保し守るために戦って殺さなければならない存在としてヘビと同様なものとして描かれている。また同じ『怒りのぶどう』の中では、「インディアン」について次のような描写も見られる。

サイモン・アレン、あのサイモンじいさんは最初のおくさんとごたごたを起こしたんだ。彼女にはチェロキー・インディアンの血が混じっていてさ。きれいだったぜ——黒い小馬みたいにな。(229)

チェロキー・インディアンの血が混じった女性がきれいであったという描写であるが、黒人と白人の混血についてではあるが、『アンクル・トムの小屋』でも同様の描写が見られる。

南部を旅行した人なら、白人の血が多く混ざった黒人女性や混血の黒人女性に備わる、特有な資質に気づいたことがあるだろう。その資質は、多くの場合、洗練された独特の風情、つまり声や物腰の柔らかさとなって表れている。混血女性のこうした天性の品位は、しばしば、はっと目を見はるような美しさと結びつくこともあるが、ほとんどの場合は、人好きのする快い外観と結びついている。(24)

また、『怒りのぶどう』では、「インディアン」があやしい物事を嗅ぎ分ける不思議な力を持つことが描かれている。

「うまくやったぞ」と彼はトムにいった。「あいつらにちげえねえと思うぜ」「ジュールが見つけだしたんだ」とトムがいった。

「そうか、そりゃ不思議はねえや」とウィリーがいった。「あいつらのインディアンの血がかぎつけたの

さ。よし、あいつらのことをみんなに教えといてやろう」(392)

これは、移住農民が住む国営キャンプ地でのダンスの日にいざこざをわざと起こしてキャンプつぶしを図る策略に関わるあやしい人物たちを、チェロキー・インディアンの血を持つジュールという人物が嗅ぎつける場面である。ここで、インディアンの血を持つ住民たちも国営キャンプに入っていることについては、加藤好文が以下のように指摘している。

暗示的なのは、ジュール一家がジョードたちのような、いわゆる「生粋のアメリカ人」と同じ国営キャンプに入り、移住農民生活を送っていることである。しかも血筋からくる嗅覚の発達は、キャンプ住民と協力して、策謀家によるキャンプ潰しの危機を未然に防ぐことに貢献する。かつてアパラチア山脈に住んでいたチェロキー族は、白人開拓者の進出によって不毛の地オクラホマに追放された歴史を持つという。そのような先住民追放の因果は、巡ってオクラホマなどダスト・ボウル地帯に住む小作人にも及び、皮肉にも両者はここカリフォルニアにおいて同じスタート・ラインに立ったと見なすことができるだろう。出身地や人種、民族の違いを超えて、お互いが「同じアメリカ人」として手を取りあったのである。(92)

「おじいさん」の時代には「インディアン」を殺して土地を奪い、守ってきた白人たちも、一九三〇年代の砂嵐と大資本による土地の買収により、その「インディアン」たちと同じく土地を追われている。スタインベックはこのように繰り返される先住民追放をしっかりと描いている。

また、スタインベックは繰り返される先住民追放とともに、「奴隷制度」の繰り返しについてもこのように描いている。

いまや農耕は産業となり、農場主たちは、自分では気がついていなかったが、ローマの例にならった。彼らはそれを奴隷とは呼ばなかったが、奴隷を輸入したのだ——中国人、日本人、メキシコ人、フィリッピン人（原文ママ）。やつらは米と豆を食って生きているんだ、とビジネスマンたちはいった。やつらはあまり要らないんだ。いい賃金をもらっても、どうしていいかわからないだろう。まあ、やつらの暮らしぶりを見たまえ。ほら、やつらが食べているものを見てみろ。そして、もしやつらがおかしなまねをしやがったら——国外に追放しろ。

そして絶えず農場は大きくなり、農場主の数は減少していった。もはや農民の数はこの土地ではあわれなほどに少なくなった。そして輸入された農奴たちは、ぶたれ、おびやかされ、飢えさせられて、ついにはあるものはふたたび故国に帰り、あるものは凶暴になって、殺されるか、国外へ追放された。そして農場はますます大きく、農場主はますます数少なくなった。(268)

スタインベックが少年時代から知り、若い頃スプレックルズのサトウダイコン農場で働く様子を見ていた中国人、日本人、メキシコ人、フィリッピン人（原文ママ）たちについて、ここでは、「奴隷とは呼ばなかったが」奴隷であったと断じている。そして、歴史は繰り返すことから今度はオクラホマなどから移住してきた「オーキーズ」たちが「奴隷」になるという歴史が繰り返されることを暗示している。

しかし、当然土地を追われた白人たちは、自分たちが歴としたアメリカ人であることを次のように主張する。

おれたちは外国人じゃねえぞ。七代もまえからのアメリカ人だし、そのまえはアイルランド人、スコットランド人、イギリス人、ドイツ人だ。先祖のなかには独立戦争に加わった者も一人いたし、南北戦争に加わった家族が大勢いたぞ——南軍にも北軍にも。アメリカ人だぞ。(269)

「オーキーズ」と呼ばれる移住農民たちが自分たちも同じアメリカ人であると主張してもそれは受け入れてもらえない。次の描写を見てみたい。

やつらは病気をもちこんでくるし、やつらは不潔だ。やつらを学校にいれるわけにはいかんぞ。やつらは余所者だ。おまえの妹があんなやつらの一人と出歩くようなことになったら、どうするつもりだ。(326)

これらの言葉は、黒人に対する差別意識があった中で、これまでは黒人に対して言われていたと思われる言葉である。それらが自分たち白人に対して言われるようになっていることに、また「オーキーズ」という蔑称を用いられることに対して移住農民たちは憤りを感じるのである。

また、『怒りのぶどう』においては、一九三〇年代の黒人に対する白人の意識もところどころに描かれている。

とうとう運転手は先をつづけた。「その男の書いた詩を一つ覚えているぜ。そいつと二、三人の他の連中が、酒を飲んだり、大騒ぎをしたり、ばかげたことをしながら、世界じゅうをうろつきまわっているようすを書いた詩なんだ。どんな詩だったか、きちんと覚えていたらよかったんだが。この詩にはさ、イエス・H・キリストさままでもどういう意味だかわからねえような文句を並べたててあるんだぜ。こんな文句があったっけ――『そこでおれたち、一人のの黒人《ニガー》をスパイした。そいつのアレのでっかいのなんの、象のプロボシス、クジラのペニスさえ及びもつかぬ』っていうのさ。そのプロボシスってのは、鼻《ノーズ》のようなもののことでね。象だったら、鼻《トランク》のことよ。(14)

これは黒人に対する性的なジョークである。

また、自分たち移住農民を取り締まる保安官補に対しては、「まったくのところ、南部の黒人と同じくらい危険なやつらだ」(272–73) と危険な者の例えとして「南部の黒人と同じくらい」と言っているのである。

そして、次には、『はつかねずみと人間』(*Of Mice and Men*, 1937) における黒人の描写を見てみたい。次の引用は、農場主の息子カーリーの妻（白人）と黒人の使用人クルックスとのやり取りの場面である。

彼女は、嘲りをこめて彼のほうを向いた。「いいかい、黒人」と彼女は言った。「もしおまえがひと言でもしゃべったら、あたしがおまえをどんな目にあわせることができるか知ってるんだろ?」

クルックスは情けなさそうに彼女を見つめていたが、やがてベッドに腰を下ろすと、自分のなかに閉じこもってしまった。

彼女は彼に追い打ちをかけた。「あたしになにができるか、知ってんだろ?」

クルックスは身をさらに縮めて、壁に体をよせた。「へえ、奥さん」

「なら、つけあがるんじゃないよ、黒人め、おまえを木に吊るすぐらい、簡単すぎて冗談にならないよ」

クルックスは存在のないものになってしまっていた。人格も、自我もなかった——好き嫌いの感情を引き起こすものはなにもなかった。「へえ、奥さん」と彼は言ったが、その声は無表情であった。

しばらく彼女は彼のまえに立ちはだかって、もし彼がなにか動きをみせたら、もう一度こっぴどくやっつけようとした。しかし、クルックスは視線をはずし、傷つくものはすべて引っこめて、身じろぎをせずにすわっていた。ついに、彼女はほかのふたりのほうへ向きなおった。(119–20)

カーリーの妻がクルックスを「黒人」と呼ぶ場面では"Nigger"という語が使われている。また、「おまえを木に吊るす」という部分は、この作品の出版の二年後にリリースされ人気を博したビリー・ホリディ (Billie Holiday,

1915–59) の「奇妙な果実」(Strange Fruit) の歌詞（作詞 Lewis Allan）が表すのと同じリンチによって殺され木に吊るされる黒人の姿である。

次の場面は、飯場の男たちが以前のクリスマスを思い出して話している場面である。

「いやあ、あのときはおもしろかったぜ。その晩は、あの黒人も呼ばれてな、その黒人に、スミティっていうちびの御者が喧嘩をふっかけてよ。かなり手荒くやったんだが、まわりのものがやつに足を使わせなかったのさ。で、結局、黒人が勝っちまった。スミティのやつは、足が使えたらあんな黒人は殺してたろうって言ってたけどよ。黒人は背中が曲がってんだから、スミティは足を使っちゃいけねえってみんなは言ったんだ」(30)

ここに出てくる背中が曲がった黒人とは、先述のクルックスのことである。ここに描かれる黒人と白人の喧嘩のようなことはしばしば行われていたのであろう。その頂点となるのが、スタインベックの少年時代である一九一〇年七月四日のボクシングの白人チャンピオンのジム・ジェフリーズ (Jim Jeffries) と黒人ボクサーのジャック・ジョンソン (Jack Johnson) の「世紀の一戦」だったのかもしれない（遠藤 92–98）。

次にはスタインベックが好んで描いた混血人種のパイサーノについての『トルティーヤ・フラット』の序文の記述である。

モントレーは丘の斜面にあり、下のほうには青い湾、背後には背の高い黒い松林がある。町の低いほうには、アメリカ人、イタリア人、漁師や缶詰工場の労働者たちが住んでいる。丘の上のほうは森と町が入り交じっており、街路にはアスファルトや街角の街灯もなく、モントレーの古くからの住民たちは、古代のプリトン人たちがウェールズで要塞を構えていたように、要塞を固めている。その人たちがパイサーノなのである。

パイサーノたちは雑草だらけの庭のなかの古い木造家屋に住んでおり、森の松の木々が家のまわりにある。パイサーノたちは、商業主義や、アメリカン・ビジネスの複雑な体制に汚染されてはおらず、盗まれたり、利用されたり、抵当に入れるようなものは何もないので、ビジネス体制の攻撃にさらされることもあまりなかったのである。

パイサーノとは何者なのか。彼は、スペイン人、インディアン、メキシコ人そしてさまざまの白色人種の混血である。彼の先祖は一〇〇年ないし二〇〇年間カリフォルニアに住んできた。彼はパイサーノなまりのある英語とスペイン語を話す。人種は、と問われると、憤然として、彼は純血のスペイン人だと主張し、袖をまくりあげて、自分の腕の柔らかな内側はほとんど白いことを示す。皮膚の色は、水泡石のパイプの濃い茶色であるが、それは日焼けしたせいだ、と言う。そうした人がパイサーノであり、モントレーの町の丘の上のトーティーヤ・フラットと呼ばれるところに住んでいる。フラットといっても決して平地ではないのだが。(356–57)

この物語の主人公ダニーは、パイサーノである。そして、この物語は「これはダニーとダニーの友人たち、そしてダニーの家の物語である」(355)という文で始まるのである。ダニーをはじめとするパイサーノたちのスタインベックの描き方は、結末のダニーの不可解な死を除き、おおむね温かい。

次に見るのは、メキシコが舞台となっている『真珠』である。この物語は、先住民のキーノ一家が白人の支配民たちに苦しめられる話である。そのことが如実に表れているのが物語の始め近くの次の部分である。

門からやって来た召使は開け放した戸口に近づき、気づかれるまでじっと待っていた。

「何の用だ?」と医者が尋ねた。

「赤ん坊を連れた卑しいインディアンがまいりました。サソリが赤ん坊を刺したといっております」

医者は怒るまえに、静かにカップを下に置いた。

「おれには、虫にかまれた『卑しいインディアンども』に治療を施すよりましな仕事はないのか? おれは医者であって、獣医じゃないぞ」

「はい、ご主人さま」と召使はいった。

「そいつはすこしでも金を持ってるのか?」と医者はきいた。「いや、やつらが金など持ってるはずがない。おれが、おれだけが、どうしてただ働きをすると思われているんだ——そんなふうに思われるのは、もうごめんだ。そいつが金を持ってるかどうか調べてこい!」(17–18)

これは、先に挙げた『はつかねずみと人間』で白人女性が黒人の使用人クルックスに示したものと同様の侮蔑的な態度である。もちろんこれらの描写があるのはスタインベックが人種差別的だからではない。むしろ彼は経済的弱者や知的または身体的な弱者を含めて弱者に寄り添った姿勢で物語を執筆する。

次に挙げるのは物語ではなく、スタインベックが愛犬チャーリーとの車でのアメリカ周回の旅を記録した『チャーリーとの旅』の中に描かれるスタインベックの子ども時代のある黒人家族の思い出である。この引用はあまりにも長く、例えば「一ページ以上にわたって引用する人がいる。それは、禁止である。あまりに長いと、あなたのコトバがなくなってしまうからである」(小笠原 219) のように言われることもあるのを承知の上、敢えて禁じ手である長い引用を行いたい。なぜなら、これがスタインベックの人種観を非常に「コンパクトに」表していると考えるからである。

わたしはカリフォルニア州のサリーナスで生まれ育ち、学校に通い、自分を形成する感性を培ったが、そこには黒人の家族は一軒しかなかった。名前はクーパーといい、その父親と母親はわたしが生まれる前からこの地に住んでいた。彼らには三人の息子がいて、長男はわたしよりも少し年上で、次男はわたしと同じ年で、三男は一つ年下だった。したがって、小学校から高校にいたるまで、上級、同じ学年、そして一級下に、いつもクーパーくんがいたわけである。要するに、わたしはクーパー家の三人兄弟に囲まれていたわけだ。父親はたいてい「クーパーさん」と呼ばれていて、小さな運送屋を経営していた——その経営は順調で、なかなかの暮らしぶりだった。母親は心が暖かく、親切な人で、わたしたちがせがむと、いつでもショウガ風味のおいしいケーキを作ってくれた。

サリーナスに当時、皮膚の色に対する偏見があったとしても、わたしは聞いたこともなければ、そんな雰囲気を感じたこともなかった。クーパー家は尊敬されていたし、一家の自尊心も虚勢を張ったものではなかった。長男のユリシーズは背が高く、もの静かな少年で、サリーナスはじまって以来の棒高跳びの名選手だった。トラックスーツを着たその優美で引き締まった身体の動きを、わたしたちは今でも覚えている。しなやかで完璧なタイミングを羨ましく思ったものだ。彼は高校三年生のときに、残念ながら亡くなってしまったが、わたしは選ばれてその棺をかついだ。そして選ばれたことを誇らしく思い、罪悪感を覚えたものだ。次男のイグネーシャスは同じクラスだったが、わたしの好きなタイプではなかった。その理由は今になってわかったことだが、彼が学校で飛び抜けて優秀な生徒だったからである。算数、のちに数学において、彼は学年でトップだったし、ラテン語においてもかなりよくできた。しかも、カンニングなんかしなかった。こんなにできる同級生を誰が好きになるだろうか？　三男坊、こと赤ん坊はニコニコしていた。不思議なことだが、彼の名前は覚えていない。彼は生まれながらの音楽家で、最後に会ったときも、作曲に夢中になっていた。そして、彼の作品はいくらか訓練を受けたわたしの耳にも、大胆で独創的な素晴らしい曲に聞こえた。しかし、こうした彼らの才能以上に、何と言っても、クーパー兄弟はわたしの友人だったのだ。

さて、このように何でも吸収してしまう少年時代に、わたしが知り、交際した黒人は、クーパー家だけだったので、この広い世界への心構えがほとんどできてなかった。たとえば、黒人が劣った人種だと聞いたとき、その根拠は誤っていると思った。黒人が不潔だと聞いたときも、クーパー夫人のピカピカに光った台所を思い出した。怠慢だって？　これには、クーパーさんが夜明けに馬車をパカパカと走らせていく音に、目を覚ましたことを思い出した。不正直だって？　これには、クーパーさんが月の十五日以降に借金をもち越さないという点で、サリーナスでも数少ない人にあげられていたことを思い出した。

今になってわかったことだが、クーパー家にはわたしがその後、見たり会ったりした他の黒人たちとどこか違っているところがあった。クーパー家は痛めつけられることも、侮辱されることもなかったので、身構えたり、戦闘的になることもなかった。彼らの人間的な尊厳が、傷つくことがなかったので、無理に横柄になる必要がなかったのである。クーパー兄弟は自分たちが劣った人種だということを耳にしなかったので、その精神も、最大限に発揮することができたのだと思う。

以上が、成人するまでに、わたしが経験した黒人との思い出である。たぶん、今ではもう年齢がかさみすぎ、少年時代の感じ方が固まってしまっていて、改めることはできないだろう。ああ、その後、わたしは暴力と絶望と混乱の砕ける波浪をどれほど目にし、どれほど感じてきたことだろうか？　わたしは本当に学ぶことができなくなっている黒人の子どもたちに会ったことがある。とりわけ、白紙の状態の幼児期に、自分の能力が劣っていると言われてきた黒人の子どもたちがそうなってしまっているのだ。だから、クーパー家のことやクーパー家に対する自分の気持ちを思い起こするとき（原文ママ）、わたしは白人と黒人のあいだを閉ざす恐怖と怒りのカーテンに、悲しみを覚える。クーパー家に関して、こんな愉快な光景も想像できる。つまり、われわれよりも賢明で洗礼された世界から誰かがサリーナスにやって来て、「きみの妹をクーパー兄弟の誰かと結婚させてはどうかね?」と言ったとしたら、どうなるだろうか? きっとわれわれはみんな笑ったことだろう。なぜなら、われわれはみんな仲よしだったけれども、優秀なクーパーくんのほうが、きっと自分たちの妹と結婚したがらないだろうと、考えてしまったかもしれないからである。

こういうわけで、わたしは基本的に人種問題の対立で、どちらの肩をもつにしても不適格である。しかし、告白しなければならないが、弱い所を攻めぬく残酷な行為や暴力に対して、わたしは気分が悪くなってしまうほど、激怒してしまう。これは強者の弱者に対する処遇の仕方にも、同じことが言える。(243–45)

スタインベックの生まれ故郷のサリーナスのジョン・スタインベック図書館に保管されているサリーナス・ユニオン高校の一九一九年のアルバムに掲載されているスタインベックが所属していた陸上競技部の写真が『文学伝記事典第三〇九巻:ジョン・スタインベック』(*Dictionary of Literary Biography Volume 309: John Steinbeck*) に転載されている (19)。この写真には、部員の名前は書かれていないが、黒人の部員も写っている。それがクーパー兄弟の長男ユリシーズ・クーパーくんであろうか。スタインベックの『チャーリーとの旅』については、それが実際の旅日記ではなく、旅行後にでっち上げられたものであると告発するビル・ステイガーウォルド (Bill Steigerwald) の書があり、同書によると旅の途中に出会ったとされる人たちのおおよそ九〇パーセントが全体的にあるいは部分的にでっち上げられた人ではないか (248) と書かれている。『チャーリーとの旅』がノンフィクションであるのか、フィクションであるのかを探るのが本論の主題ではないので、この辺りにとどめておく。スタインベックが若い頃の思い出として書いたこの一節に出てくる黒人のクーパー三兄弟の長男がスポーツに秀で、次男が学問に秀で、三男が音楽に秀でているのは、黒人によく言われるステレオタイプに当てはまり過ぎているような気がしないでもないが、このエピソードはでっち上げではなく、スタインベックの実際の経験にもとづいているのであろう。スタインベックがここに報告しているのは、皮膚の色に対する偏見が感じられなかったサリーナスでは黒人一家が痛めつけられたり侮辱されたりすることがなかったので、戦闘的になったり身構えたりすることはなかったということである。また、クーパー兄弟は自分たちが劣った人種だということを耳にしなかったので、その精神も最大限に発達できたということである。スタインベックは、このクーパー兄弟の思い出を、彼が、チャーリーとの旅の中でニューオーリンズに足を伸ばし、同地の小学校に二人の黒人児童が入学が認められ、その二人の児童が反対する人たちの中を登校する様子を実際に見に行ったことを紹介する長い前置きとして書いている。

先ほど、スタインベックの人種観を紹介するために長い引用をするという禁を犯した筆者は、ここに彼の民族観を紹介するため長い引用という禁じ手を再び使いたい。これは、『アメリカとアメリカ人』(*America and Americans,* 1966) からの引用であり、ここに彼の多民族国家であるアメリカ合衆国観が的確に表されていると考えるからである。

このようなアメリカに住みついた種々雑多な世界の諸民族が、いかにして一つの国民になったかということは、一つのミステリーであるばかりでなく、彼らのもともとの願望や意図にまったく反していたのである。アメリカ東海岸に住みついた最初のヨーロッパ人たちは、他の民族にとけ込むことを望まなかっただけでなく、彼らの規則と防御によってそういうことを確認したのである。マサチューセッツ州に上陸したピルグリム・ファーザーズは、イギリス人であれ他の国民であれ、まさに自分たちと同類でない人にはだれにでも銃を向けた。王室の土地勅許状をもらったヴァージニアやカロライナの入植者たちは、自由でなく、かつ危険分子でもない奴隷や年季奉公人をほしがった。しかし多くの場合、それらの唯一の供給源はイギリスの刑務所からだったので、入植者たちは結局、危険分子を手に入れることになった。初期入植者たちのいかなる波も、人里離れた遠くの安全な土地に行くか、未来の波に備えて防備をはじめた。ジャガイモの大凶作から祖国をのがれた貧しいアイルランド人たちは、北アメリカの敵意に直面して、アイルランド人で集まり、ユダヤ人たちはユダヤ人で集まった。西海岸では中国人たちが中国人のコミュニティをつくった。どの大都市にもたいてい「アイリッシュタウン」「チャイナタウン」「ジャーマンタウン」「リトル・イタリー」「ポーランド《ポラック》町《タウン》」として知られる民族的地区があった。アメリカに新しくやってきた人たちは言語や習慣が自分たちと同じ土地に行き、それぞれの町が順々に他国民の侵入にたいしてその町を守った。

都市を捨てるか、都市からむりやり離されて、奥深い荒野に住居を求めた集団もあった。ケンタッキーの山中には今日でもなお、エリザベス朝時代の英語を話す人びとの一団がいる。モルモン教徒は、ののしられ、殺され、東部から追い出され、ユタ州まで苦しい旅をし、グレイト・ソルト湖のほとりに自分たちの社会をつくった。カリフォルニアにはロシア人のコミュニティがあった。オレゴン州東部では、バスク人たちが自分たちの言語やヒツジや白い牧羊犬を携えて、人が近づけないような山に入りこんだ。西海岸にはコーンウォール人たちのコミュニティがあって、コーンウォール語だけをしゃべっていた。これらの孤立した集団は、できるだけ自分たちの故郷によく似た場所に行き、かつての習慣と生活を続けようとした。そういう地域の中心には、ユダヤ教会やタマネギ状の屋根のロシア正教会がそびえ立った。カリフォルニアは、最初、スペイン領であり、ついでメキシコ領だったので、カトリックであり、学校はカトリックの学校だった。東部からやってきた新教徒《プロテスタント》たちは、プロテスタントの教育を受けさせるために子どもたちをハワイまで行かせなければならなかった。ドイツ人の入植者はテキサスと五大湖周辺に定住して、彼らのアイデンティティや料理や言語を守り続けようとした。

最初から、学校で上級生が新入生を扱うように、わたしたちは憎しみをこめて小数民族（原文ママ）をとり扱ってきた。圧迫とサディズムのこの仕組みから解放されるためには、新参者たちがよわよわしく、貧しく、人数も少なく、保護されていないことが肝要だった——けれども彼らの髪や目の色が違っていたり、また彼

> らが英語でない言葉をしゃべったり、プロテスタントでない他の教会で礼拝するならば、それは役にたった。ピルグリム・ファーザーズはカトリック教徒の後を追いかけ、そして両方ともユダヤ人を徹底的にやっつけた。その次にアイルランド人がひどく攻撃され、続いて、ドイツ人、ポーランド人、スロヴァキア人、イタリア人、インド人、中国人、日本人、フィリピン人、メキシコ人が攻撃されるようになった。これらの人たちに、わたしたちは次のような蔑称をあたえた。ミックス（アイルランド人）、シーニーズ（ユダヤ人）、クラウツ（ドイツ人）、デイゴーズ（南ヨーロッパ人）、ウォップス（イタリア人）、ボロ頭（東洋人）、黄色い腹《イエロー・ベリー》（メキシコ人）などである。それぞれのグループにたいする仕打ちは、それぞれが健全で、同化し、自衛的になり、かつ経済的に目立たなくなるまで続けられ——そこでそれぞれのグループが古参者に加わり、もっとも新参者たちを攻撃した。まさに新参者たちにたいするこの残酷さは、民族的、国民的余所者が「アメリカ人」に溶け込む速度を説明することに大いに役立つかもしれないという気がする。自分たちが苦しんだので、彼らは新入りたちを哀れむかもしれないと人は考えたであろうが、そうではなかった。彼らは多数派の仲間入りをして、新入りのグループと悶着をおこすという一般に容認された上流階級の慣習に浸るのを待ちきれなかった。(319–21)

アメリカ合衆国の民族の歴史をここまで簡潔に的確にまとめた文章を筆者は他に知らない。スタインベックによると「おそらくエスキモーとオーストラリア原住民以外のあらゆる種類の余所者をわたしたちが引き寄せ」(322)、「飽和状態に達」(322) したアメリカ合衆国では、他民族の移民がこのように繰り返されてきたのである。本論では、先住民追放と「奴隷制度」の繰り返しについても述べたが、それに他民族の移民も併せて繰り返され、アメリカ合衆国は成り立っているのである。スタインベックはこれらの記述を含む「多様のなかの統一」という章において、アメリカ人を「あらゆる人種に根ざし、あらゆる色合いをおびて、民族的には一見無秩序な新人種」(331) であると定義づけている。

結語

以上、本論ではジョン・スタインベックの故郷カリフォルニア州サリーナスの一九〇〇年代の働き手として外国からの移民を受け入れている状況とそのような環境の中でアジア系、メキシコ系、そして黒人を友人として育った環境を確認し、その後、彼が自らの作品中において様々な人種や民族をどのように描いたか、そして多人種・多民族が交錯するアメリカ合衆国の社会をどのようにとらえていたのかを多くの文献的証拠に照らし合わせながら記述した。執筆者として山内圭のみ名を挙げているが、本文中にスタインベックからの長い引用を二つ挙げていることからもこの文はジョン・スタインベックとの共著であるといえるかもしれない。読者諸賢には、拙論をきっかけとしてスタインベックの作品に触れ、彼が描く合衆国の社会（それは人間の普遍的な社会である）を味わっていただき、そのうえで、合衆国の、さらには自国及び他の国々の人種や民族問題を含む社会について考えるよすがにしていただきたい。ジョン・スタインベックは現代社会にとっても大いに関連があるのである。

参考文献

Benson, J. Jackson, *The True Adventures of John Steinbeck, Writer*. 1984. Harmondsworth: Penguin, 1990.

Breschini, Gary S., Trudy Haversat, and Mona Gudgel. *10,000 Years on the Salinas Plain: An Illustrated History of Salinas City, California*. Carlsbad, California: Heritage Media Corporation, 2000.

Breschini, Gary S., Mona Gudgel, and Trudy Haversat. *Images of America: Early Salinas*, Charleston, South Carolina: Arcadia

Publishing, 2005.
——. *Images of America: Spreckels*, Charleston, South Carolina: Arcadia Publishing, 2006.
Li, Luchen. *Dictionary of Literary Biography Volume 309: John Steinbeck A Documentary Volume*. Farmington Hills: Thomson Gale, 2005.
Railsback, Brian, and Michael J. Meyer. Eds. *A John Steinbeck Encyclopedia*. Westport, CT., Greenwood Press, 2006.
Souder, William. *Mad at the World: A Life of John Steinbeck*. New York: Norton, 2020.
Steigerwald, Bill. *Dogging Steinbeck: Discovering America and Exposing The Truth About "Travels With Charley."* Pittuburgh: Fourth River Press, 2012.
Steinbeck, John. *America and Americans*. 1966. New York: Bantam, 1968.（『スタインベック全集第一六巻　チャーリーとの旅　アメリカとアメリカ人』矢野重治・上優二・深沢俊雄訳、大阪教育図書、一九九八年）。
——. *Cannery Row*. 1945. in *Of Mice and Men/Cannery Row*. Harmondsworth: Penguin, 1987.（『スタインベック全集第四巻　はつかねずみと人間〈小説・戯曲〉』高村博正訳、大阪教育図書、二〇〇〇年）。
——. "Fingers of Cloud: A Satire on College Protervity." *Stanford Spectator* Vol. 2 No. 5, February 1924. 149, 162–64.
——. *The Grapes of Wrath*. 1939. New York: Penguin, 1977.（『スタインベック全集第六巻 怒りのぶどう』中山喜代市訳　大阪教育図書、一九九七年）
——. *Tortilla Flat*. 1935. New York: Signet, 1952.（『スタインベック全集第二巻 知られざる神に　トーティーヤ・フラット』山下光昭・中山喜代市・大友芳郎・那知上佑訳　大阪教育図書、二〇〇一年）
——. *Travels with Charley in Search of America*. 1962. London: Pan Books, 1974.（『スタインベック全集第一六巻チャーリーとの旅　アメリカとアメリカ人』矢野重治・上優二・深沢俊雄訳　大阪教育図書、一九九八年）
——. *The Pearl*. 1948. London: Mandarin, 1990.（『スタインベック全集第一〇巻 真珠　気まぐれバス』中山喜代市・杉山隆彦・酒井康宏・山下巌訳　大阪教育図書、一九九九年）。）
——. *Uncollected Stories of John Steinbeck*. Ed. by Kiyoshi Nakayama. 1986, Tokyo: Nan'un-do, 1989.
Stowe, Harriet Beecher. *Uncle Tom's Cabin*. 1852.（ハリエット・ビーチャー・ストウ『新訳　アンクル・トムの小屋』小林憲二訳、明石書店、二〇一二年）。

Yamauchi, Kiyoshi. Book Review of *Dogging Steinbeck: Discovering America and Exposing The Truth About 'Travels With Charley.' Steinbeck Studies*. Vol. 37, May 2014. 39–49.

遠藤徹『スーパーマンの誕生――ＫＫＫ・自警主義・優生学』新評論、二〇一七年。

小笠原喜康『最新版 大学生のためのレポート・論文術』講談社、二〇一八年。

加藤好文「スタインベックのマイノリティ表象」『スタインベックのまなざし――我がアメリカ文学・文化研究の原点――』大阪教育図書、二〇二一年。

山内圭「スタインベックの未収録短編小説について」、『スタインベック全集 第五巻　長い盆地／収穫するジプシー』大阪教育図書、二〇〇〇年、四二一―九五頁。

第八章

決して一人にはしない（"Never Alone"）

――苦悶のキング牧師を支えたもの

浅野　献一

はじめに

マーティン・ルーサー・キング二世（Martin Luther King Jr., 1929–68. 以下キング）の生涯最後の三年間は、苦渋と困難に満ちたものだった。

特に一九六七年四月四日にニューヨークのリバーサイド教会で行われた反戦講演「ベトナムを越えて」(Beyond Vietnam) 以降の一年間は、「巨大な三つ組」、すなわち「人種差別、経済搾取、軍事主義」の「三つの悪」(1)に取り組む実際的困窮に加え、政権のみならず、マスコミ、世論、また公民権運動指導者たちからも「非難の集中砲火」（黒﨑『マーティン』175）を受け、苦難の歩みをせざるを得なかった。それはキング自身の活動の足場であった南部キリスト教指導者会議 (Southern Christian Leadership Conference) 内部の者や友人たちも、「戦争については沈黙するように」（コーン『夢』327）と彼へ忠告していた。その事に反してキングは、その時々の講演、説教で、反戦、平和の運動について、晩年、最も精力を注いだ貧困問題と共に、多く、痛む声音で語り、苦痛と困難の道を孤立しながら進んでいった。

キングは、一般に公民権運動の主要な指導者の一人として記憶されている。

事実、彼を記念してアメリカ合衆国連邦政府はキング牧師記念日 (Martin Luther King Jr. Day: King Holiday)（毎年一月第三月曜日）を一九八三年、ロナルド・レーガン (Ronald Reagan) の署名によって制定している。しかしその署名後の一九八三年十一月のレーガンの所見によれば、キングは「法的平等を生涯の仕事」とし、非暴力の教えを堅持。そして一九六四年、ノーベル平和賞を受賞。そして一気に飛んで、一九六八年暗殺されたと言われている。その「公的記憶としてのキング」は、「三つの悪」、特に貧困問題（仕事と年間所得補償）と戦争に取り組んだ人生最後の三年間の闘いが取り除かれた「キングの脱政治化（＝無害化）」された像であり、キングの実像のすべてではない（黒崎『マーティン』219–20）[2]。

また彼は、「公民権指導者である前に福音の説教者である」と、召命のゆえに自認していた。公民権運動で行っているすべては「牧師職」の一部であったと説教でも語っている（カーソン『真夜中』185）。

著者の主たる関心は、牧師・説教者としてのキング、特に「夢が悪夢と変わり果ててゆく」（キング『良心』97）生涯最後の困難な三年間に彼が、そのホームたる教会で、聴く一人ひとりに何を想起させ、言外にも何が指し示され、彼の目指した「新しい世界づくり」(to shape a new world)（同 67; TOC 51）がどのようなものであったかを明らかにすることにある。

本論文は、キングが最も苦悶し、精神的にも「抑鬱症状」（リシャー 269）に陥るまで追い詰められていた「ベトナムを越えて」以降、一九六七年四月から召天までの一年間の説教に主に集中する。その全てが逆回転するような「悪夢」のただ中で、彼を支えていたものが何であったのかを考察し、生きるに困難を抱えざるを得ない、今日の孤立の時代に歩みゆく者たちへの勇気を得たいと望むものである。

牧師としてのキング、また説教から読み、聴くことになるゆえに、キリスト教、また牧師の在りようなどに多く言及することになる。しかしそこで示唆される内容は、宗教に拠りどころを置かない多くの人たちにも、生の困難のとき、何が「わたし」を支えているかを問い直す、宗教からのもう一つの視点を提供し得るものと信じる。

その事のため、キングを取り囲む困難の状況を少しばかり概観した後、困窮の最中や恐れについて語られた諸説教に現れる「シスター・ポラードの逸話と言葉」(3)、また「キッチン体験」(kitchen experience)(4)について考察する。ここにおいて、それらの言葉の深みにあって彼を根底から支持している精神基盤、すなわちアフリカ系アメリカ人の神への信仰的伝統と預言者の召命の声を聴くことになる。同時に、その説教の語りを支えている「呼びかけと応答」から与えられる勇気。また説教の根底に響いている讃美、歌をも感じることになろう。

人生の内に繰り返される「死の陰の谷を歩む」(5)痛み・孤独の時に、どこに視線を向けて、何の声に聴いて歩むことで、その苦悶を乗り越えていくことが出来るのか。また「人生は砕かれた夢の絶えざる物語」（カーソン『真夜中』238）であるとしても、その歩みの中でなお生きるように語りかけられている声を、キングと共に聴けたらと心から願っている。

一　「嵐のただ中」(6)のキング――一九六七年四月以降

キングのベトナム戦争に対する態度は、一貫して反対の立場であった。牧師であり、「人類が兄弟姉妹として共に生きる世界」を目指す者として、ノーベル平和賞を受賞（一九六四年十二月）し、さらに平和のため献身する委託を受けた者として、反戦の立場であることは当然のことであった（黒﨑『マーティン』169–70）。

一九六五年二月七日、アメリカの「リンドン・ジョンソン（Lyndon Johnson, 1908–73）政権が、南ベトナムを守る名目で、北ベトナムへの爆撃（北爆）を開始」（黒﨑『アメリカ黒人』144）。その直後の一九六五年三月、ハワード大学（ワシントンD・C）演説後のプレス質問においてキングは、「ベトナム戦争は何も成し遂げていない」、また「交渉による和解を求めた」と戦争の消極的評価を明らかにしていた。(7)

しかしキングは「一九六四年公民権法」（一九六四年七月）を成立させたジョンソン政権の支援がこの段階ではなお不可欠であり、その後の「投票権法」成立（一九六五年八月）なども見据えながら「反戦表明を極力控え」

（黒﨑『マーティン』170）ていた。戦争批判は、ジョンソン政権のみならず「白人リベラル、および既成黒人指導者たちからの相当な圧力」（コーン『夢』325）をもって抑えられていた。またそれは「公民権運動内に深刻な亀裂」（梶原 198）をもたらさないためでもあったとも言われる。(8)

しかしその後一九六七年一月までに「沈黙は裏切り」（カーソン『私』159）との判断に至り、一九六七年二月にビバリーヒルズで行われた講演「ベトナム戦争の犠牲者」(The Casualties of the War in Vietnam)、そして四月にも「ベトナムを越えて」の反戦講演し、彼はベトナム戦争反対の立場を公にした。その反戦表明により「キングは非難の集中砲火」にさらされた。「リベラル有力紙、黒人有力紙、黒人有力指導者たち」もキングを揶揄し、徹底して非難した（黒﨑、同 175–76）。

それまでにもキングは、公民権運動、投票権以外のアフリカ系アメリカ人を取り巻き、噴出していた様々な困難・課題と向きあっていた。公民権、投票権の法的獲得に苛立ち、露骨な暴力を振るう「白人の巻き返し」による殺害事件が増大する。「仕事と所得への権利」を求める声として一九六五年に「ワッツ暴動」が起こる。(9) その時に彼は、若者の声を聴き、南部キリスト教指導者会議と共に、「構造的人種差別」による貧困問題に取り組むためのシカゴでの具体的活動を展開していた。(10)

しかしその最中、一九六六年夏、「メレディス行進」において、それまで非暴力を掲げて共に歩んできた学生非暴力調整委員会 (Student Nonviolent Coordinating Committee) から「ブラック・パワー」の声が公にされ、(11) 運動の在り方への根本的疑問が提示された。キングは、その声の「黒人の政治力と経済力の強化」についての正統性は認めたが、その主張に無意識的にまた意識的にも含まれている分離主義（黒人支配・黒人のみの組織）、また暴力（自衛）容認については、「公民権運動の基本的戦略にするわけにはいかない」と不同意であった。彼の信仰・人生哲学、すなわち「人類が兄弟姉妹として共に生き、互いの人格を尊重できる社会の創造」（同 166）から、また暴力は、破局への「下降螺旋」(12) であり、暴力と憎悪の連鎖を生み続けるとの現実的観点からも、その「ブラック・パワー」を全面的に支持しなかった。何よりも「平和的目的は平和的手段によって達成されなければならない」（キング『良心』90）との確信を、彼は持っていた。[13]

しかしそれゆえに「もうあの非暴力主義にはついて行けない」（梶原 195）と若者たちの多くは離れ、前述のように「白人との統合」を主張していた公民権運動諸団体指導者たちも、国に反旗を翻し、白人リベラルからの寄付を少なくしてしまうキングの反戦の主張を拒否してはばからなかった。[14]

その苦難の状況を、「黒人神学・黒人解放の神学」を提唱したジェームズ・コーン (James Cone 1938–2018) は適切に、「彼の夢が悪夢に変わるのを見た時——アメリカにおいて都市が燃え、アジアにおいて戦争が荒れ狂い、政府とメディアが彼を激しく批判し、公民権運動の黒人指導者たちからは、超戦闘的な人々からも超保守的な人々からも同様に拒絶された時」（コーン『十字架』143）と表現している。

その「嵐のただ中」、あるいは「悪夢」のただ中の説教、特に戸惑い、恐れの主題の説教の中でたびたび現れる「シスター・ポラードの逸話」、特にキングとの対話の中でのポラードの言葉。また一九五六年一月二十七日、深夜の脅迫電話によってもたらされた「霊的真夜中 (spiritual midnight)」（コーン『十字架』127）で経験した「キッチン体験」を聴くことによって、その孤独と痛みと苦難の道を歩んだキングを根底から支えた信仰・出来事を、僅かばかりに垣間見ることが出来たらと願っている。

困惑と批判の中の途轍もない苦難の中にあったであろう、まさに「ベトナムを越えて」の講演の五日後。一九六七年四月九日の日曜日にイリノイ州シカゴのニュー・カヴィナント・バプテスト教会でなされた説教「完全なる人生の三つの次元」(The Three Dimensions of a Complete Life)（カーソン『真夜中』158–80）において、この二つの体験が同時に語られていることは注目に値する。

二　シスター・ポラードの言葉——アフリカ系アメリカ人女性の歴史的呼びかけに

キングにとって、「シスター・ポラードの逸話と言葉」の定型文は、[15] あたたかい情愛と「共に歩んだこと」の確信、そして達成の喜びの記憶を思い起こさせるものであった。またそれは、親しい関係の内に背中を押し出す励ましと歩みゆく力、そして信仰的には「希望」を指し示すものであったと思われる。

この逸話は、モンゴメリーのバス・ボイコット運動中になされた敬愛するシスター・ポラードという名の年配の女性との会話、その特徴的な言葉によって成り立っている。

一つは、人種隔離体制・人種差別への抗議の意思表明としてのバスの乗車拒否をアフリカ系アメリカ人住民は展開した。その運動のため歩いて出勤をしていたポラードは、自動車の相乗りへの提案を拒否し、丁重に自分の意志と思いをあらわした。

「はい、私の足は疲れていますが、わたしの魂は安らかです」。(Yes, my feets is tired, but my soul is rested.)[16]

この言葉に現れているのは、「正しいことへの抗議」[17] に参加している誇りとその確信の表明である。また魂を踏みにじられる絶望[18]に比べれば、一時的な身体的疲れ（精神的な疲れも含意と思われる）など問題ではないというアフリカ系アメリカ人の困難の歴史に根差しているゆえに、聴く一人ひとりに強く響く声となっている。この定型文が語られている前段の文脈では、神を「信じる・信頼する・信仰する」(AKM 136)[19] ゆえに、わたしたちは前進・行進するという流れの中で使用されている。

また公民権運動の一つの区切りであった一九六五年三月二十五日の「セルマ行進の終結演説」（カーソン『私』137–51）の冒頭でも、このシスター・ポラードの逸話が語られている。そこでは十年に及んだ困難と苦難の運動の歩みを想起し、[20] その困難な道のり、また疲れ、痛んだ身体を描き出し、キングはさまざまな思いを参加者と「共感」している。それはヘンリー・ナウエン（Henri Nouwen 1932–96）が語る、現代の宣教で必要な「共感する指導者」の姿をそのまま映しているかのようである（ヌーウェン『傷』58）。そしてその後のシスター・ポラードの言葉、「魂は安らかである」との言葉によって、達成感と喜び、つかの間の安堵が共有（カーソン、同 137–38）されている。

この「セルマ行進の終結演説」の後半ではこれからも前進・行進し、「人間が人間として生きられる日」（同 149）、[21] すなわち「その日」（同上）[22] の到来の希望を十二分に高め、分かち、共鳴するため、首句反復・アナフォラが使用される。その日、その時の到来は「どれほど長くかかるのか、長くはない。なぜなら——（How long? Not long, because—）」（同 149–51 および、リシャー 200–01）との言葉が繰り返される。それはロックンロール・ライヴで味わうような一体感、そして希望へ前進する力を皆と高めていったことがうかがえる。

つまり、シスター・ポラードの第一の言葉には、困難や痛みの中にあり、なお先が見えないとしても「前進していく」推進力を呼び起こす力がある。定型文は、そのバス・ボイコット運動のその時、その場で語られた状況の喜びと高揚を思い起こさせ、奮い立つ力をキングにもたらしたと思われる。

もう一つ、シスター・ポラードの言葉でより大切なものは、キングが困難続きで力を失っていた時に、彼にかけた声である。

恐れや失望を隠すためにキングが言った「大丈夫ですよ」との答えを受け、ポラードは彼の目を真っ直ぐ見てこう言った。

「私に近づいてください。そしてもう一度だけ言わせてください。今度だけは聞いてくださいよ。」そして言った。「すでに申し上げたことですが、私たちは一緒にいますよ。」さらに続けた。「でも、たとえ私たちが一緒にいなくても、主はあなたと一緒にいますよ。」そして彼女は次の言葉で締めくくった。「主があなたの面倒をみてくださいますよ。」(The Lord's going to take care of you.)（カーソン『真夜中』176–77）

この「主があなたの面倒を見てくださる」[23]との言葉についてコーンは、「マーティン・ルーサー・キング二世が決して忘れなかった終末論的約束」（コーン『十字架』128）と述べている。その前に言われる「主はあなたと一緒にいます (the Lord is with you.)」との言葉と共に、聖書全体に響いている「神は共にいる」との信仰[24]、特に、マタイによる福音書二八章二〇節においてよみがえりのイエスが弟子たちに言われた「私は世の終わりまで、いつもあなたがたと共にいる (I am with you always, even unto the end of World. 欽定訳)」との言葉が明らかに反射されている。そこには、たとえ未来がわからないとしても主はあなたの面倒を見てくださるという支えと安心が語られている。

またこの声には、「黒人女性たちの、イエスの神に対する信仰」（同 219）が反映されていると、コーンは述べる。命を落とす「その危険性にもかかわらず、彼女たちは自分たちの守り手であり友であるイエスが、厳しい試練を通して自分たちと共に歩み、自分たちを守ってくれると信じた」（同 217–18）。その「神があなたの面倒を見てくださる (God will take care of you)」(Cone, *The Cross*, 148) という信仰は、「ハリエット・タブマンが奴隷たちを自由へと導いた時から、アイダ・B・ウェルズ、ネリー・バロウズ、そしてファニー・ルー・ヘイマーの活動に至るまで、アフリカ系アメリカ人の歴史に深く根ざしている」（同 218–19）と言われる。

明らかにこの言葉は、アフリカ系アメリカ人の苦難と痛みの歴史、特にその教会の大半を担っていた女性たちを通して響く声——未来を光で照らし、いのちを支え、勇気を与え、あたたかさと強さを伴った信頼の言葉であったのではないか。

またジョージア州アトランタに生まれたシビラ・ダーフィー・マーティン (Civilla Durfee Martin, 1866–1948) によって一九〇四年に作詞された同名の「神があなたの面倒を見てくださる」(God Will Take Care of You) との讃美歌(25)も存在し、そのメロディーラインも聴く会衆にはその言葉の奥で聞こえていたのかもしれないと想像する。

キングは、そのシスター・ポラードの声を、説教で会衆と共に聴くことによって、人間の苦難と抑圧の中に「共に」座してくださる十字架の主イエスを仰いだ。(26) その自由と解放が実現する「その日」まで前進させてくださる「イエスの招き」（同 219）をも共に聴き、勇気と力が与えられていたと思われる。

三　決して一人にはしない（“Never Alone”）——弱りの中での召命、讃美。そして希望へ

キング宅玄関ポーチが爆破される三日前の一九五六年一月二十七日。牧師が週の中で一番悩み深い金曜日、バス・ボイコット運動に突入して間もない深夜。とても汚い声の脅迫電話を受け取り、「恐怖のすべてが一遍に自分に降りかかってくるように思われ」、「いわば飽和点に達した」（キング『汝』200）その苦悶の夜に、キングは「キッチン体験(27)」という特別な宗教経験をした。

その体験が完全なかたちで現れている説教は、一九六七年八月二十七日、つまりデトロイト暴動（七月二十三日から二十七日）直後の「なぜイエスはある男を愚か者と呼んだか」(Why Jesus Called a Man a Fool)（カーソン『真夜中』184–206）である。

日本におけるキング研究の第一人者である梶原寿 (1932–2014) は、この経験をキングの「思想の根幹をなす実存的体験」（梶原 89–90）と呼び、コーンは「神の解放的臨在 (the liberating presence of God)」(Cone, *Martin* 125) の出来事として、その重要性を認めている。また説教学の世界的権威であるリチャード・リシャー (Richard Lischer 1943–) は、特に召命の事柄と関連付けて論じている。

その夜、眠ることが妨げられたキングは、キッチンでコーヒーを沸かしながら、様々なことを考えた。恐れを

減ずるため神学や哲学に思いをめぐらせても答えは見つからず、むしろ、生まれたばかりの娘のことやパートナーのことを思った時、「もう耐えられないと思った。わたしは弱かった」と告白している（カーソン、同202）。困難の中に行き詰まり、脅しの声に勇気を失い、怯える彼に、父にも母にも、すなわち最も親しい人間といえる両親であったとしても頼ることなく、「道なき所に道をお作りになるあの力」なる方にのみ頼るように、「何ものかがささやいた」と言われる。

「その時私は宗教《レリジョン》は私にとって本当《リアル》のものでなければならない、神は自分自身で知らなければならないということを発見した。」（同202–03）

この告白は、まさに預言者エレミヤの召命の時に「腰に帯を締め立ち上がって、彼らに語れ」[28]と命じられた神の声、すなわち独り立ちへの招き[29]が響いていると感じられる。人間の連帯や支持、肉親の絆にもよらず、大いなる方にのみ信頼する生への召し。黒人霊歌「誰も知らない」(Nobody Knows) で歌われる「誰もわたしの見ている悩みを知る者はいない (Nobody knows the trouble I see,)」というまったき孤独の最中にも、次の節で歌われるように「イエスの他には誰もいない (Nobody knows but Jesus.)」。つまり、他の誰が知らなくともイエスのみは、悩みを知っていてくださる、それがわたしを独り立ちさせているアイデンティティの根幹であり、それこそが希望であるという信仰と通底する。[30]

するとその瞬間、一つの内なる声《インナー・ヴォイス》が私に語りかけているのが聞こえた。（そうだ。）「マーティン・ルーサーよ。（そうだ。）公義のために立て。（そうだ。）正義のために立て。（そうだ。）真理のために立て。（そうだ。）見よ、わたしはお前と共にいる。（そうだ。）この世の終わりまで共にいる。」（同203）

キングが苦悶の内にコーヒー・カップの上にうつ伏せになり、弱さの告白の祈りをした後、その神の臨在(presence)、つまり神・イエスが今現在、一緒にいることを確証する声を聴いた。

その声はまず、預言者の召命と同じように彼の名前を呼ぶ。つまりそれは、『「私を」私たらしめているものを知っておられる』[31]神、「私はあなたを胎内に形づくる前から知っていた」（エレミヤ書一章五節）と言われる神からの「私」への呼びかけ、指名であり、使命への召しである。それがたとえ「苦悶の職務 (a vocation of agony)」[32]であったとして、預言者たちは召され、キングもその呼びかけに応答していった。

続いて「公義 (righteousness)」、「正義 (justice)」そして「真理 (truth)」(AKM 162) のために立つように、声は命じた。[33]

コーンは、ここに「黒人キリスト教の信仰告白」の主要な三つの強調点、「正義」、「愛」、「希望」をみている（コーン『夢』181）。

「義」と「正義」のために立つとは、「聖書の神は地上の弱き者、助けなき者のために正義を樹立したもう方」であり、この「貧しき者のための正義の樹立を福音の核心にすることなしには、だれもキリスト者であることはできない」とのアフリカ系アメリカ人のキリスト教信仰の根幹が指し示される。この声が響くのは、「公正 (judgment; ミシュパート) を水のように／正義 (righteousness; ツェダカー) を大河のように／尽きることなく流れさせよ」[34]と預言者アモスが呼ばわった今から二十八世紀前の北イスラエルの時代状況。すなわち「貧しい者が不当な扱いをされて、裁判所に訴えても取り合ってもらえない」状態、また「社会正義が著しく踏みにじられ、弱い者、貧しい者は虐げられていた」状況（樋口 14）とキングの時代は、ほぼ同じであったことは偶然ではないと思われる。

またキングにとって「真理」とは、何よりも「愛」を意味したと言われる。「神は黒人と白人を互いに向かい合うように造られたのであって、互いに引き離すために造られたのではない」（同 182）という、神の子ども、姉妹・兄弟として創造されたという確信。それは彼が「ベトナムを越えて」において使命として語った「生ける神の子として」生きるということへ、また「人種や国家や信条への忠誠を超えるものは、神の子として生きることであり、人類愛（brotherhood）に献身すること」（カーソン『私』165; ACC 145）という信仰と同じものである。

コーンはキングの「正義」について「愛」に基づいていると説明する。

「神の義が神の創造と贖《あがな》いの愛に基づいているように、人間の正義も愛に基づいている。そして隣人愛、殊に敵への愛は、正義を確立するための手段を規定し、[35]自由への闘いの目標をも規定している。それは愛の共同体である」（コーン『夢』182）。

そして「わたしはお前と共にいる。この世の終わりまで共にいる」という神の臨在の約束、「一緒にいる、共にある」という約束も、先に見たようにアフリカ系アメリカ人の信仰の根本、まさに中心的要素であり、今、困窮にあるわたしを支えてくれる共苦の神の声である。

またそれは確かな「希望」――それは、今、全くの痛みと困窮と闇の中で、明日に何の光が見えなくとも、すべてを創り出されるその神が、未来を創り出されるという確信。「われわれは何人も、白人でさえも破壊することのできない未来を持っている。なぜなら『その建設者と制作者は神なのだから』」（同183）。人間の知識や経験が、敵意や暴力は滅び去ることはないと言い募ったとしても、「神にできないことは何一つない」（ルカによる福音書一章三七節）という確信に満ちる声である。何よりもこの声は、預言者の召命における神からの呼びかけに他ならない。[36]

「共にいる」とは、いついかなる時も、それは痛みの時にも、世界中のすべての人から見捨てられても、わたしだけはあなたと一緒にいようという神からの声である。お前を見捨てることはない、いいえ、むしろ一緒に痛もう、一緒に石の礫《つぶて》をぶつけられ、一緒にその「リンチの木[37]」に架かろうとまで言う、神の決意の言葉であることを、アフリカ系アメリカ人のキリスト者は十字架との関連で、知っていたとコーンは語る。

黒人霊歌とゴスペル・ソングと賛美歌は、イエスが小さき者たちとの連帯を通して、彼らのための救いを全うしたことに、焦点を当てていた。他のテーマより、十字架についての歌と説教と祈りと証しの方が多かった。十字架は彼らの信仰の土台であった。

神の啓示の神秘の中で、黒人キリスト者たちは、イエスが彼らと同じような仕方で苦難の経験を歩まれたと知ることによって、神はリンチの木の上の苦難においてさえ、ちょうど十字架上の苦難においてイエスと共におられたように、彼らと共におられると信じた。（コーン『十字架』56）

そして、キングの「キッチン体験」のクライマックスは、次のように会衆の一人ひとりに語られる。

みなさんに申し上げたい。私は稲妻の閃光を見た。雷鳴の轟きを聞いた。そして罪の大波が、私の魂を征服しようとして突進してくるのを感じた。だが、闘い続けよというイエスの声をも聞いた。彼は決して私を見捨てないと約束してくれた。決して、決して、決して、一人にはしないと。彼は私を決して一人にはしない、と約束してくれた。（決してだ。）（カーソン『真夜中』203）

この最後の語りは、一九六三年に刊行された説教集『汝の敵を愛せよ』(*Strength to Love*) の「キッチン体験」には言われていない。むしろリシャーが述べるように、キングの愛唱讃美歌の一つである「決して一人にはしない」(Never Alone) から得たイメージによって、この「キッチン体験」は印象的に語られていると思われる。それは、その召命の出来事、「神、共にいます」という神の臨在の出来事を的確に言い表していたからであろう。

私は稲妻が輝くのを見、
雷鳴を轟くのを聞いた。
私は罪の大波が押し寄せて来て、
　私の魂を征服するのを感じた。
私は私の救い主の声を聞いた。
彼は私に戦い続けよと命じた。
そして決して私を一人にはしないと約束した。
決して一人にはしない、
　決して一人にはしない、
決して決して一人にはしないと。（リシャー 278–79）[38]

この作詞者不明の讃美歌の背景は、恐らく十九世紀に書かれたものであろう事以外わからない。しかしこの歌詞の内容は明瞭に、稲光が空を走り雷鳴が轟く嵐のただ中で、今にも混沌の波、死と破滅を体現する罪の大波にのまれる恐怖の中で、救い主の約束を聴いたというものである。しかも、世界中の人すべてがあなたを見捨てたとしても「一人っきり (alone)」（同 278）にはしない。孤立させることなく、どこまでもあなたと共にいようと、死の淵で神は約束されたとの励ましと勇気を指し示している。

またこの歌で歌われる稲光と轟く雷鳴の表現は、奴隷からの解放の出来事である出エジプトの最中、シナイ山で解放者モーセが十戒とさまざまな法（シナイ契約：出エジプト記二〇章一節以下）を授与される時に引き起こされた異象、[39] すなわち神顕現[40]とも合致することに気付く。[41]

この讃美歌は、キングが体験した「霊的真夜中」という恐れと弱り、孤独の闇の中、恐ろしく混乱する「嵐のただ中でこそ」[42]、「共にいる」との神の約束と希望を的確に指し示すものであった。それゆえ恐れ、弱り困難を覚える時、また勇気を得、希望を仰ぎたい時に、キングは、この「決して一人にはしない」から採用された定型句・フォーミュラを説教に繰り返し用いた。

先に見たベトナム反戦公言から五日後、キング自身への批判で騒然となっている最中の一九六七年四月九日の説教「完全なる人生の三つの次元」。また先ほどから読み解いている「なぜイエスはある男を愚か者と呼んだか」の背景には、アメリカ各地での人種差別やその結果としてある経済格差・貧困への抗議としてかたちに現れている暴動がある。特に大規模であったと言われる「デトロイト暴動」は、これら説教が語られたシカゴとは地理的に非常に近い位置関係にある。その時に、この「キッチン体験」が完全なかたちで丁寧に語られていることの意味は大きい。その他、「決して一人にはしない」フォーミュラは、一九六七年十一月五日、ホームであるエベネザー・バプテスト教会で語られた「そのためにあなたが死ぬほどに貴重なもの」（カーソン『マーティン』403）、また一九六八年三月三日、同じくエベネザー・バプテスト教会で、自身の弱りを告白する説教「実現せざる夢」(Unfulfilled Dreams) でも用いられている。

またこのフォーミュラは、聴衆に、またキング自身に、そのメロディーも同時に想起させ、音楽からも活力を心と身体に注ぎこむ働きをしたと思われる。

キングは、「シスター・ポラードの逸話」においても、また「キッチン体験」においても、その自分自身の弱さを告白している。ポラードの逸話において、「わたしはくじけそうになり、心が弱くなって勇気を失いかけていた」、「大衆集会に出たがとても失望していて少々恐れも感じていた」、「私の話には力がなった」との弱りの言葉が並ぶ（カーソン『真夜中』176）。また「キッチン体験」ではもっと端的に、怯え、恐怖に耐えきれない弱いキングが「キッチン体験」の祈りで独白されている。

私は祈りに祈った。その夜声を出して祈った。（そうだ。）「主よ、私はここで正しいことをしようとしています。（そうだ。）私は正しいと思っています。われわれが行なっている運動は正しいと思っています。（そうだ。）しかし、主よ、私は今自分が弱いことを告白しなければなりません。私はくじけそうです。勇気を失いつつあります。（そうだ。）だが、私はこんな姿を人々に見せたくありません。なぜなら、もし彼らがこんなに弱い、そして勇気を失っている私を見れば、彼らも弱くなってしまいます。」（そうだ。）（同 203）

傷つき、この世界で孤独を味わうことを避けられる人間は誰もいない。そのような生の歩みの中にあって、むしろ弱りと困難の全てを受け取り、聴いてくれる存在に、祈りの内に、ため息のごとく弱りを告白することは、キリスト者の生を根底から支えるものである。また同様にセルフヘルプ（自助）グループでも、メンバーが共にその困難さ、痛み、弱りを表出し、聴きあうことは、共感（com-passion＝共に―痛む）のうちに、つながりを深め、「弱さの中の連帯」（ナウエン『今日』67）が、日々の歩みを支えていく礎となっていくことを経験する。キングは、説教において自分の弱さと困窮を、聴く一人ひとりと分かち合うと共に、その礼拝に「共にいる神＝イエス」にも言い表している。その主イエスこそが誰よりも弱さ、痛みを十字架の内に知っておられ、わたしの恐れの内の呻きと弱き声を黙って聴いてくださる。[43] そのことに信頼をおいて弱さと恐れ、傷をむしろ語っていく時に、否、困窮と痛み、傷のうちにこそ、[44] 会衆一人ひとりと深い次元でつながりを得、むしろ困窮の闇の内から希望が与えられる経験をキングはしているのであろうと強く思わされる。

そして明らかに苦悶のキングを支えていたものの一つは、アフリカ系アメリカ人の礼拝の伝統形式の中の「呼びかけと応答（call-and-response）」[45] であろう。その説教中になされる会衆の応答[46]が、「説教のリズムを確立」し、説教者は「励まし」を受ける（リシャー 213–15）。

「キングは活気に満ちた聴衆から修辞的エネルギーを引き出して、代わりに独特の仕方で彼らを活気づけている」。（同 216）

キングの礼拝は、アフリカ系アメリカ人の礼拝として、まさに神と共に、そして会衆と共に、(47)「教会を文字通り燃え上がらせ」（同）、キング自身も共に喜びを味わい、力を与えられるもの。その礼拝は、彼にとって希望と勇気の源泉そのものであったと思われる。

おわりに

人生の歩みの中で、わたしたちは様々な場面に遭遇する。その多くが悩みであったり、困窮であったりすることも、良く知っている。

しかしマーティン・ルーサー・キング二世ほどあらゆること、あらゆる人々にことごとく悩まされ、苦悶の中を歩んだ人はいなかったのではなかったか。苦難の預言者エレミヤ(48)の告白を、現代において、その身をもって感じた人物がキングに他ならない。

> 私は語るごとに叫び／「暴虐だ、破壊だ」と声を上げねばなりません。／主の言葉が私にとって、一日中／そしりと嘲りとなるからです。（エレミヤ書二〇章八節）

「預言者としての召命」に忠実であろうとすればするほど、権力者から疎まれて、世論からも突き放されて、同じ運動のかつての仲間、同じアフリカ系アメリカ人の同胞、右から左まで、全方位から非難される。「要するにキングの時代はもう終わったという判定が下されたのである」（リシャー 271）と揶揄されたキング。その最中にキングを支えた第一のものは、「語るという召命」、それがたとえ「苦悶の職務」であったとしても、その「弱い者、声なき者、わが国によって犠牲にされている者、敵と呼ばれている者の代弁者たれとの命令に応える」（カーソン『私』165）召命によって、まず彼は支えられていた。

また明確にキングを支え、その道を照らしたものは、大学で学んだ神学や哲学ではなく、シスター・ポラードの声や「キッチン体験」で明らかにされたアフリカ系アメリカ人の信仰の根幹を成している「神、共にいます」という信仰・信頼であった。それはアフリカ系アメリカ人の苦難と艱難の歴史を通して響く、過去からの確信に満ちた呼びかけであり、今、現在がどのように困窮していたとしても、「わたしだけは一緒にいよう」という苦難の十字架の神の臨在体験であった。そしてその未来がどうなるか分からないとしても、今までわたしたちを導いて来て下さった主なる神が、この先も「面倒を見てくれる」という約束の声でもあった。

むしろ恐れと弱りの中でこそ、その神は出会ってくださる。弱りや困難の表出は、連帯を紡いでいく。その弱りと恐れの中でむしろ大きな光と音をもって「今います」ことを告げ知らせ、死とあらゆる奴隷状態からの解放と自由への道への招きがあたえられる。「決して一人にはしない」とのいのちと力の言葉が、讃美歌のメロディーと共にキングに力を与えたことを垣間見た。

アフリカ系アメリカ人の伝統的説教形式、特に「呼びかけと応答」そのものが、喜びへと、魂に火をつけるように、進みゆく力を与えてくれるものであった。

キングはその説教「なぜイエスはある男を愚か者と呼んだか」(49)の最後を、預言者エレミヤの「なぜ、娘であるわが民の癒しは／なされなかったのか」「ギルアドには香油はないのか。／そこに医者はいないのか」（エレミヤ書八章二二節）という苦悶の問いかけへの黒人霊歌のアンサー・ソング「ギレアドには乳香があって」(There Is Balm in Gilead) によって結んでいる。

今朝私は敢えてみなさんに申し上げる。時々、本当に私は失望してしまうのだ。（よく分かった）私はシカゴで失望した。そしてミシシッピーとジョージアとアラバマを歩き回って、私は失望した。（そうだ。その通りだ。）毎日死の脅迫の下で生きて、私は失望する。（拍手喝采）毎日ありとあらゆる批判にさらされて、しかも黒人たちからも批判されて、私は時々失望する。（拍手喝采）然り、時々私は失望して私の業は無駄ではないかと感じてしまう。しかしその時、聖霊が（そうだ）私の魂をもう一度生き返らせてくれるのだ。「ギレアドには乳香があって、傷ついた者を癒してくれる。ギレアドには乳香があって、罪に病む魂を癒してくれる。」神の祝福を祈る。（拍手喝采）（カーソン『真夜中』205–06）

　しかし主は、恐るべき勇士のように／私と共におられます。（エレミヤ書二〇章一一節）

注

（1）The Real News Network. MLK: “Why I am Opposed to the War in Vietnam.”

（2）黒﨑は以下のように分析。「キングの非暴力に対する記憶は、個人間で働く隣人愛の戒め程度にまで薄められるのである。」（黒﨑『マーティン』221）

（3）キングの活動初期、一九五五年十二月から一年あまり行われたモンゴメリー・バス・ボイコット運動の時に親交を得たアフリカ系アメリカ人の年配女性との逸話。以下の説教で語られている。「恐怖の治療法」（キング『汝』218–20）、「完全なる人生の三つの次元」（カーソン『真夜中』175–77）。また一部分は「セルマ行進の終結演説」でも用いられている（カーソン『夢』137–38）。

（4）コーンとリシャーは、このように表記。なお梶原と黒﨑は「コーヒー・カップの上の祈り」と呼ぶ。

（5）詩編一三三編四節。
（6）カーソン『真夜中』246
（7）The Martin Luther King Jr. Research and Education Institute. Back to the King Encyclopedia, Vietnam War.
（8）キングの反戦の公式表明は、「公民権法制へのジョンソン大統領と議会の支持を困難にし、公民権団体への寄付を失わせるもの」として一九六五年八月に行われた南部キリスト教指導者会議大会においてさえ不承認とされた。(Hall 10–11)
（9）「ワッツ暴動」前年一九六四年よりアメリカ各地では「長く暑い夏」(The Long, Hot Summer) というアフリカ系アメリカ人による実力行動が繰り返されていた。
（10）一九六六年一月、ゲットーでのアフリカ系アメリカ人の諸問題、すなわち「教育、住宅、仕事、貧困、警察官の暴力等」の問題へのアプローチとして「スラム撲滅」を目指す非暴力による改革、「シカゴ自由運動」や「パンかご運動」を展開した。しかし南部以上の「白人の敵意」に包囲される。この時の北部の状況を黒﨑は「北部白人の世論は、一連の公民権立法後、自身の既得権の問題が絡み始めると急速に保守化し始めた」と説明している。シカゴでの困難さについては、黒﨑『マーティン』145–55 を参照のこと。
（11）「メレディス行進」直前の一九六六年春、学生非暴力調整会議委員長に就任したストークリー・カーマイケル (Stokely Carmichael 1941–98) がグリーンウッド市公園の大衆集会ではじめて公式に表明した。
（12）キングは暴力と憎悪に関して、一九五七年の初期説教「あなたの敵を愛せよ」で以下のように語っている。「われわれは、力は力を生み、憎しみは憎しみを生み、強情は強情を生むことを、知らなければならない。それは結局下降螺旋であり、究極的には万人の破局に至るのである」。（カーソン『真夜中』84）
（13）この公民権運動最中のキングの困難は、以下の書に詳しく記されている。黒﨑『マーティン』158–69。梶原 188–99。
（14）全国黒人（有色人）地位向上協会 (National Association for the Advancement of Colored People) 会長、ロイ・ウィルキンズ (Roy Wilkins, 1901–81)、全国都市同盟 (National Urban League) 事務局長、ホイットニー・ヤング (Whitney Young Jr., 1921–71)、アフリカ系アメリカ人初のノーベル平和賞受賞者、国連大使のラルフ・バンチ (Ralph Bunche, 1904–71) など。（黒﨑『マーティン』176）
（15）リシャーによるとアフリカ系アメリカ人の説教者は、修辞的用語（定型句：formulas、定型文：set pieces）を思いのままに引き出して目的のため即座に応用することが出来た。それは伝承されているもの、またそれぞれが編み出したものもあ

る。キングは、その伝統に即し、その見事な挿入によって聴衆を引き付けた。（リシャー 158）

(16) カーソン『真夜中』178、およびカーソン『私』138。

(17)「ホールト・ストリート演説」、一九五五年十二月五日。（梶原 74）講演集『私には夢がある』には「第一回モンゴメリー改良協会大衆集会における演説」。

(18) コーンは黒人霊歌「誰も知らない」(Nobody Knows) の、その歌のはじめの部分において「絶望感の頂点」を示していることを指摘して、以下のように述べている。「アフリカ系アメリカ人たちは、彼らの生活が悩みに満ちていることを疑わなかった。いったい人はあのリンチの時代に、アメリカにおいて黒人であって、黒人たちのために悩みが造り出していた実存的嘆きを知らないでいることなど、どうしてできたであろうか。」（コーン『十字架』55）

(19)「恐怖の治療法」においては、マタイによる福音書一〇章二八―二九節の「一羽の雀」のイエスの説話を用いて、神に信頼することが恐怖の病を処置する価値があると述べている。（キング『汝』218）

(20) キングの良く引用したイザヤ書四〇章四節とおそらくルカによる福音書一〇章三〇節の「よきサマリア人」の通った「エリコへの道」が、「寂しい谷間」との表現に含意されていると感じられる。「エリコへの道」については説教「完全なる人生の三つの次元」に語られている。（カーソン『真夜中』166–67）

(21) その内容は、「白人の友情と理解を獲得」すると共に「和解し、良心と共に生きる社会」ということ。

(22)「その日」とは、聖書的伝統、特に古代イスラエル預言者によれば、いつか実現される「神的平和」が実現された終末論的世界と救いの時のことである。すなわち、「完成の時」でもある。その完成の前に不完全な世界は終わり、新しい世界が来ると言われる。イザヤ書一一章一〇節。その他、ルカによる福音書一七章三一節、コリントの信徒への手紙一　一三章一二節「そのとき」など。

(23)「非暴力的社会変革のためのマーティン・ルーサー・キング・センター」資料によると The Lord's gonna take care of ya.（コーン『夢』324）

(24) 聖書全般にわたり神は、約束や契約、平安の根拠として「共にいる」ことを告げる。預言者を召し出す召命 (calling) の場合にも告げ知らせる。一部を例示する。出エジプト記三章一二節、詩編二三章四節、イザヤ書四三章五節、マタイによる福音書一章二三節、コリントの信徒への手紙二　一三章一一節、そしてヨハネの黙示録二一章三節他。

(25) Hymnary. Org. *God Will Take Care of You.* なお日本では「心くじけて」(His Eye is on the Sparrow) という名でマーティ

ンの讃美歌が広く愛唱されている。

(26) コーンは慎重に、デローレス・ウィリアムズ (Delores Williams) の論によって贖罪論を退け、ショーン・コープランド (Shawn Copeland) らによる「十字架」理解に賛同している。（コーン『十字架』220-22）以下、コープランドの引用。「もしも黒人霊歌の作者たちがイエスの十字架を歌うことに喜びを感じたとしても、それは彼らが自虐的で苦難を喜んだからではない。そうではなくて、奴隷化されていたアフリカ人たちは、ぼろぼろの板材の上に、彼らが日ごとに耐えていた事柄を耐えたお方を見たから、歌ったのである。十字架が尊かったのは、それが彼らと共に、そして彼らのためにずっと歩まれたお方を王座につけたからであった。奴隷化されたアフリカ人たちが歌ったのは、彼らが十字架の結果を見たからであった――それは死の支配と権威に対する勝利、この世の悪に対する勝利であった」。（同 222）

(27) キングは「キッチンでのヴィジョン」("vision in the kitchen") と呼んだ。(Cone, Martin 125)

(28) エレミヤ書一章一七節。「腰に帯を締め」とは、闘いにのぞむ兵士の備え。（ワイザー 82）

(29) なお預言者エゼキエルの召命でも「人の子よ。自分の足で立ちなさい。私はあなたに語ろう」と神によって語られる。エゼキエル書二章一節。

(30) コーンはアフリカ系アメリカ人の信仰について、「希望の源泉はイエス」であり、「彼の神的現臨こそが、黒人の実存についての最も重要なメッセージである」と述べる。（コーン『十字架』54-56）

(31) リシャーは、それを「私的名前」(private name)、「アイデンティティの本質」、また「人格の基盤」(fundamentum) とも呼ぶ。（リシャー 279）

(32) リシャーは、キングの預言者的役割の自覚についての関連で、「語るための召し」(the calling to speak) が「苦悶の職務」であるということを指示している。（同）

(33)『汝の敵を愛せよ』の同じ声の部分と比較すると「正義」が加えられている。単に、弱くされている者への配慮という意味の神の「義」のためだけではなく、より強く神の「正義」の実現の願望が現れていることが見てとれる。

(34) アモス書五章二四節。ここの「義」(righteousness) のヘブライ語原語は「ツェダカー」である。日本における預言者研究の第一人者である樋口進は、この語を、「正義」とも訳すことができると言い、「神との正しい関係」によって理解されるべき言葉であると述べる。（樋口 16-17）また旧約学の権威、ブルッゲマンは、この語は倫理的な用語であり、「公共の倫理を常に行動で示している人々とは、貪欲もしくは自己充足的ではなく、隣人に対する配慮を惜しむことをせず、またY

ＨＷＨ（主なる神）への献身を心に固く決意している人」と説明している。（ブルッゲマン 128–29）

(35)「正義を確立するための手段を規定」との意味するところは、非暴力であり、愛のもっている受苦的能力をもって、敵をもかち取っていくこと。キング説教「アメリカの夢」に言われている。（カーソン『真夜中』134）

(36) 樋口は、預言者エレミヤの召命記事、エレミヤ書一章八節について、「共にいる」ということは神の「最も大いなる保証」であり「最も大いなる力」であると、モーセの召命記事も引用して説明している。（樋口 116）

(37) コーンの『十字架とリンチの木』において、イエスの十字架とアフリカ系アメリカ人がリンチされ吊るされた木が同一の表象として、まさにイエス＝神が痛みと死の極みまで「共にいる」ことを意味すると、繰り返し述べられている。

(38) 注記にて指定されている「決して一人にはしない」は以下の通り。*New National Baptist Hymnal* (Nashville; National Baptist Publishing Board, 1977), p. 127.

(39) 出エジプト記一九章一六節および二〇章一八節。

(40) 神顕現 (Theophany) は「神が行われる直接的な対面」を意味する。それは「恐ろしく、不気味な、圧倒し、混乱させる偉大な光の到来と関連付けられることが非常に多い」。それは「一人の人の人生、あるいは共同体の歴史におけるひとつの遭遇であり、それによって未来が、徹底的に、定義し直される」出来事であるとされる。（ブルッゲマン 110）

(41) なおリシャーは「アフリカ系アメリカ人の回心経験」について説明している。（リシャー 277–78）

(42)「実現せざる夢」（カーソン『夢』246）

(43) コーンは「十字架の力」について以下のように説明している。「十字架につけられたキリストは、黒人の生の諸矛盾の中に存在する神の愛と解放の現臨 (presence) を示していた。それは黒人キリスト者たちの生の中に存在する超越的現臨で、究極的には、つまり神の終末論的未来においては、彼らは自分たちの苦難がどんなに大きく、痛みに満ちたものであったとしても、『この世の悩み』に負けることはないと信じる力を、彼らに与えた。」（コーン『十字架』30）

(44) ヌーウェン（ナウエンとも表記される）は、「傷ついた癒し人」の宣言をこう述べる。「主は来たり給う。明日ではなく今日、来年ではなく今年、我われの悲惨が過ぎ去った後ではなくそのただ中に、どこか他の場所ではなく、我われが立っているこの場所に」。（ヌーウェン 134）

(45) リシャーは「呼びかけと応答」について「黒人教会における個人の集団との有機的関係を表す隠喩である」とする。（リシャー 213）

(46) 応答の例として以下の言葉が挙げられている。「博士よ、説教して欲しい」、「さあ、やって」、「よしっ」、「その通り」、「福音だけだ」、「主よ、彼を助けたまえ」等。（同 215）

(47)「全員がある程度まで実演者（パフォーマー）であって、傍観者は誰もいない」（同 218）

(48) 預言者エレミヤは、今から二十七世紀前、ユダ王国が滅亡する時期に活動した預言者。厳しい裁きの宣告をし、人々から憎まれ、危害を加えられた。（樋口 113, 123 参照）

(49)「香油」は傷を癒すための薬。つまり「ギルアドの香油」は神にある癒しの象徴。新共同訳聖書までの日本語訳では「乳香」。神を裏切り続けているイスラエルの民に幻滅し、絶望の中にいるエレミヤの叫び、「ギルアドには香油はないのか」との声を、同じく絶望の中にいたアフリカ系アメリカ人たちは、その絶望的な問いに、その神の癒しは「確実にある」と答えた黒人霊歌が「ギレアドには乳香があって」である。

参考文献

Carson, Clayborne and Holloran, Peter eds. *A Knock at Midnight: Inspiration from the Great Sermons of Reverend Martin Luther King, Jr.* Warner Books, 1998.（略記 :AKM）.

——and Shepard, Kiris eds., *A Call to Conscience: The Landmark Speeches of Dr. Martin Luther King, Jr.* Warner Books, 2001.（略記：ACC）.

Cone, James H. *Martin & Malcom & America: A Dream or a Nightmare.* Orbis Books, 1991.

——. *The Cross and the Lynching Tree.* New York: Orbis Books, 2011.

Hall, Mitchell K. *Because of Their Faith: CALCAV and Religious Opposition to the Vietnam War.* Columbia University Press, 1990.

King, Martin Luther, Jr. *The Trumpet of Conscience.* The King Legacy in Association with Intellectual Properties Management (IPM), Beacon Press, 2010.（略記：TOC）.

Lischer, Richard. *The Preacher King: Martin Luther King, Jr and the Word That Move America.* Oxford University Press, 1995.

Martin Luther King, Jr. Research & Education Institute, *Vietnam War, Back to the King Encyclopedia*, Stanford University.（https/kinginstitute. stanford. edu/encyclopedia/vietnam-war　二〇二一年八月二十日アクセス）

The Real News Network. *MLK: Why I am Opposed to the War in Vietnam.*「なぜわたしはベトナム戦争に反対なのか」、エベネザー・バプテスト教会（ジョージア州・アトランタ）、一九六七年四月三十日、説教（https://therealnews.com/mlkspeech 二〇二一年八月十八日アクセス）

Hymnary. Org., *God Will Take Care of You.* Calvin University, The Hymn Society.（https://hymnary.org/text/be_not_dismayed_whateer_betide 二〇二二年六月二日アクセス）

梶原寿『マーティン＝L＝キング』（新装）清水書院、二〇一六年。

カーソン、クレイボーン編『マーティン・ルーサー・キング自伝』梶原寿訳、日本キリスト教団出版局、二〇〇一年。

——シェパード、クリス編『私には夢がある』、梶原寿監訳、新教出版社、二〇〇三年。

——ホロラン、ピーター編『真夜中に戸をたたく』梶原寿訳、日本キリスト教団出版局、二〇〇七年。

キング、マーティン・ルーサー『汝の敵を愛せよ』蓮見博昭訳、新教出版社、一九七四年。

——『良心のトランペット』新装版、中島和子訳、みすず書房、二〇〇〇年。

黒﨑真『アメリカ黒人とキリスト教——葛藤の歴史とスピリチュアリティの諸相』神田外語大学出版局、二〇一五年。

——『マーティン・ルーサー・キング——非暴力の闘士』岩波書店、二〇一八年。

コーン、ジェイムズ・H『十字架とリンチの木』梶原壽訳、日本キリスト教団出版局、二〇一四年。

——『夢か悪夢か・キング牧師とマルコムX』梶原寿訳、日本基督教団出版局、一九九六年。

ナウエン、ヘンリー・J・M『今日のパン、明日の糧 改訂版』嶋本操監修、河田正雄訳、聖公会出版、二〇一一年。

ヌーウェン、H・J・M『傷ついた癒し人——苦悩する現代社会と牧会者』西垣二一、岸本和世訳、日本基督教団出版局、一九八一年。（ヌーウェンは前掲のナウエンと同一人物で訳者による別表記）

樋口進『預言者は何を語るか』新教出版社、二〇〇五年。

ブルッゲマン、W『旧約聖書神学用語辞典 響き合う信仰』小友聡、左近豊訳、日本キリスト教団出版局、二〇一五年。

リシャー、リチャード『説教者キング　アメリカを動かした言葉』梶原壽訳、日本キリスト教団出版局、二〇一二年。

ワイザー、A『ATD旧約聖書注解20 エレミヤ書』月本昭男訳、ATD・NTD聖書注解刊行会、一九八五年。

『聖書』聖書協会共同訳、日本聖書協会、二〇一八年。

第九章
ラフカディオ・ハーン 対 バジル・ホール・チェンバレン
——人種差別の観点から見た実像

横山　孝一

はじめに——『ラフカディオ・ハーン——虚像と実像——』の衝撃

二十一世紀の現代社会で人種差別は看過できない悪と見なされるようになった。長かった差別の歴史を思えば、全世界の人々が肌の色や身体的特徴で嫌な思いをせずに暮らせるのは本当にすばらしいことだ。本稿は、ラフカディオ・ハーン (Lafcadio Hearn, 1850–1904) を人種主義的と批判する一方でバジル・ホール・チェンバレン (Basil Hall Chamberlain, 1850–1935) を人種的偏見のない信頼できる日本解釈者と見て、より高く評価している比較文学者・太田雄三氏への反論である。今世紀の人種の平等の考え方に近かったのは、ハーンかそれともチェンバレンか、本論でしっかり再検証してみたい。

ラフカディオ・ハーンは一八九〇年に来日し、松江の島根県尋常中学校で教鞭をとり、教頭の西田千太郎を「弟」（ハーン 2020, 206）のように思うほど厚い友情を結んだ。(1) そして、愛するセツ夫人に遺産をのこすため、大英帝国の国籍を自ら捨てて小泉家の婿養子となり、日本に帰化した。わが国では、小泉八雲として親しまれ、今では、人種的偏見から自由な「オープン・マインド」（寛容な精神）の持ち主だったと八雲ファンの間で高く評価されている。(2)

ところが一九九四年、よりによってこのハーンを「人種主義的」と非難した本が岩波書店から発売され、日本をこよなく愛した小泉八雲像に大打撃を与えたことがあった。筆者は非常勤講師として某大学の英語講読の授業で『怪談』(*Kwaidan*, 1904) をテキストとして用いていた当時、一人の男子学生から「人種差別主義者の本は読みたくない」とからまれた。作品のどこが人種差別的なのか尋ねると彼は答えることができず、他の学生たちがハーンを支持してくれたので事なきを得た。授業後に話を聞くと、その学生は、カナダのマギル大学で教えている太田雄三氏の『ラフカディオ・ハーン——虚像と実像——』を読んで、ハーンは人種差別主義者だと思い込み、義憤を覚えたのだった。

ハーンについて太田氏の本しか読まなければ、このようなことが起こる。権威ある岩波新書の一冊で「実像」を謳っているのだから、今でも図書館で手に取る人もいるだろう。一九九八年三月七日、ハーン研究で高名な仙北谷晃一教授は、武蔵大学での最終講義「ハーンをめぐるくさぐさのこと」において「太田雄三氏は、能力はあるが、"divinity of love"を知らない人です。岩波の『ラフカディオ・ハーン』は買わないでください」と批判し、牧野陽子著『ラフカディオ・ハーン——異文化体験の果てに』(一九九二年)を推薦していた。中公新書の牧野氏の本は初心者にもハーンの魅力が伝わる好著なので、筆者もまったく同感だった。

もちろんハーン研究者にとって、『ラフカディオ・ハーン——虚像と実像——』は乗り越えなければならない必読書だ。事実、筆者は繰り返し何度もこの本を読んだ。太田雄三氏は、一九九〇年に松江で五日間にわたって開催された「小泉八雲来日百年記念フェスティバル」の最後を飾る国際シンポジウムで三番目に基調講演を行なった。題名はずばり、"Lafcadio Hearn and Basil Hall Chamberlain"である。ハーン再評価の旗手であった平川祐弘・東京大学教授(現名誉教授)の『破られた友情——ハーンとチェンバレンの日本理解』(一九八七年)で批判の的になったバジル・ホール・チェンバレンを弁護し、チェンバレンこそが最高のジャパノロジストであると主張した。この発表の五か月前には、核となる『B・H・チェンバレン——日欧間の往復運動に生きた世界人』を上梓し、「日本学という分野においては巨人という言葉がふさわしい大きな存在」(太田 1990, 7) にリスペクトを表明していた。二〇〇四年の「没後百年――ハーン松江国際シンポジウム」のテーマは「ハーン対チェンバレン」だったが、そのときも太田雄三氏は、ハーンを「見習ってはいけない」反面教師として扱い、"Lafcadio Hearn: A Japan Interpreter Not to be Imitated" という挑発的な題で、チェンバレンを支持する持論を展開した（太田 2005, 144–52）。

なるほどハーンより十七年早く一八七三年に二十三歳の若さで来日しているバジル・ホール・チェンバレンは、語学の天才だった。日本語をすぐさま習得し、古典も学び、歌会に出席して日本語で俳句を詠んだという。日本アジア協会の会員になって日本文学の研究に従事し、三十歳で『古事記』の英訳に取りかかり、来日十年の一八八三年に、*The Kojiki: Records of Ancient Matters* として出版。一八八六年から四年間、東京帝国大学で日本人学生に言語学を教え、一八九一年には、「名誉教授」の称号を授与され、日本アジア協会の会長にも就任している。チェンバレン訳『古事記』に感銘を受けたラフカディオ・ハーンが一八九〇年に来日したとき、バジル・ホール・チェンバレンはまさしく日本学の権威だった。アイヌや琉球の先駆的研究や、ライフワークになった日本にまつわる百科事典『日本事物誌』(*Things Japanese*, 1890; 6th Edition, 1939) は後世に伝えるべき貴重な業績だ。

「熱狂から幻滅へ」（太田 1994 b, 97）向かった書簡における精神的に不安定なハーンの日本観を太田氏が遠慮なく攻撃したのは、知っていても扱わないのが礼儀と考える研究者が多い中で、事実を一般読者に伝えた点では価値ある仕事だった。しかし、「停車場にて」("At a Railway Station")、「かなえられた願い」("A Wish Fulfilled")、「勇子、一つの追憶」("Yuko: A Reminiscence")、「十六桜」("Jiu-roku-zakura") などをあげて、真実を描いていないと批判するのは的はずれだろう。これは、池野誠氏が指摘しているように「ハーンは骨の髄まで文学者であったが、必ずしも正統的な日本学者ではなかった」（池野 274）というだけの話で、文学作品を「架空」と非難しても始まらないのだ。太田氏が、第一章「来日前のハーン」で、「多くの人々がハーンについては、彼の同時代人の中ではめずらしいほど人種的偏見や文化的偏見から自由な人間であるという印象を受けてきた。しかし、よく見るとこの印象は確かとは言えない」（太田 1994 b, 47）と注意を促して、ハーンが書いた新聞記事から黒人差別と受けとれる表現を拾い集めたのと同様、マイナーな作品ばかりを扱う第三章「ハーンの文学」は、一種の粗探しにほかならない。細かい粗を集めて、強引に次のような自説に結びつけてしまうのは問題だろう。太田氏はこう結論する。

要するに、ハーンは、一般的に想像されているところと違って、その考え方において、来日前も来日後も、基本的に人種主義的である。つまり、人種間に平等ではなく、優劣を見るか（例えば、アメリカの黒人と白人の比較の場合）、はっきりとした優劣を見ない場合でも（例えば、日本人と欧米人の比較の場合）、皮膚の色が違うように、人種間には生まれながらの重要な違いがあるとするのが、ハーンの基本的な態度なのである。

（太田 1994 b, 56–57）

これを読んだ大学生が人種差別をするハーンは許せないと憤慨したわけだが、この文章をよく読んでいただきたい。人種間で優劣を見ることは現代では人種差別として許されないが、ハーンは当時の白人としては珍しく「日本人と欧米人の比較の場合」人種の優劣をつけなかった、つまり、平等に見ていたのだ。太田雄三氏は図らずもそのことを認めている。太田氏はハーンが「人種間には生まれながらの重要な違いがある」と考える点を「人種主義的」態度だと非難したかったようだが、これは果たして大騒ぎするような差別なのか。仙北谷教授は「最近言われているような人種差別に通ずる要素はあり得ない、と私は思う」と断言し、「ハーンが強調したのは、差異であって差別ではなかった」（仙北谷 360–61）と重要な指摘をしている。そのうえで太田氏の論をこう批判した。

二十一世紀の間近い今も、国家、民族、人種の差異は厳存しており、それを人類一般の同質性に解消することはできない。むしろ、東と西の異質性の認識をふまえたうえで、相互理解に進むのが現実的であろう。（仙北谷 361）

仙北谷教授の提言は二〇二二年現在でも有効だ。人種間に生来の違いはないとする太田氏の見方はナイーヴすぎる。太田氏はハーンが日本理解に苦しんだのも人種主義のせいにしたが、仙北谷教授は「ハーン自身の人並はずれた謙虚さによる」と見ている。人種にこだわったのは、「二代にわたる混血を経験したハーンは、「血は争えぬ」ということを、絶えず意識せざるを得ない立場にあった」（仙北谷 361）からだという反論も傾聴に値する。

一　B・H・チェンバレンは人種平等論者か？

太田雄三氏の激しいハーン批判を読んでいると、ではバジル・ホール・チェンバレンはハーンよりも日本を理解できた人種平等論者なのかという疑問が湧き上がってくる。『ラフカディオ・ハーン――虚像と実像――』にチェンバレンはほとんど登場せず、前作の『B・H・チェンバレン――日欧間の往復運動に生きた世界人』も「はじめに」と「あとがき」でハーン学者の間でチェンバレンが低く見られる傾向に不満を述べているきりで、本論にハーンの名前は出てこない。小泉八雲来日百年記念フェスティバルの発表原稿をもとにした「チェンバレン試論――ハーンとの比較を中心に」が太田氏による二人の比較論である。

この論文で太田氏は「私の考えでは、ハーンの日本および日本人に対する態度をゆがめているのは、生まれながらの人種的違いの過度の強調である」（太田 1994 a, 347）と自説を展開し、「人間性はどこでも大体同じだ」（347）

と信じたモースの例をあげたあと、「チェンバレンはモースほど人間性はどこでも同じだとナイーヴに思っていたわけではないようである。しかしながら、チェンバレンも「人種」という言葉を使うのはまれであったし、彼もまたモースと同じく、日本人を人種が違うゆえに、なにか珍しい動物のように見ることはなかった」(348) と述べている。

「人間性はどこでも大体同じだ」というのは太田氏自身の信念でもあるはずなのに、[3] 太田氏自身が「ナイーヴ」だと打ち消している。モースを使ってハーンを貶める一方、人間性が普遍だとは思っていなかったチェンバレンに対しては何やら別の基準でモースよりも優れているかのように書き、あたかもハーンが日本人を「動物」扱いしたかのような印象操作を行なっている。[4]

驚くのは、この文章につけた二九番の注釈だ。太田氏はこう書いている。

> "Logic," *Things Japanese*, p. 303 はチェンバレンが「人種」("race") という言葉を使っている例外的な個所である。しかし、チェンバレンはそこですぐ続けて、「その言葉は筆がすべって思いがけず書いてしまったものです」と書いている。この言葉からも「人種」の概念がチェンバレンにとってさしたる重要性を持たなかったことがうかがわれる。チェンバレンは後年よりはっきりと「人種」という考えを批判している。… *encore est vive la Souris* (Lausanne: Librairie Payot & C^le^, 1933), p. 91 参照。（太田 1994 a, 365–66）

ここに書かれていることは本当だろうか。筆者にはかなりうさん臭く思われるので、引証先を確認してみたい。まずは、「人種」という考えをはっきり批判しているというチェンバレンがフランス語で書いたアフォリズム集『鼠はまだ生きている』(… *encore est vive la Souris*, 1933) を太田氏自身の訳文で引いてみる。

人種とは何か (Qu'est-ce qu'une race?)。それは誰も決して定義することの出来なかった言葉に外ならない。その上、想像によってたくさんの似たりよったりの言葉が作られた。本当に存在するような外見を持った幽霊が。これらの抽象的な言葉はあらゆることについて屁理屈をこねることに憑かれた人々にとっては非常に有益である。なぜなら、これらの言葉の助けであらゆることを主張し、それに対するあらゆる反論を支えることが出来るからである。（太田 1990, 217 カッコ内のフランス語は引用者）

なるほどこれだけだと、チェンバレンが「人種」の分類を信用せず、「人種」を用いた説明について批判的だったように感じられる。一九五〇年七月、ユダヤ人差別の反省やアジア諸国の独立を受けて、「人類は一つであると認めるうえで、科学者は一般的な合意を得た。すなわち、すべての人は同じ種、ホモ・サピエンスに属しているのである」"Scientists have reached general agreement in recognizing that mankind is one: that all men belong to the same species, *Homo sapiens*."（Saini 56 以下、東郷えりか訳）と、ユネスコが声明を出したことが連想されるかもしれない。イギリスのジャーナリスト、アンジェラ・サイニー (Angela Saini) によると、「一九五〇年代には、「人種」という言葉は科学界ではあまりに時代遅れとなり、もはやほとんど使われなくなった」(Saini 59)。太田氏は、そのような新時代の先駆者となるような、人種的偏見を早々と克服したチェンバレン像を示したかったのだろう。

ところが、である。『鼠はまだ生きている』には、これと矛盾する警句がやたらと目につくのだ。

人間は生まれながらにして奴隷である――祖先から遺伝された性格の奴隷であり、環境や教育の奴隷であり、またその言語の奴隷である。（Chamberlain 1933, 49 以下、吉阪俊蔵訳）

『人間』という抽象的な観念は、現実の生活を有している人種と民族との研究に対して測り知れぬ害毒を与えた。(62)

『人間』について話をする時には、私はいつもこう思う、——どんな人間についてなのか? 人間は、人種、年令、国籍、社会階級、教育、人生の経験等に応じて互いに甚しく異っているから、実際には『様々なる人間』(des hommes) しかないのである。『人間』(l'homme) なるものは存在しない。(112)

チェンバレンは、現代風に「人類は一つである」とは決して思っていなかった。単一の「人間」などいないというのが信念だったのだ。太田氏の説明とはだいぶ違い、多様な人間を形づくるうえで「遺伝」や「人種」が重要な働きをすることを認めていたのである。

するど、先ほどの「人種とは何か。それは誰も決して定義することの出来なかった言葉に外ならない」とはどういうことなのか。右に紹介した『人間』にまつわる警句と矛盾するため、チェンバレンがここで言う“race”が白人・黒人・黄色人といった一般的な「人種」の意味で使っていないことは明らかだ。この警句について、チェンバレン研究の大家である楠家重敏氏はこう述べている。「兄弟の仲は直ったものの、やはり兄は弟の見解を支持することは出来なかった。右はその反論の文章の意味にもとれるのである」(楠家 634)。平川祐弘教授も、弟の学説がナチスドイツで復権するのを見たバジル・ホール・チェンバレンの苦々しい思いを忖度して、同様の読みを『破られた友情』で展開している (平川 1987, 91–92)。

バジル・ホールの「弟」とは、アドルフ・ヒトラーの愛読書となり、ナチスの人種主義の発展に貢献したと言われる『十九世紀の基礎』(*Die Grundlagen des 19 Jahrhunderts*, 1899) の著者ヒューストン・スチュアート・チェンバレン (Houston Stewart Chamberlain, 1855–1927) である。彼は、西洋文明を築き上げたゲルマン民族 (アーリア人種）の代表がドイツ人であると礼賛し、ドイツに帰化してリヒャルト・ワーグナーの女婿になった。第一次世界大戦中はドイツの宣伝をしてイギリスのマスコミに叩かれ、兄のバジル・ホール・チェンバレンはやきもきすることになったのだ。

『十九世紀の基礎』は日本でも遅ればせながら先の大戦中に『新世界観の人種的基礎』（一九四二年）、『近代ヨーロッパの生成』（一九四三年）として抄訳されている。それを読むと、混血の中から生まれたという「ゲルマン人」の定義がわかりにくい。北ヨーロッパ人、インドヨーロッパ人、アーリア人、ドイツ人といった類語が混在し、ゲルマン的特徴を頭蓋骨まで持ち出して説明するのだが、金髪は条件ではないと言い、見分け方の決め手がない。著者本人は「純粋にゲルマン的なものと絶対に非ゲルマン的なものとの区別に於ける熟練のみが、この混沌の開始の中に自分の正しい位置を見出すことを教え得るのである」（H・S 1942, 348–49）と自信たっぷりだが、素人の読者にはまさに「幽霊」を見る思いだ。「ゲルマン人が人類の歴史に於ける最も大きな権力の一つ、おそらく最大の権力であったし、現にそうであるといふことは、何びともこれを否定しようとは思わぬであろう」（H・S 1942, 410）という主張も、信奉者以外にはむなしく響く。

おそらくバジル・ホール・チェンバレンもそのように感じて「人種とは何か。それは誰も決して定義することの出来なかった言葉に外ならない」という警句を書いたのだろう。楠家氏と平川氏はそのように解釈しているが、太田雄三氏は一般的な「人種」の意味で受けとってしまったのだろうか。もしそうなら仕方がないが、実は、太田氏自身も同様の解釈をしていたのだ。『十九世紀の基礎』の第六章「ゲルマン人の世界史への登場」で「長々と繰りひろげられる、ゲルマン人とは何か、についての議論」に「正確な言葉を使うことに非常な重要性を置いていたチェンバレン」は不満を持っただろうと推測して、問題の警句を「これはヒューストン批判として読める言葉だ」（太田 1990, 217–18）と指摘している。警句の"race"が「ゲルマン民族」を指すとわかっていながら、これを持って「後年よりはっきりと「人種」という考えを批判している」と言い切っているのだ。意図的な飛躍と言わざるをえない。

それでは、晩年のチェンバレンが「人種」を乗り越えていたかどうか、太田氏が論拠にあげている“Logic”を、チェンバレンが校正をつづけ死後出版された『日本事物誌』第六版（一九三九年）で検証してみよう。“Logic”は、ヨーロッパ人の著者が日本に長年住んでいても日本人の考え方が理解できずにいる理由を、「論理」の根本的違いに求めている。日本人との意思疎通がいつまで経ってもうまくゆかないチェンバレンは「日本の論理はヨーロッパの論理のまさに正反対であると叫びたくなる」と告白し、「この竹と人力車の国に住んで髪が白くなるほど長年月いても――やはりいつまでも、突然めんくらって、自分のこれまでの長い経験もこの魅力的だが謎めいた民族の心的傾向の深さを探るのにまだ充分ではないのかと、嘆声を発せざるをえないのである」（Chamberlain 1939, 328 以下、高梨健吉訳）と、日本人理解の難しさを正直に認めている。チェンバレンは同じ人間と見たからハーンより日本人を理解できた、といった単純な見方が成り立たないのはこの一文で一目瞭然だろう。

そして、この嘆きの言葉の直後に、太田氏の言う「「人種」（“race”）という言葉を使っている例外的な個所」が続く。バジル・ホール・チェンバレンが人種主義から本当に自由であったのかどうか熟読していただきたい。“race”を「民族」と和らげて訳した高梨健吉の訳文を「人種」に直して引いてみよう。

人種――たしかにそれである。人種という言葉が偶然に筆がすべって出てきたが、人種の相違こそ、疑いもなく今議論している現象を説明してくれるものである。なるほど、これだけでは何の説明にもならないであろう。錠にぴったり入る鍵というわけにはゆかないけれども真理を探る指標となるものである。それはなぜかというに、そもそも「人間」という概念は作りあげたもので、そんなものは実在しない。人類学によれば、抽象的な「人間」はなく、各各の人種がお互いに少しずつ違った知的構造をもっている。各人種がお互いに反対しあい、相手の風習や考え方に融けこめないという事実は、人種に個性があることを証明する一面にすぎない。しかしここでは区別が問題となる。ヨーロッパ人は中国人や黒人を本能的に嫌う。しかし彼らを見ても当惑することはない。あっさりと、「変な奴だ」と片付けてしまうからである。その辮髪や真黒い皮膚を見れば、奇妙な風習があるのもうなずかれる。逆に彼らがヨーロッパ人と同じような考え方をするのを見たら驚いてしまうだろう。(Chamberlain 1939, 328)

どうだろうか。チェンバレンは『日本事物誌』を死後出版の第六版まで改訂したが、この文は初版のままだ。「人種」などというものはないと現代的な解釈もできた警句と違い、「そもそも「人間」という概念は作りあげたもので、そんなものは実在しない」という得意の持論を掲げ、「ヨーロッパ人」とは相いれない黒人や黄色人種への生理的嫌悪感を露わにしている。太田氏はこの "Logic" の項を読んで、露骨な人種差別に気がつかなかったのか。チェンバレン本人が、日本人を理解できないのは「人種」("race") の違いのためだとはっきり述べているのに、太田氏は「しかし、チェンバレンはそこですぐ続けて、「その言葉は筆がすべって思いがけず書いてしまったものです」と書いている。この言葉からも「人種」の概念がチェンバレンにとってさしたる重要性を持たなかったことがうかがわれる」と結論した。チェンバレンの筆がすべったのは、「人種」の概念を重視していなかったからではなく、日常的に「人種」の違いを意識していたからだろう。

黄色人種が「中国人」に代表されているので、チェンバレンが日本人を人種としてどう見ていたかも『日本事物誌』第六版で確認しておこう。「日本人の特質」(Characteristics of the Japanese People) は「日本人は蒙古人種である。すなわち、その特徴は、黄色い皮膚、縮れていない黒髪、薄い髭を有し、腕や脚や胸にはほとんど毛がなく、頬骨はやや広く出張っており、眼は多少吊り上がっている」(Chamberlain 1939, 270) と人種的特徴を述べるところから始まっている。一見客観的だが、このあとヨーロッパ人との比較が入る。「ヨーロッパ人種と比較して、日本人は一般に胴体が長く、脚は短い。大きな頭蓋骨を有し、顎が突き出る傾向がある。鼻は平べったく、毛髪は荒っぽく、睫毛は薄く、瞼がふくれており、顔色は病的に黄色く、身長が低い。日本男子の平均身長は、ヨーロッパの女子の平均身長にほぼ等しい」。鼻が高く長身で脚の長いヨーロッパ人とは対照的に見える、日本人の不格好さに注目させて、これを一気に、笑いの対象にするのだ。チェンバレンはこう続けている。

以上の説明は、おそらくお世辞とは受けとれないだろう。しかし、これは著者の説明ではなく、医者の説くところである。また、美の理想は、国によって異なる。われわれアングロサクソン民族は、自分たちを容姿端麗な民族であると考えている。しかし、大部分の日本人の眼から見れば、われわれは単に青い眼をした、大きなずうたいで、赤ら顔の毛むくじゃらな野蛮人にすぎないのではなかろうか。(Chamberlain 1939, 270)

日本人の身長の低さと脚の短さについて記述したベルツ博士らに悪意はなかったかもしれないが、「以上の説明は、おそらくお世辞とは受けとれないだろう」(The above description will perhaps not be considered flattering.) と追加した長身でハンサムなチェンバレンの意地悪さはどうだろう。太田雄三氏は、古い日本を賛美して新しい日本を嫌ったハーンを「幻滅した日本狂」（太田 1994 b, 99）と呼んで蔑む一方、チェンバレンは『日本事物誌』で日本人の欠点も指摘してくれていると褒める（太田 1990, 140）。生まれつきの外見に皮肉な笑いを浴びせられて、人種的特徴を欠点だと言われてありがたがる日本人は珍しいのではないか。(5)「現代のチェンバレンの批判者の方がユーモアを解さない狭量さを示しているように私には思える」（太田 1990, 154）そうだが、人種がらみの冗談は二十一世紀の現代ではもはや致命的犯罪だ。

驚くべきことに、太田氏は、「重要なことは『日本事物誌』が自分自身を笑うことの出来る人間によって書かれていることだ」（太田 1990, 152）と、さらにチェンバレンを持ち上げて、この「日本人の特質」の一部を紹介している。太田氏の訳で繰り返してみよう。

我々アングロ・サクソンは自分達をハンサムな民族だと考えています。しかし、大多数の日本人の目には私達は依然としてずうたいが大きく、赤ら顔で、毛深く、緑色の目をした野蛮人以外の何者でもないのです。

（太田 1990, 152）

この部分だけ読まされた『B・H・チェンバレン――日欧間の往復運動に生きた世界人』の読者は、「チェンバレンは他者の目に自分自身がどのように映るかという視点を持ちうる人であった」（太田 1990, 152）という評価に感心するだろうが、文脈で考えれば、アングロサクソンがハンサムな民族であることに揺るぎはなく、むしろ、その美しい白人の文明人を野蛮人と見なす、醜い日本人が抱く美の理想のへんてこぶりをあざ笑っているのである。

二　ラフカディオ・ハーンの実像

それでは、ラフカディオ・ハーンはどうだったか。ハーンは「人種主義的」だとする太田氏の見方とは裏腹に、チェンバレンのような人種的に見下した差別発言は皆無だ。日本人と欧米人の比較で、ハーンが人種上の優劣をつけなかったことを太田氏自身が認めたように、『ラフカディオ・ハーン――虚像と実像――』の文中にも、日本人をばかにする例は見つからない。チェンバレンの言う「お世辞とは受けとれない」日本人の醜い顔をハーンがどう見たのか、日本時代の第一作『知られぬ日本の面影』(*Glimpses of Unfamiliar Japan*, 1894) の「英語教師の日記から」(“From the Diary of an English Teacher”) を平井呈一訳で引用することにしよう。

日本の教室にはいって、自分の目の前に、若若しい顔がずらりと並んでいるのを見る、その最初の感じは、妙に心たのしいものだ。西も東もわからない西洋人の目には、なんのなじみもない顔ではあるが、それでいて、そこには、すべての顔に共通した、なにか言いしれぬ愉快なものがある。といって、べつにそれらの顔に、とくに目立った、印象の強い特徴があるというわけではない。西洋人の顔にくらべると、いわば半分描きかけの、未完成のスケッチとしか見えないような、線のきわめて柔かな、——喧嘩っ早いとも、はにかみやとも、あるいは突飛な性質、情の厚さ、好奇心、無頓着、そんなものは何一つ表わしていない、おっとりとした顔である。あるものは、いっぱし一人前の若僧になっているくせに、なんとも言えない子どもらしい初々しさと、率直さを持っている。人目に立つ顔もあれば、おもしろくもおかしくもない顔もある。なかには、女みたいに美しい顔もある。しかし、総じてどれもみな、おっとりとしているのが特徴で、ちょうど仏像の夢見るような穏かさのように、円満なおちつきと柔和な静けさのほかには、愛憎の影すらない。この無感動な平静さは、日がたつにつれて目につかなくなる。なじみが重なると、まえには気がつかなかった特徴が見えてきて、ひとりひとりの顔に、だんだん個性があらわれてくるようになる。しかし、第一印象の記憶は、これはいつまでたっても消えずに残り、いろいろ変った経験をへたのちに、長年親しんだあとではじめてわかる日本人の性格というものが、いかにその第一印象のなかにふしぎにも予告されていたかということが、やっとわかるのである。おそらく、その第一印象の記憶のなかに、諸君は、個人性のない人づきのいい点と、個人性のない弱さをもった、この民族の魂をちらりとのぞいたことを悟るだろう。——ひとり暮しの西洋人が、息のつまるような四囲の空気の圧迫のなかから、きゅうに爽かな、明るい、自由な、生き生きとした大気のなかへ飛び出した時の、あのほっとした精神的に救われた心持、あれに比べられるような精神的慰楽のある生活を、ちらりとのぞいたことを悟るだろう。(Hearn 1922, VI 155–57)

西洋人の顔との比較もあるが、醜さどころか、じつに爽やかな印象を受けていることがわかる。片目しか見えずしかも極度の近視だったのに、ハーンが日本人の顔を十把一絡げにせず、さまざまな顔があることを識別しているのにも感心させられる。西洋の美の基準から見下したりせず、それぞれの美点を認め、全体として仏像のような温和な表情に深い感銘を受けている。弱肉強食の西洋社会に息苦しさを覚えていたハーンは、日本に来て初めてほっと安心できたにちがいない。ここに書かれているのは、まさしく「人種的差異」だが、これは「人種主義的」と批判されるべきものなのだろうか。

アイルランドで育ったハーンはこうした喜びを味わえる日本を「妖精の国」と表現したが、同じ人間として扱っていない証拠と見る太田氏はこれが許せない。太田氏はチェンバレンを持ち上げながら、「人種の平等」という点ではモースをハーンの比較対象として持ち出す癖がある。『E・S・モース――〈古き日本〉を伝えた親日科学者』（一九八八年）では、「私がモースでいちばん興味あることの一つは、彼が、人間みな兄弟といったごく素朴な信念にもとづいて日本人も自分と同じようなもの、同じ人間性を持ったものとして扱って成功したように見えることである」（太田 1988, 266）と高く評価し、人力車に乗ったときのエピソードをその証拠にあげている。

「モースははじめ、人が引く車に乗ることにためらいを感じ、時時車夫と交代して自分が車を引くのでなければ、気がすまないような気がする。このような所を見てもモースははじめから日本人を同じ人間としてみていると言えよう」（太田 1988, 266–67）と太田氏は絶賛している。ならば、ハーンはどうだったか。太田氏は同じ所でハーンの名前を出し、日本や日本人を「いかにも異国情調をかもすもの」（太田 1988, 266）として描いたと批判している。ハーンが日本人を同じ人間と見ていなかったと言わんばかりなので、ここで、ハーンが初めて人力車に乗ったときの文章を見ておきたい。

　馬の代わりに人間が梶棒の間を走り、目の前で何時間も疲れを見せずに上下に体を弾ませているという初めての感動を覚えるだけでもう、いたわりの念が湧いてくる。そして梶棒の間を走るこの人間が、望み、記憶、感情、理解力をすべて持ち合わせ、優しく微笑み、こちらのわずかばかりの好意にも限りない感謝の気持ちをはっきりと示す精神力を持っていることに気づいたとき、いたわりの念は同情になり、自分のことなど二の次になってしまう。汗を流す姿も、いくらか同情に関係があるだろう。動悸や筋肉の収縮はもちろんのこと、悪寒、うっ血、胸膜炎などが心配になってしまうのだ。（Hearn 1922, V 8-9　以下、定延由紀監訳）

これ以上のいたわりがあるだろうか。言うまでもなく、ハーンは同じ人間として、車を引く日本人のチャを心配している。ハーンは「私がチャのなかに、ただの動力ではなく一人の人間として魅力を感じたものを、小さな模型のような町並みを通っているときにこちらに向けられるたくさんの人の顔のなかにも、すぐに見分けられるようになった」と続ける。それは、先に引いた学生たちに見たのと同じ、「まなざしが優しい」温和な顔だった。ここで初めて、ハーンは「おとぎの国に来たような気持ち」(Hearn 1922, V 10) になる。ひんしゅくを買うほど陳腐に響くことを承知のうえで「妖精」に例えたのだ。こう説明している。

これは間違いなく散々使い古された表現であるが、日本を初めて訪れた日の印象を述べる人はみな、日本をおとぎの国といい、日本人を妖精だと表現する。だが、まさにその通りだから、同じ表現になってしまうのも当然だ。最初に書くとしたら、これ以上正確な表現は見つからない。(Hearn 1922, V 10)

呆れるのは、この重要な文章を都合よく無視して非難する太田氏のやり方だ。『知られぬ日本の面影』の冒頭を飾るこのエッセー“My First Day in the Orient”について、太田氏はこう批判している。「第一章「東洋での私の最初の一日」にすでに兆しているのは、日本人がどんなに好印象を与えるにしろ、日本人と自分との距離を強調し、日本人を自分と同じ人間としてではなく、妖精として、また日本を妖精の国として描く彼の傾向である」(太田 1994 b, 98)。人力車の車夫を同じ人間としていたわり、日本人と深く関わりたいと思っているハーンの誠実な感想を読んでいながら、よくもこんな批判ができたものだ。

ハーン対チェンバレンの論争を闘った平川祐弘教授は、太田雄三氏の論考についてこうコメントしている。「私は太田氏はもっぱら自己の先入主を補強するために引用を行ない、その場その場では辻褄を合わせ論理構成を整えているが、しかしその引用の仕方に前後関係を等閑視するきらいがあるのではないか、と危惧している」(平川 1994, 5)。本論では、平川教授が感じとった太田雄三氏の辻褄合わせと文脈をはずした引用癖の一端を明らかにした。

ハーンを貶める一方、チェンバレンを実際より良く見せようと操作しているのは、比較文学者として真摯な研究姿勢とは言えない。特に、知っていることをあえて伏せるのは、何も知らない読者を騙すことになる。『日本事物誌』には、「人力車」("Jinrikisha") の項目もあるのだ。当然の比較として、チェンバレンが人力車の車夫をどう見ていたかを確認しておこう。

> 大都会では、この卑しい職業により、一人で毎月三〇円も稼ぐ。これは、数年間も勤めている小役人の大部分の給料よりも良く、その上、他人の束縛を受けず、街のささやかな喜び――興奮、楽しみ、独立など――をすべて享受することができるのである。だから、絶えず田舎から若者たちが続々と上京し、もとから働いている車夫たちが、肺病や心臓病のために――これは寒いところで過労する結果なのだが――この激烈な職場からあまりにも早く姿を消してしまう、その後を彼らが埋めることになるのも当然のことであろう。
>
> (Chamberlain 1939, 285)

『日本事物誌』は戦前の日本の百科事典的な情報が詰まっている貴重な本だが、人種的優越感を抱くヨーロッパ人読者を対象に書かれているので、日本人読者には、日本人を見下す〈上から目線〉が不快に感じられるだろう。

チェンバレンはハーンやモースと違い、人力車の車夫を「卑しい職業」(humble occupation) と見なして、お金に釣られて就職し体を壊したり早死にしたりする日本人を例によって笑いの種にしている。ハーンやモースが心配したとおり、馬に代わって車を引く仕事は「過労」を強いる「激烈な職場」だったのだ。しかし、「肺病や心臓病」になる日本人に対して、チェンバレンは同情もいたわりの念も示さない。本当に「同じ人間」と見ていたのだろうか。人種的にも階級的にも、自分とは無関係といった態度で、それこそ太田氏がハーンについて言った「日本人と自分との距離」が感じられる。

おわりに──人種差別を超えて

英語の著作で意地悪なチェンバレンも、太田氏がいろいろと例をあげて力説しているとおり、日本滞在中は、使用人を含め日本人一般に対して紳士的にふるまった。本論で彼の学問的業績を否定するつもりは毛頭ない。なにしろ、チェンバレンとハーンは当初、お互いの仕事を高く評価し合っていたのだ。[6] 腹を割って議論した二人の文通は、友情の証しだ。

太田氏はその書簡集からハーンの粗を探し出して「人種主義」と決めつけたが、チェンバレンの人種差別は隠しとおした。最後に、太田氏が知りながら触れなかった手紙を紹介してこの論考を締め括りたい。チェンバレンのハーン宛の手紙は、チェンバレンが亡くなった翌年の一九三六年に北星堂プレスから出版された。編者はハーンの長男小泉一雄だ。最大の読みどころとして、一八九一年八月四日の手紙を日付順からはずして最後に配置している。一雄は序文では感謝の言葉を述べているものの、チェンバレンの人種差別には早くから気づいていて、公表する機会をうかがっていたようだ。チェンバレンはこう書いている。

さらにいっそう興味深いのは、日本人の知的価値および情緒的価値に関する問題です。わたくし自身、自分の抱く見解についてはさまざまの段階を通過したのですが、最終的な結論としては、日本人はヨーロッパ人種に比べてはるかに劣等なのではないかとわたくしには思われる、ということです。――すなわち、深さの点でも、優しさの点でも、はたまた想像力の点でも、見劣りがする、と思われるのです。

(Chamberlain 1936, 157 以下、書簡の訳は斎藤正二ほか訳)

「日本人はヨーロッパ人種に比べてはるかに劣等なのではないかとわたくしには思われる」(they appear to me far inferior to the European race)。やはり、日頃からこう思っていたから『日本事物誌』で筆もすべり、横柄な態度が日本全体に表われたのだろう。しかし、大東亜戦争後に欧米の植民地が次々と独立して、人種差別が悪いことと見なされるまでは、これが普通の西洋人の常識的態度であり信念だった。(7) チェンバレンの手紙に反論したラフカディオ・ハーンはさすがと言えよう。(8) ハーンに直接習った教え子の田部隆次が言う「白人の文化だけが真の文化であるという迷信打破の必要を痛感しているヘルンの一生を通じた信念」（田部 226）にこそ、真の現代性があると指摘して本稿の結びとしたい。

注

＊本稿は、二〇二一年九月五日にオンラインで開催された欧米言語文化学会のシンポジウム「人種・民族Ⅱ」で口頭発表した原稿を論文として書き直したものである。大学院生のときに拝聴した太田雄三氏の刺激的なハーン批判に、三十年以上かかってしまったが、ようやく反論することができた。機会を与えてくれたコーディネーターの吉田一穂氏に心より御礼申し上げます。

（1）『ラフカディオ・ハーン 西田千太郎往復書簡』が二〇二〇年に出版されて、二人の人種を超えた友情が八雲ファンの間で注目されている。太田雄三氏は『ラフカディオ・ハーン――虚像と実像――』の「はじめに」で「ハーンによれば、人種の違う日本人と西洋人の間には、共感や友情などというものはまずありえない。それは、人種の違いのため「二つの人種の心理におどろくべき違い」(*Life and Letters*, II, 159) があるからだという」(太田 1994 b, 12) と突飛なことを書いているが、これは一八九三年十一月二十三日の西田に送った手紙の一部をもとにしている。松江から引っ越した熊本で、ハーンが西田のような親しい友人ができないことを嘆いて、日本人の西田に共感を求めていることは一目瞭然なのに、太田氏はこのように文脈をはずして引用する奇妙な癖がある。なお、ハーンが西田に「あなたを弟のように思っています」(I think of you as a sort of brother) と書いたのは、その後の、一八九五年十月二十一日の神戸からの手紙だ（島根大学 260)。日本人と西洋人の間に共感と友情はありえたのだ。

（2）「オープン・マインド・オブ・ラフカディオ・ハーン」という言葉は、二〇〇九年にアテネで開催された現代アート展で初めて使われた（小泉凡 44)。人種差別の激しいアメリカでハーンが社会の不正といかに闘ったか跡づけた『シンシナティ時代のラフカディオ・ハーン』では、「日本人として、彼は最早人種的緊張感について意見を述べることについての気兼ねを感じることはなかった」（ウィリアムソン 95）と、一八九四年「神戸クロニクル」紙主筆に就任した意義を強調している。南部のニューオーリンズでは生きていくためにトーンダウンせざるをえなかったが、日本で日本人の視点を得たことで、白人による人種差別の悪をはっきり告発できるようになったのだ。

（3）「私がモースでいちばん興味あることの一つは、彼が、人間みな兄弟といったごく素朴な信念にもとづいて日本人も自分と同じようなもの、同じ人間性を持ったものとして扱って成功したように見えることである」（太田 1988, 266）とモースを高く評価した基準は、新渡戸稲造にも用いられていた。最後は支配者側についた、と非難で終わる本だが、「新渡戸は著作を検討すればすぐ分かるように、基本的には「人間みな同じ」というような非常に普遍主義的な考えを持った人間だった」（太田 1986, 54）という点には好感を抱いている。

（4）「ハーン＝チェンバレン往復書簡」を翻訳した斎藤正二氏は、「われわれのがわの先入主の枠組からすれば、ハーンが考えるはずのないこと、チェンバレンが言うはずのないこと、そういったことが、相手方への応答（あるいは、一回限りの思念）として、つぎつぎに書簡文章のなかに現われてくるのだ」（斎藤 579）と指摘している。「日本人を人種が違うゆえに、なにか珍しい動物のように見る」の原拠は不明だが、太田氏は、ハーンがチェンバレンの影響下で書いてしまった「一回限りの思念」を本音と見なす傾向があるようだ。

(5)『鼠はまだ生きている』をフランス語から英訳したジョゼフ・クローニンはチェンバレンの辛辣な筆を好み、岡倉由三郎（一八六八―一九三六）が「もし日本語で『日本事物誌』が再版されたとしたら、チェンバレン先生の命は十二時間も保証できないでしょう」と言ったことをおもしろがっているが、続けて森有礼（一八四七―八九）の暗殺に自ら言及しているように (Cronin 30–31)、傍若無人な西洋人と追随する西洋かぶれに対する日本人保守主義者の激しい怒りは、しゃれでは済まされないだろう。

(6)ハーンが日本学者チェンバレンに敬意を表して『知られぬ日本の面影』を捧げたとき、チェンバレンは「天才がことさらに身を低くして、文法書と旅行案内書の編さん者に特別の関心をお示しくださっている」(Chamberlain 1937, 50) と恐縮した。太田氏は、尊敬するチェンバレンがハーンを「天才」(a man of genius) と評価した事実に目を向けるべきだろう。

(7)昭和十年代、「アジアの民族は統治されるべきだ」と信じて疑わない英国の同胞にキャサリン・サンソム (Katharine Sansom, 1883–1981) は「日本に来て快適に暮らしたいと思うのならば、態度や行動を改める必要があります」と警告した。これについて、牧野陽子・成城大学名誉教授は「昭和に入ってなお、日本が国際社会において何と戦わざるを得なかったか、欧米の日本認識にひそかに通底するものを改めて知らされるのである」(牧野 2020, 341) とひそかに嘆いている。要するに、日本は白人の人種差別と戦わざるをえなかったのだ。

(8)ハーンは、日本人を劣等人種と見なすチェンバレンの説にも『万葉集』などの日本の歌がワーズワースの詩と比べて遥かに劣るという意見にも賛同せず、日本人の知的レベルと芸術の価値をきちんと弁護した。そのため、八月十九日付の手紙でチェンバレンは「日本人について、最近あなたにわたくしはむごいことを申しあげましたが、このことでわたくしは、かなり良心の呵責を受けております」(Koizumi 1937, 23) と謝罪している。

参考文献

Chamberlain, Basil Hall. *... encore est vive la Souris*. Lausanne: Librairie Payot, 1933. チェムバレン、B・H『鼠はまだ生きている』吉阪俊蔵訳・坂野清夫編『東西随想録』私家版、一九八〇年。

——. *Letters from B. H. Chamberlain to Lafcadio Hearn*. ed. Kazuo Koizumi, Tokyo: The Hokuseido Press, 1936.

——. *More Letters from B. H. Chamberlain to Lafcadio Hearn*. ed. Kazuo Koizumi, Tokyo: The Hokuseido Press, 1937.

——. *Things Japanese*. Sixth Edition Revised. London: Kegan Paul, Trench, Trubner & Co., 1939. チェンバレン、B・H『日本事物誌』高梨健吉訳、全二巻、平凡社、二〇〇四年。

Cronin, Joseph. "For Truth Has Always Two Sides Pretty Nearly Balanced: A Biographical Introduction to Basil Hall Chamberlain." Chamberlain, B. H. *The Mouse is Still Alive: Thoughts and Reflections*. Trans. Joseph Cronin. s. l.: 2015.

Hearn, Lafcadio. *The Writings of Lafcadio Hearn*. 16 vols. Boston and New York: Houghton Mifflin, 1922. 小泉八雲『日本瞥見記』平井呈一訳、全二巻、恒文社、一九七五年。ハーン、ラフカディオ『日本見聞記——ラフカディオ・ハーンの見た日本』定延由紀監訳、バベルプレス、二〇一六年。

——「書簡Ⅱ——ハーン＝チェンバレン往復書簡」斎藤正二ほか訳『ラフカディオ・ハーン著作集』第一四巻、恒文社、一九八三年。第一五巻、一九八八年。

——『ラフカディオ・ハーン 西田千太郎 往復書簡』常松正雄訳、村松真吾編、八雲会、二〇二〇年。

Saini, Angela. *Superior: The Return of Race Science*. Boston: Beacon Press, 2019. サイニー、アンジェラ『科学の人種主義とたたかう』東郷えりか訳、作品社、二〇二〇年。

池野誠『小泉八雲と松江時代』沖積舎、二〇〇四年。

ウィリアムソン、ロジャー・S『シンシナティ時代のラフカディオ・ハーン』常松正雄訳、八雲会、二〇一二年。

太田雄三『〈太平洋の橋〉としての新渡戸稲造』みすず書房、一九八六年。

——『E・S・モース——〈古き日本〉を伝えた親日科学者』リブロポート、一九八八年。

——『B・H・チェンバレン——日欧間の往復運動に生きた世界人』リブロポート、一九九〇年。

——「チェンバレン試論——ハーンとの比較を中心に」『世界の中のラフカディオ・ハーン』平川祐弘編、河出書房新社、一九九四年a、三三七—六八頁。

——『ラフカディオ・ハーン——虚像と実像——』岩波新書、一九九四年b。

——"Lafcadio Hearn: A Japan Interpreter Not to be Imitated."『へるん』特別号「没後一〇〇年——ハーン松江国際シンポジウム」報告集、八雲会、二〇〇五年、一四四—五二頁。

楠家重敏『ネズミはまだ生きている——チェンバレンの伝記』雄松堂書店、一九八六年。

小泉凡「オープン・マインド・オブ・ラフカディオ・ハーン――ギリシャから日本への魂の遍歴」『へるん』第五二号、八雲会、二〇一五年、三九―四四頁。

斎藤正二「「ハーン＝チェンバレン往復書簡」解説」『ラフカディオ・ハーン著作集』第一四巻、恒文社、一九八三年、五七五―九〇頁。

島根大学附属図書館小泉八雲出版編集委員会・島根大学ラフカディオ・ハーン研究会共編『教育者ラフカディオ・ハーンの世界――小泉八雲の西田千太郎宛書簡を中心に』ワン・ライン、二〇〇六年。

仙北谷晃一『人生の教師ラフカディオ・ハーン』恒文社、一九九六年。

田部隆次『小泉八雲』北星堂書店、一九八〇年。

チェンバレン、H・S『新世界観の人種的基礎』保科胤訳、栗田書店、一九四二年。

――『近代ヨーロッパの生成』堀真琴訳、二見書房、一九四三年。

――『獨英文化比較論』大津康訳、東京堂、一九四四年。

平川祐弘『破られた友情――ハーンとチェンバレンの日本理解』新潮社、一九八七年。

――「まえがき」『世界の中のラフカディオ・ハーン』平川祐弘編、河出書房新社、一九九四年、一―五頁。

牧野陽子『ラフカディオ・ハーン――異文化体験の果てに』中公新書、一九九二年。

――『ラフカディオ・ハーンと日本の近代――日本人の〈心〉をみつめて』新曜社、二〇二〇年。

第十章
『アメリカ人』概念の生成と変遷
――「取り残された者たち」としての「貧乏白人」の表象

中垣　恒太郎

序　「トランプ現象」とホワイトネス・スタディーズの動向

グローバル化が進む中で国家の枠組みをこえた移動がより一層活発化し、国民国家のあり方も変容し、「人種」をめぐる概念も多様化・複雑化する中で、「アメリカ」および「アメリカ人」概念をどのように展望することができるであろうか。「取り残された」プア・ホワイト層の表象史に注目し、アメリカのナショナル・アイデンティティの創造と変容を「アメリカ的物語」の系譜から探る。「新世界の無用者」として疎外されてきた層は、アメリカの物語においてどのように扱われてきたのか。十九世紀中庸に現れる「浮浪者」(tramp) との連関、さらに、歴史社会学や人類学、政治学などを参照し、「疎外されてきた層」の表象を通してアメリカの物語の言説史をも問い直してみたい。不法移民の視点や階級の問題などにも目を向けることにより、分断が進むアメリカの現況と課題も見えてくる。

二〇一六年の大統領選挙によって選出された共和党のドナルド・トランプ大統領の在任期間には、アメリカの社会構造上のさまざまな矛盾が顕在化した。二〇〇八年に起こった世界同時不況は、中央と地方、富裕層と貧困層、あるいは人種間における所得・生活の格差を拡げ、先代の民主党バラク・オバマ大統領期の移民救済制度に対する反動から、移民関税執行局（ＩＣＥ）が不法移民の摘発に乗り出すなど「他者」に対する不寛容さが蔓延し、「分断」が進んだ。さらに、二〇二〇年以降に起こった新型感染症によるパンデミックは、グローバル化、中央集権化による弊害を見つめ直す契機ともなったが、アジア系住民に対するヘイト・クライムなどの社会問題も深刻な形で現れることになった。時を同じくしてアフリカ系男性が警察官によって殺害されたジョージ・フロイドの事件を契機にブラック・ライヴズ・マターのムーブメントが起こった。こうした社会状況を踏まえ、さらに、国民国家のあり方の変容をめぐる議論をも参照しながら、「アメリカ人」概念の変遷史を捉え直す。

「トランプ現象」に前後して、ホワイトネス・スタディーズ（「白人」研究）、「プア・ホワイト」層にまつわる歴史社会学研究の進展が際立った動きを示している。例えば、その代表例となる研究書、ナンシー・アイゼンバーグ『ホワイト・トラッシュ――アメリカ低層白人の四百年史』(*White Trash: The 400-Year Untold History of Class in America*, 2016) からは、アメリカ建国以前に遡り、民主主義を理念として掲げて成立したアメリカ合衆国において、「プア・ホワイト」層が「理想のアメリカ人」像から排除・無視され続けてきた歴史が浮かび上がってくる。ジョン・ロック、ベンジャミン・フランクリン、トマス・ジェファソン、アンドルー・ジャクソンが規定する「アメリカ人」像を再検証するならば、特定の層が排除・無視されることによって、「アメリカ人」像が形成されてきた背景が見えてくる。本書でも引用されている、アメリカ独立宣言の起草者の一人であり、第三代合衆国大統領であるトマス・ジェファソン (Thomas Jefferson, 1743–1826)『ヴァージニア覚え書』(*Notes on the State of Virginia*, 1787) の一節には、以下のように、アメリカが国家として生成されていく過程で、家畜の比喩を用いた優生学的な発想が盛り込まれている。

> こうして、ふるいにかけた優等生が毎年二〇名ずつ選抜されることになるが、彼らには公共の費用で、グラマー・スクールで修められる限りのものは履修させることとする。（略）われわれが、馬や犬その他の家畜を殖やすときに、より美しいものをと心がけることは大切なことであると考えられている。それならば、な

ぜ人間の場合に、そうであってはいけないのだろうか。(Jefferson 164–65)

理念による国家としてアメリカ合衆国が作り上げられる過程において、その理念に反する存在は排除されてきたことを端的に示している。

さらに、現在に至るまで実施されている「国勢調査」の「人種」の概念規定、一八八二年のいわゆる「中国人排斥法」や、一九二四年の「排日移民法」をはじめとする「移民法」および移民政策の変遷を辿ることで、それぞれの時代の「アメリカ人」観、同化と排除をめぐる変遷史を辿ることができる。

建国以前に遡る歴史社会研究をも参照し、国民国家概念の変容の時代の観点から、「アメリカ的」物語がどのように生成・発展・変容してきたかを、メディアを横断した複数の物語（ナラティヴ）を検討しながら探ってみよう。疎外されてきた層の表象に注目することで、アメリカのナショナル・アイデンティティのあり方を展望することができるだろう。近年の日本国内におけるプア・ホワイト層の表象研究としては、ウィリアム・フォークナーをはじめとするアメリカ南部文学研究による蓄積がある。「トランプ現象」によるアメリカの「分断」を踏まえ、日本ウィリアム・フォークナー協会による学術誌『フォークナー』第二三号にて「プア・ホワイトの南部文学」（二〇二一）の特集がなされている。

二十一世紀以降、急速に研究が進展している領域の一つにホワイトネス・スタディーズ研究があり、歴史学、社会学、民俗学、文化研究を横断する学際性にその特徴がある。この学問分野の隆盛の背景には、たとえば青柳まち子『国勢調査から考える人種・民族・国籍』（二〇一〇）をはじめとする米国における国勢調査研究が示しているように、「移動」と幾世代におよぶ「混血」により、人種や民族の概念がより複雑になってきている状況を反映した動きがある。二〇〇〇年の国勢調査からは、本人の申告により、「人種」の項目で複数の選択肢を選ぶことが可能となり、さらに二〇一〇年の国勢調査では、ヒスパニック系の人口急増を受けて「この国勢調査においてヒスパニック系ということは人種を意味しません」という「人種」概念の複雑な状況を反映した但し書きが加わった。また、文化の多様性が著しく進んでいるオーストラリア史を軸とする研究者、藤川隆男『白人とは何か？――ホワイトネス・スタディーズ入門』（編著、二〇〇五）、『人種差別の世界史――白人性とは何か？』（二〇一一）による一連の著作が示すように、「白人性」にまつわる研究は日本国内においても一定の成果を収めつつある。他のエスニック・スタディーズが一般的にマイノリティの市民権を擁護する形で発展してきているのに比して、ホワイトネス・スタディーズは長年に渡り自明視されてきた「白人」の特権的立場や視点を問い直し、社会的に構成された「白人」概念を再定義する試みである。

こうした動向を参照しながら、具体的に本稿では、「アメリカ人」をめぐる概念が生成されていく中で、「新世界の無用者」として排除された層の存在がどのように描かれていたのか、シャーウッド・アンダーソン、アースキン・コールドウェル、ジャック・ロンドンら二十世紀前半のアメリカ文学を題材に検討してみたい。「人種のるつぼ」と呼ばれる文化多元主義を表す概念の原型となった戯曲が発表されたのが一九〇八年であり、「新移民」と呼ばれる新たな人口流入の変容期と前後して、プア・ホワイト層に焦点を当てた文学作品がこの時代に多く現われていることに注目する。

二十一世紀現在のホワイトネス・スタディーズの研究動向、およびドナルド・トランプを大統領に押し上げたアメリカ社会の「分断」の時代を経てあらためて注目がなされている領域であり、現在の社会構造上の問題と通底していることを確認できる。さらに、産業労働構造の変容がもたらした移動労働者（ホーボー）の現象をも参照するならば、「新世界の無用者」として排除されてきた層こそがアメリカの精神文化を下支えしてきた背景が見えてくる。

一　「アメリカ人」概念の生成と変遷――「新世界の無用者」

「新世界の無用者」(Waste people in the new world) は、『ホワイト・トラッシュ――アメリカ低層白人の四百年史』のある章題からの引用であるが、「たとえ不穏であれ、アメリカ全国民の説話をつなぐ核心」としてプア・ホワイト層を捉え、その表象を歴史的に展望する意義について言及がなされている。「アメリカ人」概念から長い歳月にわたって疎外されてきた層であり、人種の多様性の観点からも掬い取られにくい層であるが、この層に注目することによって、アメリカの光と影をまた別の角度から捉えることができる。

「ホワイト・トラッシュ」の語の初出は一八二〇年代に遡り、一般的な用語として定着したのは一八四〇年代頃とされ、マーク・トウェイン (Mark Twain, 1835–1910) の『ハックルベリー・フィンの冒険』(*Adventures of Huckleberry Finn*, 1885) の舞台となる時代に相当する。また、プア・ホワイト層の歴史的変遷、地域多様性として、「クラッカー」(ジョージア、フロリダ)、「ヒルビリー」(アパラチア山脈周辺)、「レッドネック」(南部の保守層)、「オーキー」(オクラホマ)、「トレーラー・トラッシュと呼ばれる車上生活者」の存在を比較参照することで、それぞれの事情や背景により疎外されてきた層の多様なあり方を検討することができる。例えば、文学における先駆的言及例として、ハリエット・ビーチャー・ストウの『ドレッド』(*Dred: A Tale of the Great Dismal Swamp*, 1856) を挙げることができる。自ら書き手となることがない時代に、プア・ホワイト層がアメリカ文学史上どのように表象されてきたか。「民衆」(folks) をどのように捉えるかという観点とも密接につながってくる。

現代に目を向けるならば、「トランプ現象」における「プア・ホワイト」層をめぐる具体的な物語として、映画『ジョーカー』(*Joker*, 2019)、J・D・ヴァンスによるノンフィクション文学(回想録)『ヒルビリー・エレジー』(*Hillbilly Elegy: A Memoir of a Family and Culture in Crisis*, 2016)、さらに、ジェシカ・ブルーダーによるルポルタージュ文学『ノマドランド』(*Nomadland: Surviving America in the Twenty-First Century*, 2017) を挙げることができる。アメリカン・コミックスを題材に白人中年男性の鬱屈を描いた『JOKER』、弁護士による回想録『ヒルビリー・エレジー』、長期化する不況の中で高齢化する車上生活者の現象を捉えた『ノマドランド』は、それぞれのスタイルで「取り残された」層を描いている。とりわけ『ノマドランド』は原作のルポルタージュを基にフィクションとして映画化され、アカデミー賞作品賞受賞など高い評価を得た。ルポルタージュの取材対象者が本人役で登場するなど、虚構とドキュメンタリーとの境界線に挑む野心作でもある。舞台となるネヴァダ州エンパイアの街は、不況により町そのものが消滅してしまった「ポスト・トラウマ都市」（ジャスティン・ゲスト『新たなマイノリティの誕生――声を奪われた白人労働者たち』における造語。代表的な産業を失ったことにより町の機能も喪失してしまった街）に相当する。また、『ヒルビリー・エレジー』は、ラストベルトと呼ばれるオハイオ州の田舎町出身の作者による回想録であるが、単なる立身出世伝ではなく、一家が移転したオハイオ州の街が同様に石炭産業の停滞により廃れた背景を家族史と絡めて描くことで社会階層上の問題を扱っている。

民主主義を標榜して成立したアメリカは、それぞれの時代で「民衆」をどのように捉えてきたのか。文学のみならず、映画、コミックス、音楽などの大衆メディアの表象文化をも交えて概観することで、「表象される」文化のみならず、大衆娯楽の受容層の側にも目を向ける。主としてプア・ホワイト層を対象とするが、さまざまな形で疎外されている他の層がどのように重なるのか（あるいは重ならないのか）も主要な観点となる。

「トランプ現象」以降、非合法移民の取り扱いについて、また、非正規雇用者をめぐる労働環境、産業構造の変化について、さらに、二十世紀後半からの多文化主義を再検証する流れも起こっており、こうした流れを参照しつつ、近代にかけて自明とされてきた「アメリカ人」という新たな「種族」ははたしてどのように捉えられてきたのだろうか。

マーク・トウェインによる旅行記『イノセント・アブロード』(*The Innocents Abroad*, 1869) では、聖地巡礼を軸としたヨーロッパを周遊するアメリカからの観光客の一行を新しい「種族／部族」として捉えている。

われわれはいつも、自分はアメリカ人だから――アメリカ人だということをわかってもらおうと心がけた。かなり多くの外国人が、アメリカなんて聞いたことがないという事実を知ったときには、また、さらに多くの外国人が、アメリカはどこか野蛮な国と戦争をしていたぐらいの知識しかないのを知ったときには、旧世界の人々の無知を憐れんだが、自分たちの重要さを割り引いて考えることはしなかった。東半球にある多くのシンプルな街や村の人々は、自らをアメリカ人と呼び、アメリカ人であることを誇る権利があると、訳もなく思い込んでいる奇妙な一団が、紀元一八六七年に乗り込んできたことを、長く覚えているだろう。

(Twain, *The Innocents Abroad* 645)

一行は当時開催されていたパリ万博をも訪問し、そこで人種の祭典とでも呼ぶべき多様な人間のあり方に触れ、その多彩さに驚嘆している。その体験を踏まえた上で、ヨーロッパを訪問する一行に「アメリカ人」の特異さを見出している。

さらに、およそその百年後に刊行されたジョン・スタインベック (John Steinbeck, 1902–68) による文明論『アメリカとアメリカ人』(*America and Americans*, 1966) では、車によるアメリカ旅行を経た上で、大局的に歴史を捉え、「アメリカ人」なる概念を以下のように捉えている。

アメリカは存在していなかった。労働と流血と孤独と恐怖の四世紀が、この国土を作ったのだ。われわれがアメリカを作り、その過程がわれわれをアメリカ人にした。あらゆる人種に根差し、あらゆる色をし、民族的には一見無秩序な新しい人種に作り上げたのである。それから、ほんの少しの間に、我々は違う点より似ている点が多くなった。新しい社会になったのである。偉大ではないが、『多様の統一』という、だいそれたことを求めたにしては、それに適応した社会になったのである。(Steinbeck 12–13)

トウェインもスタインベックも共に社会の中で見えにくい層であるプア・ホワイトを含む「民衆」を積極的に作品の中に描き続けた作家である。いずれの記述もアメリカ合衆国が国家として歳月を重ねていく中で「アメリカ人」という新たな種族が作り上げられていく様を肯定的に捉えている。トウェインの『イノセンツ・アブロード』では豪華客船での観光を楽しむことができる層は富裕層に限られるものではあるのだが、ことさらに排除や疎外、選別がなされているわけではない。

二　「貧乏白人」の立身出世物語
——シャーウッド・アンダーソン『貧乏白人』（一九二〇）

では、トウェインとスタインベックの記述の間の時代となる二十世紀前半の「貧乏白人」表象を具体的に検討してみよう。

シャーウッド・アンダーソン（Sherwood Anderson, 1876–1941）による長編小説『貧乏白人』（*Poor White*, 1920）は、貧乏白人の出自を持つ主人公ヒュー・マクヴェイが教育をほどこされることによって、変革の時代の中で発明家として立身出世を果たす物語である。舞台となる時代設定は一八九〇年から一九〇〇年にかけての世紀転換期であり、産業構造も大きな変化の只中にあった。主人公の人生の転機も、南部の田舎町に鉄道が延びたことにより、ニューイングランドからある夫妻が駅長として赴任するためにやってきたことに端を発する。

主人公のヒューは、「この世に生を受けるには悲惨な場所」（*Poor White* 3）であるマッドキャット・ランディングと呼ばれるミシシッピ川流域の田舎町にて生まれ母を幼少期に失くして以降、貧乏白人で大酒呑みの父と共に暮らしていた。父はかつて農夫であったが、製革所に職を求めて町にやってきたものの工場が倒産し、その後は川のほとりの掘っ立て小屋に暮らし、収穫期の農場で臨時の日雇いの仕事をするなどして生活の糧を得ていた。

この父のもとでヒューは学校に通うこともなく育つが十四歳の時に彼が住む田舎町まで延びてきた鉄道の駅にて雑役夫の仕事を得たところから人生が大きく転換する。駅長夫妻の家で生活することになり、実の子どものように教育を授けられることになる。

貧乏白人であり、自然に暮らすアメリカのアンチ・ヒーローの原型としてのハック・フィンを想起させる連関は本作品の受容史において伝統的になされてきた。(1) ハックもまた共同体によって教育を施されていたが、ハックの場合はそこから逃れることによって永遠の自然児のイメージを確立させた。『貧乏白人』のヒューはハックからみれば三十年ほど後の生まれの設定であり、南北戦争以後、鉄道建設時代においてニューイングランド出身のサラから徹底的に貧乏白人の境遇を脱するように叩き込まれる。サラが口癖のように、動物的な無為、怠惰を貧乏白人特有の性質としてヒューの前で誹ることから、ヒューにとっては自分の出自、父に対する憎悪を抱くようになる。

トウェインの『ハックルベリー・フィンの冒険』におけるハックの父パップの描写を先に確認しておこう。一年以上町から姿を消していたパップが突然家に戻ってきた場面にて、ハックは久しぶりに見る自分の父親の姿を冷静に観察し、描写している。

「白いんだけど、ほかの人間の白いのともちがって、見ていて胸が悪くなるような白、鳥肌がたつような白さだ。アマガエルの白、魚の腹の白だ」(Twain, *Huck Finn* 39)

不快なイメージとの連関により肌の白さが過剰なまでに強調されている。『貧乏白人』の主人公ヒューの父親はハックの父パップのように暴力をふるうわけではないが、同様に育児を放棄しており、そのためにヒューは空腹の際には川で魚を釣り、時には釣った魚を売ることで食物を得るなどして過ごしていた。

ヒューは、十四歳で駅長夫妻のもとで家族同然の扱いを受けることになってからも、駅長の妻サラから家庭での教育を受けることになり学校に通うことはない。それまで教育を受ける機会がなく身体が大きいヒューがからかいの対象になることを恐れ、また、この田舎町の人たちを好ましく思わず、彼らとヒューとの交流を望まなかったからである。

ヒューは十九歳まで駅長夫妻の元で暮らすが、サラの父の死を契機に駅長夫妻は町を去ることになる。その後ヒューもまた町を離れ、三年間ほどの放浪を経た後、二十三歳の頃に中西部オハイオ州ビドウェルに住み着くようになり、やがて発明家として成功を収める。ヒューはアメリカン・ドリームの体現者であり、とうもろこしの刈り取り機械という農機具を発明することからも産業構造が変容していく中で貧乏白人からの転身を果たす。

ヒューをめぐるもう一人の女性として、妻となるクララの存在も大きな役割をはたしている。ビドウェルの町の名士の家に生まれ裕福な家庭の子女として育った彼女はオハイオ州コロンバスの州立大学に進学し、そこで「新しい女性」としての先進的な女性の生き方を体現するケイトと知り合う。女性が高等教育を受ける機会が拡充されながらも、そこで学んだ教育を卒業後に活かす場はなおも限定されており、クララもまた将来の伴侶を探して家庭に入ることを期待され、そのことに対して失望を感じている。進歩的なケイトに対する憧れを抱きながらも、ケイトと交流を深めるにつれてケイトのような生き方は自分にはできないということをはっきりと認識するようになる。

打ち捨てられた境遇にあった少年時代のヒューに教育を施したニューイングランド出身のサラ、そして、女性のライフコースの変革期に戸惑いを感じていたクララの二人の女性の存在が、成功して以降も「貧乏白人であるという事実を打ち消すことができなかった」(*Poor White* 260) ヒューをその「怠惰な性癖」から遠ざける上で大きな役割をはたしている。家庭を作り、第二子の妊娠、待望の男子誕生の期待で締めくくられる物語の顛末からも、アンダーソンの『貧乏白人』は、貧乏白人の出自を持つ少年が教育を通してその境遇から抜け出し、教育の効果と産業構造の変化によって成功へのチャンスを掴む物語であり、打ち捨てられた境遇にあった主人公が一般社会の共同体の構成員として迎え入れられる点に特色がある。自らの境遇から脱することに力点が置かれるというヒューの人生にまつわる物語構造の必然性は、主人公にとって貧乏白人としての出自が生涯背負う後ろめたさの要因となってしまっていることを示唆している。

三　アースキン・コールドウェルによるルポルタージュ文学『アメリカの民衆』(一九三五)

労働者、民衆を描き続けた作家アースキン・コールドウェル (Erskine Caldwell, 1903–87) による代表作『タバコ・ロード』(*Tobacco Road*, 1932) は、かつてタバコの栽培で栄えた、ジョージア州の通称「タバコ・ロード」にて繁栄から取り残されてしまった貧農一家をめぐる物語である。小説の刊行からほどなくしてブロードウェイで舞台化され人気作となったことからも、貧しい農民一家をめぐるドタバタ喜劇の趣に特色がある。(2) アンダーソンの『貧乏白人』と比較参照するならば、貧乏白人の出自が「矯正」される形ではなく、あるがままの形で描かれている。

コールドウェルは小説以外の著作も多く、一九三四年から三五年にかけて全米をめぐり、その成果を『アメリカの民衆』(*Some American People*, 1935) としてまとめている。三部構成となっており、大不況期に地方に暮らす人たちと触れ合い、彼らの姿を活写しようとしている。本項ではコールドウェルのルポルタージュ文学『アメリカの民衆』を具体的に検討してみることにしたい。

名もない労働者と実際に言葉を交わすことによって、それぞれの人物を取り巻く生活のあり様が浮かび上がってくる。

エド・マドックは一九三四年のゴミ収集人であるが、一九三一年以降は週給三五ドルの包装品会社で失業し、不安な暮らしをしている。この男は、ゴミ収集物の内容が次第に悪化していく情況を見てきている。現在の彼は屑鉄を集めて、屑屋に売って、数セント稼いでいる。だが、彼の目はかすみ、体はかたくなっている。だから、彼より年下で目ざとく、動作のすばやい連中に鉄屑を余計拾われている。彼が三〇年代の連中と競り合って、その背後をゆっくりついていくと、彼らは二、三時間もすると、すっかりゴミを片づけてしまい、半ポンドの鉄屑も残さなかった。(*Some American People* Ch. I-8 "Picking the Omaha Dump" 56–57)

コールドウェルのこの取り組みと前後して、ニュー・ディール公共事業促進局（ＷＰＡ）の事業の一つとして、芸術表現者の中でも作家に対する財政支援を目的とした「連邦作家計画」（ＦＷＰ）により、アメリカ全土の地域文化を州毎にまとめた旅行案内書『アメリカン・ガイド・シリーズ』(*American Guide Series*, 1937–41) が刊行される。当時人気作家であったコールドウェルは作家に対する財政支援を伴うこのプロジェクトに関与こそしていないが、アメリカ全土にわたる様々な土地で暮らす人々の声、生活、風景などを包括的に「記録」する同シリーズに通底する関心と狙いでもって『アメリカの民衆』を含む複数のルポルタージュを手がけたほか、さらに一九四一年以降、叢書『アメリカン・フォークウェイズ（アメリカの民俗）』(*American Folkways*) の編纂にも携わっている。(3)「フォークロア」ではなく、「フォークウェイズ」の語が意識的に選択されている。『アメリカン・ガイド・シリーズ』をめぐる研究は、社会学者ウェンディ・グリズウォルド（ノースウェスタン大学）による研究書 (*American Guides: The Federal Writer's Project and the Casting of American Culture*, 2016) など社会学、歴史、民俗学の領域などで進展していることからも、『アメリカン・ガイド・シリーズ』と同時代となるコールドウェルの活動をルポルタージュの枠組みから捉え直す試みは今後進展が期待される領域であろう。

第二部では自動車産業の中心地デトロイトに焦点を当てている。フォード車の自動車工場が労働の分業化を加速させ、その結果として労働者の分断を引き起こしてしまっている点についても触れている。

就業中の工員の腕は硬直し、痙攣が止まらないし、背伸びする暇も、水を一杯飲む余裕もなく、急げ、急げ、急げ、とあおられて、ハンカチで鼻をかむ時間もない——袖で拭くか、垂れ流しである。やがて、昼食後一服しても、手洗いに行く時間は、わずか数分ということになろう。手洗いに行くか、仕事をするか選択せねばなるまい。監視員が、ストップ・ウォッチを握って、あなたを監視している。隣の仲間に、今日は暑いな、と話しかけたら、労働条件に不満を述べた咎で、密告され、ブラックリストに記載され、翌朝、理由不明のまま解雇され、翌日は五、六千人の失業者と共にミラー街に立ち、途方に暮れる。

(*Some American People* Ch. III-1 "The Kingdom of Henry I" 159)

チャップリン (Charles Chaplin, 1889–1977) の映画『モダン・タイムス』(*Modern Times*, 1936) の冒頭に登場する有名な工場のベルトコンベアの場面を彷彿とさせる描写であり、喜劇映画よりも労働現場の実態の過酷さが示されている。自動車工場はオートメーション化、分業化による効率性が重視され、それまでの職人としての労働のあり方を劇的に変容させた。

さらに自動車産業に依存した町のあり方は労働者の家庭像にも影響を及ぼすものである。

デトロイトの崩壊家庭には、離散家族以上のものがある。単一物生産都市で一度離散すると、家族は滅多に再会の見込みはない。自動車工場の仕事が不安定なため、父親たちは他の都市、地域に職探しに離散する。母親は仕事が見つかれば、お手伝いとして住み込んでしまう。その息子と娘たちは、ヒューロン湖に浮かぶ木片のように漂い彷徨う。(*Some American People* Ch. III-3 "The School of Prostitution" 181–82)

この記述は代表的な産業を失い復活しなかった町を指す「ポスト・トラウマ都市」を想起させる。炭鉱労働に代表されるエネルギー資源の転換に伴う新しい産業の創出は同様に町のあり方をも変容させるものであるが、特定の産業に特化した町のあり方の効率性が併せ持つ危険に対する洞察が示されている。

第三部では南部の小作農がとりあげられており、牧歌的な農村のイメージが呼び起こすロマンスが誤解されている点に留意しながら、大都市における貧困との性質の違いに注目している。

小作農階級の数百世帯が、幅二十マイル長さ百マイルに渡る、アメリカのこの地域で暮らしている。ジョージア、アラバマ、ミシシッピ、アーカンソーの各州の地域でもこれと同様な数百世帯がある。そこには飢餓、奇形、パンを求めて餓死していく人々がいる。一見、大都市のスラム街のようなアメリカ社会の余波があらわれているが、大都市のスラムと本質的にその様相を異にしている。それは人に知られない場所であり、見えざる場所だからである。公的には、このような土地は、救済事務所の名簿にも、ジョージア州の知事の念頭にもないのである。(*Some American People* Ch. IV-3 "God-Forsaken: Man-Forsaken" 224–25)

『タバコ・ロード』が舞台化され人気作となっている中で、なおも貧困をきわめた農家たちは「見えざる場所」に取り残されており、工業化が進む大規模農業によって、小作農はさらに厳しい状況に置かれてしまっている現実がある。

コールドウェルはその後も『ライフ』誌の写真ジャーナリスト、マーガレット・バーク＝ホワイトと共に大恐慌下の南部小作農民を取材し、『あなたは彼らの顔を見た』(*You Have Seen Their Faces*, 1937) を刊行している（二人は一九三九年から四一年まで婚姻関係にあった）。『ホワイト・トラッシュ――アメリカ低層白人の四百年史』においても、コールドウェルに対する言及は小説『私生児』(*The Bastard*, 1929)、『タバコ・ロード』に限定されているが、ルポルタージュ作品に目を向けることにより同時代の証言と洞察から、プア・ホワイトを取り巻く社会構造上の問題を探ることができる。

四　「無用者」自身による文学――ジャック・ロンドン『アメリカ浮浪記』（一九〇七）

ジャック・ロンドン（Jack London, 1876–1916）の『アメリカ浮浪記』（*The Road*, 1907）は、一八九二～九四年、十六から十八歳の頃に九カ月放浪した際の回想録である。大不況期であり、失業者が仕事を求めて放浪するホーボーが社会現象となった時代と重なる。後に映画『北国の帝王』（*Emperor of the North Pole*, 1973）の時代考証の際に参照されたように、自らのホーボー体験を踏まえて、鉄道の無賃乗車の方法や当時のホーボーたちのあり方を探る貴重な史料ともなっている。(4)

映画『北国の帝王』は、無賃乗車を許さない車掌と、伝説のホーボー「エース・ナンバーワン」との攻防をめぐる物語であるが、ホーボーに憧れる青年がエースに弟子入りする場面も描かれており、ホーボーの人生哲学とでも称すべき、理想化されたホーボー像を決定づけた作品である。映画では一九三三年に時代設定がなされているが、無賃乗車の具体的な方法、無賃乗車を防ごうとする鉄道乗務員との攻防をめぐる細密な描写に、「高級浮浪者」や「新米ルンペン」など浮浪者同士の格付けのあり方など『アメリカ浮浪記』に多く依拠している。

後のアメリカの移動をめぐる物語においてもロンドンの放浪体験とその記述は大きな影響を及ぼしている。溜まり場から溜まり場へと体験談を語り聞かせることで一宿一飯の恩恵にあずかるホーボーたちの身の上話／トールテール、土地を失った農民、浮浪児の姿などが描写されており、世紀転換期当時の「渡り労働者たち」の様子が浮かび上がってくる。運命にまかせて放浪する解放感こそが『アメリカ浮浪記』の最大の魅力の一つとなっている。

おそらく浮浪者生活の最大の魅力は、単調なところがないことだろう。ルンペンの国では、生活のうわべは変幻自在――たえず変化している走馬灯的光景――であり、そこではとてもあり得ないことが起こり、思わぬことが道のいたる所で茂みの中から飛び出してくる。ルンペンは、次の瞬間には何が起こるのかぜったいにわからない。したがって彼は、今この瞬間にのみ生きている。目的にかなった努力のくだらなさを知ったがゆえに、気まぐれな運とともに放浪することの喜びを知っているというわけだ。(London, *The Road* 218)

一般的な定義からすれば、ロンドン自身の放浪体験は「ホーボー」ではなく、「浮浪者」とみなしうるものであり、語り手は仕事探しをせずにもの乞いをし、食事を得ては旅を続けていく。夜は時に留置場で過ごすこともある。概念の形成期ならではの言葉の用法の混同が見られると同時に、大衆文化における「ホーボー」の姿においても労働の描写が乖離していってしまう傾向をも併せて参照するならば、語義としては労働を必然的に伴うはずの「ホーボー」概念の揺らぎに目を向ける必要がある。

また、アンダーソン『貧乏白人』の主人公ヒューの転機が鉄道の延伸により教育の機会を得て世界が拓けていったことを思い起こすならば、交通網の発展により、「牡蠣泥棒の王子」の異名をとっていた貧乏白人の少年が無賃乗車による放浪体験を経て世界を見聞する体験を得た自伝的回想録となっていることも注目に値する。『アメリカ浮浪記』はすでに作家として名声を確立しえた後に刊行され、伝記作者から放浪体験の目的は社会学の研究のためであったとの誤解がなされているが、「私が浮浪者になったのは――まあ、私の中にある活力、私をじっとさせてはおかないわが放浪癖のためであった」(London, *The Road* 274) と但し書きが記されている。いわば、「無用者」として扱われてきた当事者によって書かれた文学作品であり、その境遇から抜け出して何かを成し遂げた成功譚ではなく、「無用者」の精神文化がただあるがまま奔放に描かれている点で特異な作品となっている。

ジャック・ロンドンの文学において『アメリカ浮浪記』は代表作となる『野生の呼び声』(*The Call of the Wild*,

1903)、『白い牙』(*White Fang*, 1906)と比しても決して注目度が高い作品ではない。映画『北国と帝王』はホーボーをめぐる物語の代表作であり、『アメリカ浮浪記』は、物語に大きく作用しつつも原作として扱われているわけではない。しかしながら、労働や過酷な境遇よりも「今この瞬間にのみ生きている」放浪の解放感に力点を置いて描かれた『アメリカ浮浪記』の精神は映画を背後から支え、後の大衆文化にも受け継がれていく。一方、ロンドンの自伝小説『マーティン・イーデン』(*Martin Eden*, 1909)はイタリア映画（邦題は『マーティン・エデン』、二〇一九）としてイタリア、ナポリの港湾地区に生まれ育った貧しい青年をめぐる物語として新たな息吹きを注ぎ込まれ、格差が世界中で広がる時代の中で、疎外された者の視点から描く物語に対する期待の高まりを見ることができる。(5)

結　「分断」の時代を展望する「個」の物語の役割

「トランプ現象」以後、中央と地方、人種や階級をはじめとする様々な格差がより複雑さをきわめ、国民を分断してしまっている現実がある。アメリカとは何か、アメリカ人とは誰かをめぐる捉え方をも根本的に問い直す局面を迎えている。民衆のあり方も時代の変化に対応して変容を余儀なくされている。「人種」概念の複雑化・多様化の中で、「取り残された層」としてのプア・ホワイト層を、アメリカの物語はどのように描いてきたのか。

産業構造の変化に伴う労働の効率化に伴い、労働者はますます厳しい状況に置かれている。分断が進み、貧困労働者の姿はなおも見えにくい存在になってきている。プア・ホワイトもまた、男性ばかりではない。そして、複雑な人種の要素は現在どのように絡み合っている（あるいは、分断されている）のであろうか。「新世界の無用者」として疎外されてきた層が「トランプ現象」に代表される社会の鬱積を表す存在として注目されるようになったのは皮肉なことではあるが、「無用者」の表象をめぐる文化史に注目することでアメリカの理念と現実のゆらぎを展望することができる。

「分断」を収束させ「融和」へ。パンデミック以降、混乱を極める中で合衆国第四十六代大統領に就任したジョー・バイデンが抱える課題は山積している。その掛け声の通りの良さに比して現実の社会構造上の問題は根深いものがある。グローバル化が進み、低賃金労働の実態は過酷さをきわめ、「個」の人生が見えにくくなっている。そうした状況であるからこそ、「個」の人生に寄り添う物語を通してこそ浮かび上がる側面がある。

貧乏白人として「無用者」扱いされてきた表象の文化史を辿り、それぞれの「個」の物語記述をルポルタージュや自伝文学をも交えて検討することにより、実は「無用者」の存在こそがアメリカの精神文化の支柱として機能してきた足跡が見えてくる。

注

（1）『貧乏白人』のヒューをハック・フィンと重ねて捉える視点は、批評家アーヴィング・ハウの指摘をはじめ解釈の定番とされている (Howe, 126)。

（2）『タバコ・ロード』は西部劇の巨匠ジョン・フォードにより一九四一年に映画化されており、コールドウェルのもう一つの代表作『神の小さな土地』(*God's Little Acre*, 1933) はコールドウェルがロケ地めぐりに助言をしながら、アンソニー・マン監督により一九五八年に映画化されている。『タバコ・ロード』はジョン・フォードによる意外な社会派コメディとして、スタインベックの『怒りの葡萄』の翌年に制作・公開されている。フォードを媒介とすることで貧農を題材にした『怒りの葡萄』と『タバコ・ロード』との資質の違いをより一層際立たせることができる。

（3）社会経済的な観点による含意を込めて「フォークロア」ではなく、「フォークウェイズ」の表記をコールドウェルが選択した (Mixon 122–23)。毎号それぞれの地域を特集し、地方史の専門家に執筆させた。計二十八巻の叢書の内、二十五巻分をコールドウェルが編集統括として携わった。

（4）ロバート・アルドリッチ監督による映画『北国の帝王』において正式なクレジット表記がなされているわけではないが、

ジャック・ロンドンの『アメリカ浮浪記』と、ロンドンの四歳年長にあたるレオン・レイ・リヴィングストン (Leon Ray Livingston, 1872–1944) の著作 (*The Trail of the Tramp* [1913], *From Coast to Coast with Jack London* [1917]) が下敷きとされている。リヴィングストンは放浪時代のロンドンの師匠格にあたる人物であり、映画『北国の帝王』にて伝説のホーボー「エース・ナンバーワン」のモデルとなった。リヴィングストンは貧困の出自ではなく、放浪生活を選び取り、伝説のホーボーとしての回想録を発表することで文筆活動を行うようになった。*From Coast to Coast with Jack London* は、一九一六年にロンドンが亡くなったことを受けて、十八歳の頃のロンドンとの出会いにまつわる回想録である。

（5）イタリア映画『マーティン・エデン』は、イタリア北西部出身のピエトロ・マルチェッロ監督によるイタリア、フランス合作である。ロンドンの自伝的背景に基づく長編小説を原作としていることからも、カリフォルニア州オークランドの設定をイタリア、ナポリの港湾地区出身として翻案、脚色を施している。貧乏白人出身の主人公が二十世紀初頭のアメリカの新興成金との間で軋轢を感じる物語が海外の設定で翻案されることの可能性と限界を探る上で興味深い試みとなっている。本作はイタリア映画にまつわる映画賞ダヴィッド・ディ・ドナテッロ賞にて脚色賞を受賞している。

引用参考文献

Anderson, Sherwood. *Poor White*. 1920. Modern Library, 1925.「貧乏白人」『現代アメリカ文学全集1』、大橋吉之輔訳、荒地出版社（一九五七年）：一八一―四二五頁。

Bruder, Jessica. *Nomadland: Surviving America in the 21Century*. Norton, 2018.『ノマドランド――漂流する高齢労働者たち』鈴木素子訳、春秋社、二〇一八年。

Caldwell, Erskine. *Some American People*. Robert M. McBride, 1935.『孤独なアメリカ人たち』青木久男訳、南雲堂、一九八五年。

Griswold, Wendy. *American Guides: The Federal Writer's Project and the Casting of American Culture*. U of Chicago P, 2016.

Hirsch, Jerrold. *Portrait of America: A Cultural History of the Federal Writer's Project*. U of North Carolina P, 2003.

Howe, Irving. *Sherwood Anderson*. Sloan, 1951.

Huntington, Samuel. *Who are We?: The Challenges to America's National Identity*. Simon & Schuster, 2004.『分断されるアメリカ

――ナショナル・アイデンティティの危機』鈴木主税訳、集英社、二〇〇四年。

Isenberg, Nancy. *White Trash: The 400-Year Untold History of Class in America*. Viking, 2016.『ホワイト・トラッシュ――アメリカ低層白人の四百年史』渡辺将人監訳・富岡由美訳、東洋書林、二〇一八年。

Jefferson, Thomas. *Notes on the States of Virginia*. Ed. William Peden. U of Virginia P, 1955.

Livingston, Leon Ray. *From Coast to Coast with Jack London*. 1917. Legare Street P, 2022.

London, Jack. "The Road." *Novels and Social Writings*. Library of America, 1982: 185–314.『ジャック・ロンドン選集3――太古の呼び声／アメリカ浮浪記』辻井栄滋訳、本の友社、二〇〇五年。

Mixon, Wayne. *The People's Writer: Erskine Caldwell and the South*. U of Virginia P, 1995.

Painter, Nell Irvin. *The History of White People*. Norton, 2010.

Steinbeck, John. *America and Americans and Selected Nonfiction*. Viking, 1966.『アメリカとアメリカ人』大前正臣訳、平凡社、二〇〇二年。

Stowe, Harriet Beecher, *Dred: A Tale of the Great Dismal Swamp*. 1856. U of North Carolina P, 2000.

Twain, Mark. *Adventures of Huckleberry Finn*. Oxford UP, 1996.『ハックルベリー・フィンの冒けん』柴田元幸訳、研究社、二〇一七年。

――. *The Innocents Abroad: or The New Pilgrim's Progress*. 1869. Oxford UP, 1997.『イノセント・アブロード（上・下）』勝浦吉雄・勝浦寿美訳、文化書房博文社、二〇〇四年。

Vance, J. D. *Hillbilly Elegy: A Memoir of a Family and Culture in Crisis*. Harper, 2016.『ヒルビリー・エレジー――アメリカの繁栄から取り残された白人たち』関根光宏・山田文訳、光文社、二〇一七年。

Wray, Matt. *Not Quite White: White Trash and the Boundaries of Whiteness*. Duke UP, 2006.

青柳まちこ『国勢調査から考える人種・民族・国籍――オバマはなぜ「黒人」大統領と呼ばれるのか』明石書店、二〇一〇年。

高田賢一・森岡裕一編『シャーウッド・アンダーソンの文学――現代アメリカ小説の原点』ミネルヴァ書房、一九九九年。

藤川隆男ほか編『白人とは何か？――ホワイトネス・スタディーズ入門』刀水書房、二〇〇五年。

藤川隆男『人種差別の世界史――白人性とは何か？』刀水書房、二〇一一年。

南川文里『未完の多文化主義——アメリカにおける人種・国家・多様性』東京大学出版会、二〇二一年。

ウッド、ゴードン・S『ベンジャミン・フランクリン、アメリカ人になる』池田年穂訳ほか訳、慶應義塾出版会、二〇一〇年。

ゲスト、ジャスティン『新たなマイノリティの誕生——声を奪われた白人労働者たち』吉田徹ほか訳、弘文堂、二〇一六年。

ナイ、メイ・M『「移民の国アメリカ」の境界——歴史のなかのシティズンシップ・人種・ナショナリズム』小田悠生訳、白水社、二〇二一年。

ホックシールド、アーリー・ラッセル『壁の向こうの住人たち——アメリカの右派を覆う怒りと嘆き』布施由紀子訳、岩波書店、二〇一八年。

『フォークナー』(「〈特集〉プア・ホワイトの南部文学」)第二三号、三修社、二〇二一年。

第三部

言語教育

第十一章
朝鮮語の歴史に及ぼした日本の言語政策

伊藤　由起子

はじめに

二〇二二年七月現在、新型コロナウイルス感染症の世界的流行から二年半近くが経過している。新型コロナウイルスやその感染症の名称は各国で異なる。たとえば、イギリスやアメリカなどの英語圏では感染症をCOVID-19（もしくはCOVID）としウイルスのことはthe coronavirusという。フランス語ではCOVID-19を女性名詞として扱うことに決めた。日本では「コロナ」という一語が「新型コロナウイルス」と「新型コロナウイルス感染症」のどちらの意味にも使われている。

韓国においてはどうか。「ウイルス」と「感染症」は分けられており、「新型コロナウイルス」を「신종 코로나바이러스（シンジョン コロナバイロス）」とし、「新型コロナウイルス感染症（신종 코로나바이러스 감염증（シンジョン コロナバイロス カミョムッチュン））」は「코로나19（コロナイルグ）」ともいわれる。これは、同じ朝鮮語を話す北朝鮮とは異なっている。両国の「新型コロナウイルス」を意味する語を併記する。

北朝鮮　신형코로나비루스（シンヒョンコロナビルス）
韓国　신종 코로나바이러스（シンジョン　コロナバイロス）

ここには三つの違いがある。一つは「新型」という語の音、二つ目は韓国語では「分かち書き」になっていること、三つめは外来語の「ウイルス」が両国で違っていることである。(1) これらの違いの理由は一九四八年に大韓民国と朝鮮民主主義人民共和国が成立して以来、両国が独自の言語政策を取っていたことによるが、特に三つめに関しては、以下のような疑問が生じる。

なぜ「ウイルス」は、北朝鮮では「ビルス」というドイツ語に近い音の語で、韓国語では「バイロス」という英語に近い音で表現しているのだろうか。そもそも、ウイルスを意味する語が、なぜ中国語ではなく、西洋からの外来語になっているのだろうか。また、元々朝鮮の固有の語ではない外来語を、二国が異なるように変更する必要はないのではないか。もしも変更するならば、なんらかの意図が働いているのではないか。

本稿では、この疑問を中心として、朝鮮の言語政策の歴史を明らかにし、最終的には、そこに見られる朝鮮の人々の民族意識についてまとめていく。

一　ハングルの誕生と日本の朝鮮に対する言語および教育の改革

大韓民国（以下、韓国とする）と朝鮮民主主義人民共和国（以下、北朝鮮とする）が共通して使用している文字と言えばハングルである。

ハングルは、訓民正音（フンミンジョンウム。民に訓《おし》える正しい音と言う意味）として、朝鮮國（または李氏朝鮮）第四代国王世宗（セジョン、一三九七―一四五〇）によって、制定された。世宗は朝鮮王朝の最高の聖君とされ、世宗大王として韓国では現在も人気が高い。厳格な身分制度があった朝鮮において、優秀な人材であれば奴婢からも官職に採用した。当時、文字と言えば清から伝わった漢字のみだったので、王は漢字がわからない人々が言いたいことがあっても書き表せないことを不憫に思い、民の声を聞き届けたいという願いからハングルを創ったといわれる。

そのような思いで創られた訓民正音であったが、庶民への本格的な普及活動は十九世紀末までなかった。現在では「偉大なる字」を意味するハングルと呼ばれ、朝鮮半島では世界のどの文字体系よりも優れているとしてその優位性を誇っているが、四百年以上も行き渡ることがなかった。

その理由の一つは、下層の人のための文字である訓民正音にたいして、知識層（守旧派儒学者など）や、重臣から反発があったからだった。漢字至上主義を唱える特権階層は文字を独占したいという欲求を持っており、庶民に文字の使用を許そうとしなかった。漢字は知識層の大きなよりどころとなっていたので、ハングルの普及によって自分たちの優位性が脅かされるとし、漢字を「真字」とする一方で「ハングルを「諺文（オンムン）」として蔑んだ。(2)

ここでいう特権階層とは、主に「両班（ヤンバン）」と呼ばれる階層の人々のことで、彼らは中国に倣って高麗時代に導入された官僚制度において、国家の支配機構を構成していた。両班は、身分階級の最高位に位置し、絶対的な権力を持っており、庶民の自由を許さなかったのである。

また、両班だけでなく、王がハングルの使用を禁止したこともある。独裁的な圧政を振るった第十代王燕山君（ヨンサングン、一四七六―一五〇六）は、暴政に耐えられなくなった庶民が自分を非難する投書を出すのを防止するために、ハングルの使用を禁止した。

しかし、訓民正音は排斥されて失われたわけではなかった。第十五代光海君（クアンヘグン、一五七五―一六四一）の時代には、名門出身の文人・政治家である許筠（ホ・ギュン、一五六九―一六一八）によってハングルで記述された最初の小説『洪吉童伝』が書かれた。また、漢字がわからない庶民層の書記手段として使用されたり、両班階級や王族によっても書簡などで使用されたりした。

こうしたことはあったものの、庶民のためのハングルは公的な文章に使用されたり、学校で系統だって教えられたりすることはなく、ほとんどの庶民は漢字はもちろんのことハングルの読み書きができなかった。そして依然として漢字は「真字」であり、ハングルは「諺文」であった。

庶民へのハングルの普及活動は、十九世紀末の日本による言語政策から本格的に始まる。

日本による言語政策というと、朝鮮に対して日本が行った皇民化の時期（一九三七―四五）が第一に想起される。しかし、十九世紀末にはすでに、朝鮮の言語に関する変革に日本が深く関わっており、以来、日本は朝鮮民族へのハングルの普及活動に貢献していた。

一八八二年、福沢諭吉（一八三五―一九〇一）は日本に遊学に来た朝鮮の政治家、金玉均（キム・オッキュン、一八五一―九四）と朴泳孝（パク・ヨンヒョ、一八六一―一九三九）と親交を深めた。福沢は腐敗した李王朝が支配する朝鮮が清やロシアの植民地になり、やがては日本の国難になると懸念して、朝鮮の文明化を助けた。福沢は朝鮮から留学生を受け入れ、ハングル普及への助力を惜しまなかった。同年十月、修信使として来日した朴泳孝に、朝鮮の独立と朝鮮人の啓蒙のためには、朝鮮語による新聞の発行が不可欠であると説いた。帰国した朴は、一八八三年、朝鮮国王から許可を得て、日本から印刷機と新聞用紙を購入し、朝鮮初の新聞『漢城旬報』第一号を発行した。しかし、当初はハングルを使用する予定だったが、漢字を「真字」、漢文を「真書」とする保守勢力からの反発にあい、『漢城旬報』は漢文で発行された。世宗大王の時代と変わらない特権意識が依然として残存していた。

しかし、福沢は新聞にハングルを使用することを望み、ハングルで新聞が発行されたらより多くの人が読めると主張した。そして一八八六年、福沢が日本で準備していた諺文活字を使用した『漢城周報』が発行された。このとき、弟子の井上角五郎（一八六〇―一九三八）は、国漢文という日本の漢文訓読体をモデルにした「漢字ハングル混交文」という文体を創製し、それが採用された。これが新聞にハングルが使用された第一号となった。また、一八九六年には徐載弼（ソ・ジェピル、一八六四―一九五一）らが全文ハングルによる『独立新聞』を刊行した。

日本人が朝鮮の言語に関して影響を与えたのは、福沢諭吉や井上角五郎だけではない。一九〇五年に第二次日韓協約を結び日本が朝鮮を保護国化したとき、朝鮮総督府はハングルの教育を始めた。初代統監、伊藤博文（一八四一―一九〇九）は「普通学校令」（一九〇六年制定）を公布し百校以上の学校を建設した。一九一〇年に植民地統治を開始すると総督府は話し言葉としての朝鮮語を禁じず、漢字ハングル混交文の本格的な使用を開始し、朝鮮半島に五千二百校の小学校を建設した。そして、読み書きができるように文字を整備し、ハングル活字を鋳造しその普及に努めた。一九一一年、国語を日本語とし、授業を日本語で行う中、朝鮮語を必修教科科目とし、ハングル教育を始めた。また、その後も日常的な朝鮮語の使用は禁じなかった。このときの教育において、近代的な概念を示す和製漢語と同時に和製英語も朝鮮に数多く導入された。

伊藤が赴任する前の朝鮮は、両班による不正と腐敗が蔓延していた。また、特権階層以下の識字率は大変低かった。漢字ハングル混交文で書かれた『漢城周報』の読者は主に役人だったので、庶民には浸透せず、一八八八年七月に廃刊となっていた。右のように日本によるハングル教育の推進があったが、識字率はあまり上がらなかった。一九三〇年になっても、「カナ（日本語）」と「国文（ハングル）」両方の読み書きができる人は八・三六％、カナだけできる人は〇・〇四％、国文だけできる人は一九％、カナも国文もできない人は七二・五％だった。つまり、国民全体の七割の人は読み書きができなかったといわれている。(3)

その後、一九三七年以降の「皇民化」によって朝鮮語は新たな局面を迎えた。

一九三七年（日中戦争の勃発）以降、皇民化が進められ、日本による大規模な言語干渉が行われた。それまでの日本語と朝鮮語の二言語併用策から「国語（日本語）常用」へと方針転換し、一般庶民に日本語を押し付けた。漢語も和語も混種語も日本式の発音のまま使用することを強要した。しかし、一方で自国の近代化を急ぐ朝鮮側も進んで和製語を吸収したという側面もあった。

民族語（朝鮮語）に関して言えば、上位言語（日本語）の影響を受けて危機的状況に陥った。一九三八年に第三次朝鮮教育令改正（必修であった朝鮮語が随意科目となった）から始まった国語常用運動により、朝鮮語の教育と使用が禁じられ、一九四〇年にはハングルで書かれた新聞も廃刊となった。朝鮮語の能力が認められない社会においては、日本語が人々の生活に浸透していくのは自然のなりゆきであった。

一方、ハングルはどうであったかというと、朝鮮語学会（一九二一年に結成された朝鮮語研究会を一九三一年から学会と改称）がハングル綴り字法の統一、標準語の査定、大辞典の編纂などの課題に取り組んでいた。[4] この活動により、統治下の朝鮮民族が解放された際、壊滅的な被害を被ったハングルの復活に向けた活動を官民一体となって行うことができた。こうして、ハングルは、漢字を押しのけて韓国の文字として唯一使用されるに至った。ハングルは日本からの独立の象徴であった。

二　日本からの独立と韓国における「国語醇化運動」

これまで、日本による言語政策に関して述べてきたが、朝鮮人による朝鮮語の言語政策がなかったわけではない。十九世紀末、急進的な近代化改革（甲午改革）があり、第二十六代王高宗（コジョン、一八五二―一九一九）はハングルで公文書を発する勅令を一八九五年五月に下した。政治闘争のため実現することはなかったが、先に述べたようにハングルのみの新聞、『独立新聞』が徐載弼ら開花派（日本と結んで朝鮮の清からの自主独立と近代化を目指す政治団体）によって創刊された。これが発せられた理由は、ハングルには覚えやすさと朝鮮固有の文字としての親しみやすさがあり、ハングルによって書かれるからこそ階層の上下に関わらず読むことが可能だったからである。[5]

また、朝鮮語学会は一九三三年には「ハングル正書法統一案」を、一九三六年には「査定した朝鮮語標準語集」を発表し、一九三八年には『朝鮮語辞典』の編纂事業を行った。一九四八年の独立後はこれを基にして南北両国ともに言語の改革を行った。

一九四五年に日本の植民地支配から解放された朝鮮は、三年間、北緯三十八度線を境に、北をソ連軍が、南をアメリカ軍が占領し、一九四八年に南北に分かれて独立を果たした。

以下、韓国を中心に自由を取り戻した人々の言語への政策を見ていく。

韓国は、母語を純粋な形に戻す「国語醇化運動」を開始し、極力日本語を捨て、これに代わるべき韓国語を国語に用いるようにし、言語の侵略の跡が見られる語を失くそうとした。こうして、一九四八年に国語浄化委員会総会において成案が可決され公表された。また同年には民族固有の文字を守り普及させるべく「ハングル専用法」を制定した。

しかし、一九四五年まで日本人とともに暮らし、日本語が上位に立つという中で、朝鮮語話者は二重の言語生活を送っており、すでに日常生活に定着した日本語も多く、言語の近代化に貢献した和製漢語は他に置き換えられないため、全てを消し去ることは困難だった。

そして、漢字の廃止に関しては、朝鮮の脱日本の観点から推進された。漢字ハングル混交文は日本の漢字訓読体に倣って作られたものであり、日本の支配を色濃く示すものであったため、朝鮮の文字だけで書き、それを普及させることは民族の尊厳を示すために必要であった。また、抑圧されてきた感情の開放と、日本より何においても上回ること、そして朝鮮民族の近代化と発展のためには、習得の難しい漢字を捨て、民族固有の文字だけで何事もなすことが必要とされた。

日本の占領から解放されると、教育の改革によって、欧米の文化（特にアメリカ文化）は日本からではなく直接取り入れたいという機運が高まった。

そこで、韓国政府は、自国民の生活に適合した西洋の知識を習得するために外国語教育、とくに英語教育に力を入れた。一九六三年には第二外国語として英語、フランス語、中国語、ドイツ語、ロシア語以外にスペイン語が必修化された。韓国は一九六〇年代後半以降急速に経済的な復興を果たし、それは「漢江の奇跡」と呼ばれるまでに至った。そのような中、一九八〇年代には、産業界から「使える英語」が強く求められた。一九九〇年代に入ると英語教育は「個人の要求だけでなく国家と社会の要求を満たす」こととし、それによって国力の強化を目指した。そして日本に先駆けて英語を国家教育政策の一環であるとした(6)。

言語教育だけでなく、西洋の近代文明を積極的に取り入れる姿勢は、翻訳事情にも表れている。

韓国における翻訳教育が本格的に始まったのは、一九七九年である。この年、東アジア初の通訳翻訳大学院として韓国外国語大学通訳翻訳大学院（ＧＳＩＴ）が設立された。ＧＳＩＴは、発足時から韓国政府の莫大な資金支援を受け、国際コミュニケーションの専門家や国際会議通訳士の育成を行い、英語、日本語だけでなく、フランス語、ロシア語、スペイン語、中国語、アラビア語、ドイツ語の八言語を扱い、実技重視の授業を行った。つまり、韓国は翻訳教育の当初から近隣諸国や英語圏だけでなくヨーロッパの国々にも目を向けてその文化を吸収しようとしたことがわかる。

やがて、学校教育では、ハングル専用の教育が浸透し、漢字の授業を全く受けない世代が生まれた。一九七〇年一月からの「ハングル専用五カ年計画」により、少なくとも国民学校においては教科書がハングルのみとなったためである。一九九〇年代後半には、漢字が入っていると読めないとして漢字を使用することを止めた新聞もあった。

しかし、現在漢字の復活を叫ぶ声がある。ハングルは表音文字であるため、同音異義語で意味を誤解しやすい場合が多々あり、表意文字の漢字を取り戻すべきだという主張だ。しかし、「漢字は特権層の反民主的文字」だから使うべきではない、という反対意見もある。

三　外来語にみる韓国語の特性とハングルの表記

ハングル専用法を制定し、日本語を排斥する醇化運動が起こったとき、日本経由の漢字語にたいして文教部が『我々の言葉を取り返す（우리말 도로찾기）』という冊子を作成・配布した。そして、「花見」、「寿司」、「のり巻き」、「天ぷら」などは、韓国の固有語に置き換えられた。

しかし、外来語に関しては、今もまだ日本式の語が韓国語に残っている。外来語は日本語ではないという意識が働いており、西洋のような近代的な社会を目指す過程で取り入れた日本語経由の語は西洋の語である、という認識である。例えば、一九五一年、科学技術用語制定委員会が設立され、語彙の醇化が進められたが、西洋語は対象外であった。

以下ではこのような経緯を経た韓国語の外来語を分析し、日本式英語と共通するものに関して解説していく。

韓国語の外来語の多くは、日本と共通するものが多い。オンライン上の韓国語辞書（K-pedia）には、韓国語における外来語として一、〇一六語が掲載されており、ほぼ英語由来の語で埋まっている。特筆すべきは、七割は日本語と共通する語であり、その半数の三四五語は和製英語である。つまり、一見英語からの借用語に見える韓国語の外来語であるが、英語としては正しくない語が存在し、それらは日本語の影響を受けている可能性が考えられる。例を挙げると、原語を短縮したり、複数の単語のうち前者もしくは後者を省略している語として、日本語の「エアコン（air conditioner）」は韓国語でも「에어컨（エオコン）」であり、「アパート（apartment building）」は「아파트（アパトゥ）」、「センチ（centimeter）」は「센티（センティ）」、「リモコン（remote controller）」は「리모컨（リモコン）」、「ノート（notebook）」は「노트（ノトゥ）」「ミシン（sewing machine）」は「미싱（ミシン）」である。

また、短縮・省略の形ではなく、英語とは全く違う意味で使用されている和製英語も韓国語と共通する。日本語の「ワイシャツ（collared dress shirt）」は韓国語でも「와이셔츠（ワイショツ）」であり、「ワンピース（dress）」

は「원피스（ウォンピス）」、「コンセント (electrical plug)」は「콘센트（コンセントゥ）」、「サイン (signature/autograph)」は「사인（サイン）」、「カンニング (cheating)」は「커닝（コンニン）」である。括弧内の読み方に表れているように、発音は韓国式になっているので、厳密には全く同じとは言えないが、明らかに多くの和製英語が韓国語と共通する。

その理由はなぜであろうか。

十九世紀末の福沢諭吉が朝鮮にもたらした言語に関する影響は、ハングルの普及だけではなかった。福澤は「漢城周報」と同時期に、江戸幕府の命によりアメリカ、オランダ、ロシア、イギリス、フランスに渡って知り得たことを『西洋事情』（一八六六—六九）に著していた。各国の歴史、経済、文化を紹介したこの書物は、十五万部が発行され、その啓蒙的役割は大きかった。また、近代化を目指した日本は、西洋の様々な言語の書物を翻訳し、西洋の考え方や技術を翻訳を通して学び、新たな国造りに役立てていた。これらの翻訳書や『西洋事情』にある西洋の考え方・状況を表現する新しい日本語は、中国や朝鮮にも輸入された。

朝鮮は、近代的な西洋文明を自国に取り入れたいと渇望し、同じ漢字文化圏の日本に留学生を送り、日本語を通じて西洋文明を学んだ。朝鮮の留学生たちは、祖国の近代化のために日本で学び、日本の西洋の書物に関する出版物を朝鮮語で紹介した。この時、近代西洋文明を表す言語的な素地がないために日本で生まれた和製語を「借りる」ことになった。

その結果、テレビ、ラジオ、ランニング、パーマなどの日本語式に発音されたカタカナ語や、ミシン、セーターなど英語の本来の意味とは違って日本語で使用されている和製英語が朝鮮語に普及した。ある韓国語の外来語辞典によれば、ドライヤー（드라이。トゥライ）、ライター（라이터。ライト）、ボール紙（보르지。ポルシ）、ボールペン（볼펜。ポルペン）などが日本語由来とされている。[7]

日韓併合時代が終わり国語の醇化運動が始まると、日本由来の外来語を自国の言葉に変えることに加えて、日

本式の「子音＋母音」を基本とするカタカナ英語の発音を捨てて再借用することもあった。その際、国際音声記号であらわされる原語の一つ一つにハングルを当てはめた。つまり、外来語の醇化運動に関しては、原語の音を忠実に置き換える工夫がなされたのである。例えば「髪を切ること」を意味する「カット」は醇化前に韓国語に入り、韓国語で「커트（コトゥ）」であるが、現在はより英語の“cut”に近い「컷（コッ）」が使用され、この語は「映画の一場面」も意味する。「커트（コトゥ）」と「컷（コッ）」の違いに見られるように、日本語経由で入った語は、日本語は子音で音節を終わらせることができないため英語にはない母音が加えられているが、韓国語では子音で語を終わらせたり、子音のクラスターを作ったりすることも可能なため、より英語の発音に近い語を作ることが可能である。これを利用して、日本語経由の外来語は国語の醇化運動の際に韓国語式発音の語に変化したものもあった。

韓国が翻訳教育を国策としたことは先に述べたが、二〇〇五年のＧＳＩＴの「主題特講」においては、「韓国式英語を告発する」というテーマがあった。

この「韓国式英語」の具体的な内容はわからないが、一般的に「韓国式英語」といえば、韓国語特有の音の特徴から生まれる韓国式発音や、英語には存在しないか、もしくは本来の英語とは違った意味で使用されている英語表現を指す。つまり、独立以前に韓国語に入った日本式のカタカナ英語や和製英語が「告発」された可能性は大いにある。

翻訳事情ということに関して言えば、韓国で出版される書籍は日本語で書かれた書籍の翻訳が多い。その中には元々英語で書かれた文献の日本語訳の韓国語版もある。一九七九年の翻訳教育の開始までは、英語で書かれた出版物は、原語（英語）をそのまま訳すよりも日本語に訳されたものを韓国語に訳すほうが容易であったため、英語文献の日本語訳に表れる外来語や和製英語が、韓国語の外来語に影響をもたらしたこともあった。

また、日本で一九八〇年代に生まれたホワイトデーや、遠隔操作ができるリモコンなどは、歴史的経緯や日本語の文書の翻訳だけによって韓国に浸透したわけではない。日韓の人の移動や文化的な交流などによって和製英語が韓国語に浸透したケースもある。この中には、「マイカー」、「スキンシップ」、「アフターサービス」などが含まれる。

文化面でいうと、一九九八年には、四大国際映画祭受賞作、日本語版の出版漫画、漫画雑誌などが、二〇〇四年からは音楽、ゲームなどが全面的に開放され、日本の文化が韓国に流れ込んでいる。特にマンガやアニメ、ゲームのような日本のサブカルチャーに関する語はインターネットが普及した二〇〇〇年前後から韓国語において勢力を拡大した。

一方で、韓国式英語も作られた。日本における外来語や和製英語が無数に増えているように、韓国語においても韓製英語の数は増加の一途である。[8]

social networking service を意味する「SNS」は英語ではほとんど使われておらず、social media というのが一般的である。だからSNSは和製英語の一つと言ってもいいが、韓国語でも「SNS（에스엔에스）」という。一方で、韓国語では「소셜 네트워크 서비스（ソショル　ネトゥウォク　ソビス）」ともいい、これは英語の発音に近い。先に述べたように、外来語は、国語醇化運動によって、国際音声記号を基にして元の言語（ここでは英語）に近い音で発音することになったためである。

四　南北で異なる言語政策

ここで、冒頭に述べた「新型コロナウイルス」が韓国と北朝鮮で違うという問題について述べたい。

北朝鮮においても、独立後独自の言語政策が取られた。韓国よりも漢字を廃止するのが早く、先述の「ハングル正書法統一案」や、「査定した朝鮮語標準語集」を基にしつつも、語彙・発音・分かち書きにおいて韓国とは違った方策が取られた。

北朝鮮の「신형코로나비루스（シンヒョンコロナビルス）」と、韓国の「신종 코로나바이러스（シンジョン コロナバイロス）」の違いの一つには、「ウイルス」の呼び方の違いがあった。北朝鮮では「ビルス」というドイツ語に近い音で、韓国語では「バイロス」という英語に近い音で表現しているのである。

その理由は、先述のように朝鮮が西洋化を望んだ際に日本から西洋事情や学問を学んだことによると考えられる。日本は、明治時代には西洋医学をドイツから学んでいたため、「ウイルス」をドイツ語の「ビールス」もしくは「ヴィールス」と呼んでいた(9)。

日本から入ったドイツ語の医療用語は、「ビールス」だけではない。それに従い日本から西洋の学問を学んできた朝鮮語も影響を受けた。たとえば、「アレルギー」は「알레르기（アルレルギ）」、「ビタミン」は「비타민（ピタミン）」、「カルテ」は「카르테（カルテ）」、「ノイローゼ」は「노이로제（ノイロジェ）」であり、これらの語は現在も使用されている。その理由は、一九四八年以降の国語醇化運動のなかで、科学に関する用語は外来語として変更されないものがあったためであろう。

しかし、「ビールス」に関しては、異なる経過を辿った。日本は一九五四年、「日本ウイルス学会」を発足させ、以降「ビールス」や「ヴィールス」という語は次第に使用されなくなった。つまり、「ウイルス」という名称は朝鮮の独立後に使用されるようになった語なので、北朝鮮や韓国に輸入されることはなかった。

一方、朝鮮は、第二次大戦後の一九四五年から一九四八年まで南北に分かれアメリカとソビエトの占領区となり、のちにそれぞれ独立を果たした。そうした経緯から、南の大韓民国と北の北朝鮮民主主義人民共和国の外来語には、それぞれ英語とロシア語の影響がみられる。

日本は「ビールス」を「ウイルス」と変更し、韓国では英語読みに近い「バイロス」となったのであろう。

一方、北朝鮮の「ビルス」はどうかというと、ロシア語でも「ヴィルス」というが、戦前まで使用していたドイツ語由来の「ビルス」と変わらないことや、朝鮮語の醇化運動の中、排すべき外来語として日本語、中国語、ロシア語を上げていることから、現在の呼称「ビルス」がロシア語由来と断言することはできない。(10)

もしも世宗大王がハングルを生み出さなかったら、特権階級が漢字しか認めないままだったら、もしも朝鮮が近代化を求めず日本に留学生を送らなかったら、もしも福沢諭吉や伊藤博文がいなかったら、もしも日本によるハングル教育がなかったら、もしも国語醇化運動がなかったら、もしも西洋の語彙を積極的に取り入れる姿勢がなかったら、朝鮮では現在、ワイシャツは「衬衫」と表記され、ミシンは「缝纫机」、そして新型コロナウイルス感染症は「新型冠状病毒肺炎」としていたかもしれない。そして、もしも南北に朝鮮が分断されなければ、「新型コロナウイルス」は朝鮮半島全体で同じ語を使用していただろう。

五　最後に

朝鮮における文字と言えば、現在はハングルであるが、十五世紀までは清から伝わった漢字のみであった。特権階級のみが使用しており、優位性を誇示するための道具であった。ハングルは下々の人々の意見を吸い上げるために創られたが、漢字至上主義を唱える上の階層の人々に否認された。十九世紀には、もっと上の社会を目指そうと、当時近代化において上を行っていた日本に学ぶ中で、ハングルの新聞が発行され。教育も始められた。皇民化の時代には、支配している上の民族からは上位の言語として日本語が押し付けられた。

独立解放後は南北両国で異なる言語政策を行った。韓国は、上位にいた日本への反発から日本語の排斥運動（国語醇化運動）が起こった。韓国も北朝鮮も、漢字は使用せずハングルのみを使用することになった。その理由の一つは、漢字が、下位におかれた併合時代を想起させるものであったためである。韓国は日本を追い越すべくさらなる上を目指し、英語教育にも翻訳教育にも国策で臨んだ。一方、北朝鮮も独自の言語政策を打ち出し、韓国との差別化を図った。

こうしてみると、朝鮮語やハングルには上下意識がつきまとっている。朝鮮の民族は、儒教の影響で「上下関係にきびしく」、「上下関係にこだわる」という。この意識が朝鮮語を変化・発展させ、ハングルのみの文を生み出す活力となったのだろう。

しかし、それだけではない。日本統治時代末期において、朝鮮の言葉、そしてハングルは存続が危ぶまれたが、今も使用され、日本人が学ぶことさえできる。世界の言語においてこのような過程をたどった言語があるであろうか。朝鮮民族は、命がけで自分たちの言葉を守り抜き、それによって尊厳を保ってきたのであった。

注

（1）結論部で詳細を述べるが、独立後の言語政策により、語彙や発音が異なる語が出てきた。また、北朝鮮においては、固有名詞は「続け書き」となるので、新型コロナウイルスは分かち書きされていない。
（2）他には「女文字」、「閨房文字」などと呼ばれた。
（3）シンシアリー『日本語の行間』六八頁。
（4）一九三七年、中国との戦争を拡大していた日本は朝鮮語の使用禁止を命じたが、朝鮮語学会は朝鮮語の研究を積み重ねた。一九四二年、学会は朝鮮の独立を目的としているとして、関係者を大量検挙し十三名が公判にまわされ、拷問のすえ、二名が獄死した。
（5）このころ、キリスト教の宣教師たちは、このハングルの覚えやすさと親しみやすさや、朝鮮固有の文字であることを布教に利用し、ハングルを研究して、ハングルのみで書かれた聖書を作り活動したといわれる。のちに、日本から独立を果たし、ハングル専用法が通過した時ハングルのみで書かれていた本は宗教関連の本と小説だけだったともいわれている。
（6）農村部のためには映像遠隔教育を積極的に行ったり、英語しか使えない合宿も行う。こうした国を挙げての教育の結果として、韓国では英語教育熱が高まった。韓国の国際基準の英語能力測定試験TOEFLの成績は二〇〇五年に比べて二〇一八年には一二点スコアが上昇するなど成果を上げている。また、スイスに本部がある国際語学教育機関「EFエデュケーション・ファースト」の二〇二一年の調査によると、英語を母語としない一一二カ国・地域のうち、韓国人の英語力は三七位であり「標準」のグループに位置しているが、日本は七八位で年々ランクダウンしており、「低い」のグループに入っている。韓国は、日韓併合時代以降を独自の国策で乗り越え、英語力において日本を大きく引き離すことに成功したといえよう。

（7）松本隆「韓国の外来語辞典にみる日本語系借用語」（二八―五一、『民衆版　外来語辞典』にみる日本語系借用語一覧参照）

（8）나이트（ナイトゥ）〈night club〉、아이쇼핑（アイショピン）〈window shopping〉、핸드폰（ハンドゥポン）〈cell phone〉といった造語や、本来の英語の単語とは別の意味で使用している語もあり、例としては이벤트（イベントゥ）〈sale/promotion〉、미팅（ミティン）〈blind date〉などがある。韓国語の外来語の増加に関して言えば、ハングルが表音文字であることも理由の一つであろう。一つの文字が一つの音節を表すので、英語を自国語に取り入れる場合は、その音をハングルに当てはめていけばよいので簡単に外来語として取り入れられるという事情がある。

（9）福沢諭吉は西洋の言葉の発音をできるだけその国の言葉に近づける努力をし、その中で「ヴ」いう新しい字が作られた。この新しい字で表記すると「ヴィールス」となる。また、韓国においては、「ワクチン」は英語の“vaccine”から、「백신（ペッシン）」となった。

（10）北朝鮮の「ビルス」が「ビールス」でない理由は、朝鮮語には長音がないためである。北朝鮮では、一九五〇年代、語学雑誌『言語と文字』において「排すべき漢字語と外来語」について議論し、「西洋語」を止め、労働者・農民にわかる「やさしい言葉に」することを初代最高指導者金日成（キム・イルソン。一九一二―九四）が説いている。彼の一九六六年の教示では使うべきでない国の言葉として「中国語（漢字語と中国語の単語）、日本語、ロシア語」が挙げられている。

参考資料

伊藤由起子「歴史と民族意識が招いた韓国の英語教育――日本式英語からの脱却」、『ワセダレビュー』第五二号、早大文学研究学会、二〇二〇年。

稲葉継雄「米軍政下韓国における言語政策」、『韓国の戦後教育改革』阿部洋編著、龍溪書舎、二〇〇四年。

江上慎太郎「一九六〇年代韓国における言語政策「ハングル専用」か「漢字復活」：閔寛植文教部長官の漢字推進とその実績を中心に」、『韓国言語文化研究』第二〇号、九州大学韓国言語文化研究会、二〇一三年。

河井忠仁『韓国の英語教育政策――日本の英語教育政策の問題点を探る』、関西大学出版部、二〇〇四年。

韓国語辞書（K-pedia）、K-pedia, https://www. 90daykorean. com/konglish/

金両基監修『ビジュアル版　朝鮮王朝の歴史』キネマ旬報社、二〇一六年。

吉英淑『韓国における翻訳教育事情』日本翻訳連盟、二〇一四年。

金静愛『韓国における通訳翻訳教育――韓国外国語大学通訳翻訳大学院の場合』JAITS、二〇〇八年、
洪珉杓『日韓の言語文化の理解』風間書房、二〇〇七年。

シンシアリー『日本語の行間：韓国人による日韓比較論』扶桑社、二〇二一年。

趙卿我「韓国における英語教育の新たな取り組み：その現状と課題」、『京都大学言語学紀要、第十四号』京都大学大学院文学研究科言語学研究室、二〇一一年。

竹下真一郎「北朝鮮における言語政策の変遷――雑誌『文化語学習』を中心に」、『東アジア地域研究』第一〇号、東アジア地域研究学会編、東アジア地域研究学会、二〇〇三年。

竹端瞭一「韓国の言語政策」、『言語生活』一八四号、筑摩書房編、筑摩書房、一九六七年。

日本ウイルス学会「日本ウイルス学会について」日本ウイルス学会ホームページ（umin.jp）、二〇二二年二月十八日。

藤井茂利『日韓文化交流――日本語・韓国語を通して』西日本新聞社、二〇〇六年。

文嬉眞「北朝鮮における言語政策：「第一次・第二次金日成教示」の分析」、『愛知学院大学語研紀要』第三七巻、愛知学院大学語学研究所、愛知学院大学語学研究所、二〇一二年。

「北朝鮮における言語政策：「文化語」を手掛かりに」、『愛知学院大学語研紀要』第三四巻、愛知学院大学語学研究所、愛知学院大学語学研究所、二〇〇九年。

松本隆『韓国語から見えてくる日本語～韓流日本語鍛錬号～』株式会社スリーエーネットワーク、二〇〇八年。

――「韓国の外来語辞典にみる日本語系借用語」、『アメリカ・カナダ大学連合日本研究センター紀要』第二五号、アメリカ・カナダ大学連合日本研究センター、二〇〇二年。

室谷克実監修「二千年の歴史でひもとく日韓「気質」の違い」宝島社、二〇二〇年。

吉沢典男・石綿敏雄『外来語の語源』角川小辞典第二六巻、角川書店、一九七九年。

李忠均「韓国における外来語表記法の政策の変遷――仮名のハングル表記を中心に――」、『神奈川大学言語研究』第四二号、神奈川大学言語研究センター、二〇二〇年。

Shim, Rosa Jinyoung. "Codified Korean English: Process, Characteristics and Consequence." World Englishes 18: 247–58, 1999.

Song, Jae Jung. "English in South Korea." Australian Linguistic Society, http://www. cltr. uq. edu. au/als98/jsong426. html., 1998.

Tranter, Nicolas . "The phonology of English loan-words in Korean, *Word*." 51-3, 337–404, 2000.

Yoneoka, Judy. "The Striking Similarity between Korean and Japanese English Vocabulary—Historical and Linguistic Relationships," *Asian Englishes Journal*, 2012.

第十二章

外国語学習者の視点から見た「国家と言語」と「外国人」

藤原　愛

はじめに

日本の教育において、多文化共生やグローバル化が叫ばれるようになって久しいが、今日においてさえ未だその方向性は定まることなく、いかに国際感覚を身につけさせるかという議論は尽きることがない。英語教育に代表される外国語科目においても、「コミュニケーション」能力の向上や、外国語教育を通じて「異文化理解」をどのように促進すべきかが昨今の重要なテーマとなっている。その一方で、英語を学んできた多くの学習者は、大学入学までの少なくとも、八年間を英語によるコミュニケーションを目指した学習に投じてきたにも関わらず、十分なコミュニケーションを英語で行うことが難しい。このような矛盾はなぜ起こりうるのであろうか。英語という言語の運用能力的な面はもちろん、国際理解に必要な歴史的・文化的な背景知識が必ずしも十分ではなく、国際感覚の欠如もあり、このような事態になっている可能性は否めない。

日本における一九八〇年代以降の外国語教育の流れを英語教育を例に振り返ると、それまでの英語母語話者とのコミュニケーションを前提とした英語教育から、英語を母語としない非母語話者同士でのコミュニケーション、つまり英語は世界中の人々とコミュニケーションをとるためのツールであるという考え方が主流となった。そこで、教科書の内容もアメリカ・イギリス偏重のものから、世界の様々な国や文化を取り扱うものへと変化していった。つまりは、英語教育が英語という言語を教えるに留まらず、「外国語」科目として、言語を通じて世界や異文化を学ぶ場となり、英語という言語は学習の「目的」であると同時に異文化を学ぶ「手段」として位置づけられるようになった。学習者に異文化理解の重要性を認識させつつ、英語を学ぶ意義を理解させ、十分な学習動機および国際感覚を持って学習に臨ませることが、目下教育の目指すところである。

本章では、まず日本の教育における「異文化理解」の扱い、と英語教育のあり方を概説していく。そのうえで筆者が大学で担当する英語および言語学の授業を通して感じた、「国家と言語」をはじめとする異文化に対する学生の意識が、現在の社会・教育の中でどのように形成されてきたかについて考察する。

昨今アスリートやアーティストをはじめ、さまざまな分野で多文化を背景に持つ日本人の活躍が目覚ましい。日本における「外国人」の捉え方にも変化が生じていると考え、過去に行った異文化理解に関する調査を、再び行うことで日本語母語話者の「外国人」の捉え方に変化が生じているかについても調査した。そのうえで外国語教育が担う「異文化理解」のあり方について問題提起をしていきたい。

一　日本における異文化理解教育の背景

一・一　学習指導要領に見る「外国語」

ここではまず、日本における外国語教育の代表格である英語について、その教育的背景を探っていく。なぜ「英語」をここで取り上げるのか、その理由は以下の通りである。日本の外国語教育を振り返るために参照する文部科学省の「学習指導要領」は小学校における「外国語活動」も、中学校や高等学校における「外国語編」であっても、その中核をなすのは英語であり、ゆえに英語以外の言語について詳細な目標および内容が定められていないためである。ここで英語を例に学習指導要領を見ていくのは、異文化理解の際は英語で十分といった認識からではないことを付け加えておく。

日本の教育現場では「英語」が必修であると信じている人も決して少なくないが、文部科学省の学習指導要領を見る限り、「英語」が必修でないことは明白な事実である。まずは、日本に於ける外国語教育で「英語」が必修であるかのような状況となっている点について、小学校から高等学校までの学習指導要領を順に見ていくこととする。

日本の小学校では二〇一一年度より、五年生と六年生での「外国語活動」の全面的実施が始まった。これは外国語を英語に限定したものでは決してないのだが、『小学校学習指導要領解説　外国語活動編』(2008)では、教育課程上の位置づけとして「英語を取り扱うことを原則とした」とある。この理由として考えられるのが、中央審議会からの答申にある「外国語活動においては、中学校における外国語科では英語を履修することが原則とされているのと同様、英語を取り扱うことを原則とするのが適当である」との提言によるものと考えられる。

これに対して、『中学校学習指導要領解説　外国語編』(2008)では、第三章の「指導計画の作成と内容の取扱い」において、外国語科については「学校の創設の趣旨や地域の実情、生徒の実態等によって英語以外の外国語を履修させることもできる」としていながらも、「外国語科においては、英語を履修させることを原則とする」とある。この理由として、「英語が世界で広くコミュニケーションの手段として用いられている実態」と「これまでほとんどの学校で英語を履修してきたこと」を挙げている。また、「小学校における外国語活動ではぐくまれた素地の上に」や「小学校における外国語活動との関連に留意して」という表現が見受けられることからも、小学校から中学校へと、英語教育の流れが組まれていることがわかる。

義務教育後の高等学校では外国語の扱いはどのようになっているであろうか。『高等学校学習指導要領解説　外国語編・英語編』(2010)では小学校と中学校の学習指導要領に見られた「英語を原則とする」との文言は見受けられず、英語以外の外国語に関する記述も具体性を帯びている。英語ではなく他の外国語を指導する場合については英語に準ずることが前提ではあるが、高等学校において英語以外の外国語を初めて履修させる場合は、基本的な言語材料を扱い、生徒の習熟の程度に応じた言語活動を行うよう、適切な配慮が必要であるとしている。このことから高等学校では地域の実情や学校の実態に応じて、英語以外の外国語を導入することは可能であるが、小学校・中学校での「原則として英語」の実態や、大学受験での英語試験の実情を考えると、やはり外国語として「英語」を選択する学校がほとんどである。

山本・河原 (2007) によると、現在の日本の外国語教育に関する施策を考察する上で、重要となるのは二〇〇二年に文部科学省により発表された「『英語が使える日本人』の育成のための行動計画」であるとしている。ここより「国際理解＝英語学習」の促進を図る姿勢が多分に窺えると指摘している。

一．二　日本における英語教授法

戦後の日本における英語教育は長らくいわゆる訳読方式であり、コミュニケーションを見据えたものよりは、英語という言語を理解することに重きが置かれて来た。外国語または第二言語の使用と教育において、文化的側面の理解の必要性が顕著になったのは一九八〇年代からである。鈴木 (2000) によると、いわゆる「話せる英語」への社会的需要と文法・訳読式を偏重する英語教育への批判を背景とし、平成元年には当時の文部省の「中学校指導要領」の目標に「積極的にコミュニケーションを図ろうとする態度を育てること」が盛り込まれた。その結果、今日の日本の英語教育の特徴はコミュニケーション能力の育成とともに「異文化理解を重視」する点にある。

この背景にあるのは教授法におけるコミュニカティブアプローチの出現であり、英語教育の流れは「書かれたことば (written language)」から「話されたことば (spoken language)」へと向かった。これ以降、英語教育ではそれまで行われていた、文脈を無視した反復学習である「ドリル学習」離れが起こり、コミュニカティブな活動の中で英語を教えることが提唱されてきた (Setter and Jenkins, 2005; Wei, 2006)。

一・三　日本の教育における異文化理解

次に異文化理解について「外国語（英語）」の学習指導要領を見ていく。平成二十五年度から全面実施された文部科学省による学指導要領ではタイトルに「生きる力」を謳っていた。これは言語教育におけるコミュニケーション能力重視の流れとも合致する。学習指導要領における異文化理解を具体的にみていくと、高等学校の「第十三節 英語」における「第四：異文化理解」では、目標として「英語を通じて、外国の事情や異文化について理解を深めるとともに、異なる文化を持つ人々と積極的にコミュニケーションを図るための態度や能力の基礎を養う」を掲げている。さらに異文化理解の具体的内容として以下の七項目を挙げている：㈠日常生活、㈡社会生活、㈢風俗習慣、㈣地理・歴史、㈤伝統文化、㈥科学技術、㈦その他の異文化理解に関すること。

さらに、平成二十八年度の中央教育審議会の答申を踏まえた高等学校学習指導要領（平成三十年告示）では、「外国語の背景にある文化に対する理解を深め、聞き手、読み手、話して、書き手に配慮しながら、主体的、自律的に外国語を用いてコミュニケーションを計らおうとする態度を養う」とある。中学校学習指導要領（平成二十九年告示）では、外国語の学習を通して「他者を配慮し受け入れる寛容の精神や平和・国際貢献などの精神を獲得」ともあり、さらに「文化の多様性や価値の多様性に気づかせ、異文化を受容する態度を育てる。さらに、世界の国々の相互依存関係を正しく認識させる」といった文言も見受けられる。ここまでの目標を掲げられると、教員側としては、外国語教育でここまで担うのかという気持ちにならざるを得ない。しかしながら、日本の学校教育現場では外国語の授業以外では、このような目標の実現を目指すのが難しいという現状もあるかと推測される。次に見ていく社会科系の科目でも、「異文化理解」というキーワードは用いられるが、「コミュニケーション」と共に用いられている箇所は見受けられないからである。

例として、高等学校学習指導要領（平成三十年告示）の「地理歴史編」では、第二章の第一節「総合地理」における科目の狙いとして「国際理解と国際協力」が謳われている。事実、この学習指導要領内では「グローバル」や「国際理解」といった用語が複数回用いられているのに対し、「コミュニケーション」という用語は一度も出てこない。特筆すべきは第二節の「地理探究」における科目の狙いに「㈤生活文化・民族・宗教」が掲げられ、学習例として「世界の言語分布、世界の宗教分布の伝播など」が示されている。外国語教育だけでは「世界の国々の相互依存関係」を幅広くカバーするのは非常に困難であると思われるが、高等学校の社会科科目との協働により、学校教育が目指す異文化理解がより深まることが期待できる。一つ懸念があるとすれば、この「地理探究」科目は先に述べた「総合地理」とは異なり、必修科目ではないということだ。

一・四　日本の英語教科書における異文化理解

英語教科書では異文化理解がどのように扱われているのであろうか。鈴木(2000)では、日本の中学校英語教科書と中国の中学校英語教科書における文化の取扱について比較・分析し、中学校学習指導要領に従って編集された日本の英語教科書には、日本文化も含めて世界の多様な文化の紹介が見られ、教材によっては単に異文化の紹介にとどまらず、インフォメーション・ギャップを埋めることと言語活動が結びついている教材も見受けられると、一定の評価をしている。馬淵(2007)では、学習指導要領を基に高等学校の採択率の高い各種教科書(オーラル・コミュニケーションⅠ、オーラル・コミュニケーションⅡ、英語Ⅰ、英語Ⅱ、ライティング、リーディング)を分析し、国内の英語教育における「文化の捉え方」について考察を試みている。そして、指導要領の方針を具現化したとされる教科書において「国単位の文化比較が英語学習と相まって促進されており、そこにあるのは英語対日本語、そして英語(ほとんどがアメリカ)文化対日本文化という徹底したダイコトミーに基づく文化本質主義的見解である」との意見を述べている。

ロング(2008)は、日本の国際理解教育(英語教育を含めて)の「外向き」及び「欧米中心的」な点を見直す必要があるとし、現在のような教育が国際化の「非現実的」イメージを与え、日本人の「国際化」や「異文化間コミュニケーション」の適応力に大きな害を与えていると指摘している。またＪＥＴプログラム（語学指導等を行う外国青年招致事業）について、北アメリカ出身者が七〇パーセント近くを占めている現状を、在日外国人の国別割合からすれば日本社会で実際に起こっている国際化との食い違いがあるとし、このようなアメリカ中心的な国際理解教育が偏見の強調につながるという懸念を示している。

異文化理解教育については、そのあり方について様々な議論がなされている。宗（2008）は「異文化理解」という言葉からくる誤解・先入観といったものを感じるとし、そのひとつが異文化の中の「異」の部分だけが強調されているというものであるとしている。また八代（2009）も、異文化コミュニケーションでは文化が「異なる」ということを強調しすぎて、共通点を無視しているとし、既に強い偏見が存在する場合などは共通点に注目した方が関係の改善に役立つといえると指摘している。

一.五　教科書の登場人物の変化にみる異文化理解

英語教育における「異文化理解」に対する変化は、中学校英語教科書の登場人物からも読み取ることが出来る。淺川（1996）は、中学教科書に登場する人物は当初アメリカ人のみであったが、七〇年代になり米国に滞在する日本人、八〇年代になると日本へホームステイするアメリカ人が描かれるようになり、その後シンガポール、ケニヤ、韓国のことも中学教科書に取り上げられるようになったとしている。また、藤原（2012）が指摘するように、一九八〇年代をさかいに中学校英語教科書の登場人物には、英語を母語としない登場人物（インドネシア人、中国人など）が見受けられるようになった。このような英語に対する認識の変化について、本名（2010）は「英語は特定の国の言葉とか、特定の人々の間で使う言葉というよりも、世界の多くの人々が、色々な国の人々に対して使う言葉ということができる」としている。

このように、英語教育の中での異文化理解の重要性は増しているが、実際の授業において英語教育と異文化理解教育をどのように融合させるのかという新たな問題（日野、2008; ロング、2008）が、英語教育界における年来の課題となってきている。

二　異文化コミュニケーションのための英語

英語は母語話者とのコミュニケーションのみを目的とした言語ではなくなった現在、英語を母語話者としない人々との異文化コミュニケーションを前提とした「英語」とはどのようなものであろうか。世界共通語として英語を位置づける English as a Lingua Franca (ELF) という概念が提唱され、二十一世紀に入ってから英語という言語をどのように捉え、英語教育という現場でどのように扱うべきかの議論がなされてきた。国際理解や異文化理解が叫ばれる今日、コミュニケーションを重視した日本の英語教育において、「発音」についてもＥＬＦの視点からさらなる研究が求められている。

一九八〇年代に Braj Kachru が世界英語 (World English) の Three Circles Model を提唱した。Inner Circle は英語を母語とする主な地域（イギリス、アメリカなど）、Outer Circle は国内で英語を第二言語として使用する地域（シンガポール、インドなど）、Expanding Circle は外国語として英語を学習する地域（日本、中国など）となっている。一九八〇年代以降、日本における英語教育も Inner Circle をターゲットとしたものから、Expanding Circle をもターゲットとした英語へと変化していった。発音に関して言えば、いかにアメリカ英語 (GA) やイギリス英語 (RP) といったネイティブの正しい (correct) 発音を習得するかというものから、ＥＬＦの発音のあり方へと議論が移りつつある。つまり発音教育は「正しい発音」から「明瞭性 (intelligibility)」重視へと変化しつつある。

Jenkins (2000) は Lingua Franca Core (LFC) という基準を提唱している。明瞭性 (intelligibility) を伴った国際英語の発音としてＬＦＣは以下の領域を挙げている：㈠ 個々の子音音素

(/θ/, /ð/, [ł] などをのぞく)、(二) 子音連続、(三) 長母音と短母音の対立、(四) 核強勢 (nuclear stress)。それ以外の項目については (母語話者の発話に特徴的に見られるものであっても)、必ずしも教える必要はないとしている。

Baker (2009) は、英語がＥＬＦとして存在している現在、言語と文化の関係について再考していく必要性を説いている。今までの学習言語が目標としてきた伝統的文化理解を超えたところにある、ダイナミックな異文化の存在を意識し、その異文化をもつ人々との関係を上手に築いていくスキルを身につけていくことが、ＥＬＦ学習には必要であるとしている。英語に対しては「英語文化圏」が存在するが、ＥＬＦ自体には文化圏が存在しない。そのため、ＥＬＦ学習者は今まで必要とされてきた言語の体系的知識はもちろんであるが、それと同時に異文化間で行われる実践的コミュニケーションのための交渉術、解決策、適応力を身につけることが求められる。

三　外国人に対する意識と異文化受容態度

このような異文化理解教育を背景に、学習者に対し様々な観点からの意識調査が行われている。安達 (2010) は日本に居住する異文化の人々に対する中学生の異文化受容態度の調査を行った。その前提として「島国という地理的環境や鎖国という歴史的環境もあり、日本人の国民性としては同質性・閉鎖性が未だに指摘されており、異文化の人に対する社会の受け入れ態勢は十分養われているとは言いがたい」と指摘しつつ、「将来的に異文化的背景を担う人々との接触機会の増大は明らか」であることから、学校教育では多文化共生社会を意識した教育が必要であると説いている。この調査の結果、「外国文化についての関心」や「外国人の印象」、「英語への関心」、「多様な外国語への関心」の値が高いと、外国人に対する受容態度も高いということが明らかとなった。また現在抱いている外国人のイメージと異文化受容態度に強い関係がみられたことから、「中学校における、多様な外国人との接触の機会を持つ異文化間交流プログラム」の必要性を説いている。

大学生を対象とした調査を行ったトフ、山森 (2011) は、学生が考える「外人」という言葉の定義（差別的な印象を与えるとしている）について調査している。質問は「外人（がいじん）という言葉はどういう人を指して使われていると思うか」で、回答方法は自由記述の複数回答である。結果、最も多かったのは「外国籍 (44.3%)」であり、次に「人種と外見 (28.2%)」、「言語と文化、振る舞い (11.5%)」と続く。さらに詳細な結果より、外国人は特に欧米人を指すという先行研究の結果との一致を指摘している。

現在の日本では「異文化理解」や「外国人」という言葉からイメージするものに多少の偏りがあることは、否めない。このような偏見に対し、安達 (2010) は「異文化の人々に抱く印象やイメージは、直接的な接触がない場合、身の回りの人や社会からの影響を受けやすい」としながらも、「偏見や否定的イメージも固定化していなければ、肯定的な接触によって変化する」と述べている。石森 (2008) は高校生の異文化交流体験の報告で、「必ずしも良い印象を持っていない国に対してのイメージが直接その国の高校生と交流したことで、肯定的なものへと感情を昇華させることができた」と報告している。史、王 (2013) では、日本、中国、韓国の若者の「偏見」に対するアンケート調査を実施し、そこにマイナスイメージが存在することを認め、偏見を減らすためには単に知識を増やすよりも実際の行為を優先させるべきで、イメージの形成と直接関わる実体験があるかないかによってイメージが大きく変わることを示唆している。

このことから、異文化理解を深める際には、偏見等のマイナス要素を極力回避するためにも学習者自身が実際の体験を通して学んでいくことが不可欠であるといえるのではないか。

四　【調査二】関東圏の大学生における異文化に対する意識調査

これまでのことから、日本で学習指導要領に基づきどのような異文化理解教育が行われてきたか、現在の現場における中学生と教師の異文化理解に対する意識の差、異文化理解に潜む先入観などの問題点、また実体験による異文化理解の重要性が見えてきた。このような異文化理解教育を中学・高校で実際に受けてきたのが今日の大学生である。少なくとも中学・高校の六年間は英語を学んできた大学生が、教科としての英語学習を終えた結果「どのような意識を持って異文化を捉えているのか」と、異文化理解においては実体験の大切さが叫ばれていることから、実際に「大学生の周りに存在する異文化との接点」を調査する必要があると感じ、筆者が行った調査がある（藤原、2014）。

四-一　藤原(2014)の調査結果

この調査の目的は、「関東圏の大学生が異文化についてどのような環境下で、どのような意識を持っているか」について明らかにすることであった。調査方法は関東圏の四つの大学の学生を対象に異文化に対する意識調査をアンケート形式で行った。設問一から八については、外国語に関連する四項目、外国人に関連する三項目、外国に関連する一項目について、その頻度や同意するかどうかについて3から1の尺度で回答してもらった。設問9については「ある人物を『外国人』と判断する際の判断材料」について、「身体的特徴」、「身なり」、「ことば」、「なまえ」の四項目に関して、3（とても関係ある）から1（関係ない）の尺度で回答してもらった。各項目について尺度3から1それぞれの人数を集計し、割合を算出した。調査の対象は関東四都県（東京、神奈川、群馬、栃木）の大学に通う学生二七一名である。

全体の結果を表1に示す。関東圏の大学生が「外国語の必要性」をなんらかの形で感じていることが読み取れる（「感じない」は1.8%）。その一方で、実際に外国語を使う機会についての質問「3. 現在外国語を使う機会はありますか」および「4. 過去に外国語を使う機会はありましたか」では、「よくある（よくあった）」と答えた学生の割合が極端に低い。このことは、大学までの人生において、外国語を必修として学んできたが、現時点ではその外国語を使う場面になかなか遭遇していないことを示している。これは「5. 外国人と関わりがありますか」においても「よくある」と答えた学生が最も少ないことからも裏付けられる。つまり、先に述べた大学生の抱く「外国語の必要性」とは、過去や現在の状況に対してではなく、将来的に外国語の必要性を感じているということであるといえるのではないか。

外国語を使う機会には恵まれてこなかった一方で、「7. 将来外国に行ってみたいですか」では九一・六パーセントの学生が、程度の差こそあれ「行きたい」と回答しており、また「8. 外国人と友だちになりたいですか」についても、九六・三パーセントの学生が「なりたい」と答えている。そして「1. 外国語に興味関心はありますか」でも九二・三パーセントの学生が「ある」と回答している。このことから、外国語や外国に興味関心はあれども、なかなか外国語を使用したり、海外に行ったりする機会がないという、日本における大学生の現状が窺える。

また「外国人」という言葉を質問項目でも用いてきたが、彼らが何を持ってある人物を「外国人」とみなすのか、それを知るための質問項目である「9. ある人物を『外国人』と判断する際、以下の項目はどの程度判断材料として関係してきますか」について図1をみていく。「ことば」が関係すると答えた学生が全体の九九・三パーセント（「とても関係ある」のみでも85. 6%）にのぼり、「ことば」の違いというものが大学生にとって自分たちと外国人を区別する際に重要な役割を果たしていることがわかる。「ことば」に続いて「身体的特徴」（97.0%、内「とても関係ある」は64.9%）、「なまえ」（94.5%、内「とても関係ある」は63.8%）となっており、大学生がある人物を「外国人」と認識する際には様々な要因が複合的に関係していることもわかる。

四・二　二〇二二年の調査結果

この調査から八年がたった二〇二二年に、都内の大学生百五十五名を対象に同様のアンケートによる調査を行った。この数年の間に起こった変化で最も大きかったものは、新型コロナウイルスの感染拡大の影響により、水際対策の強化や渡航の自粛により、人々の国内外への自由な往来が制限されたことであろう。また、二〇二〇年に予定されていた東京オリンピックおよびパラリンピックの開催は延期され、二〇二一年度に無観客で実施されたことも記憶に新しい。このような国際情勢は実際のところ調査結果にどれくらい影響を与えたのか、結果を表2に示す。

表1と表2の比較において、先に述べたように新型コロナウイルスの感染拡大の状況を鑑みれば、一概に数値の差を、学生が接してきた外国語教育の影響によるものであると結論づけることはできない。例として「7. 将来外国に行ってみたいですか」の数値が二〇二二年では下がっていることも、パンデミックによりオンラインでのコミュニケーションが一般化したことで、渡航せずともオンライン留学、国際学会発表、バーチャルツアーといったイベントへの参加が可能になったというポジティブな理由によるところもあるであろう。一方、ニュースで報道されていた海外でのアジア系への「ヘイトクライム」のようなネガティブな情報や、日本人であれ海外滞在時にパンデミックとなればロックダウンにより帰国はおろか日常生活が制限されることへの懸念といった影響もないとは言いきれない。「6. 日常生活で外国人をみかけますか」については、外国人観光客が減っているこの状況でも大きな数値の変化がみられないことから、外国人というものが大学生の周りに存在して当たり前のものとなってきていることが窺える。

本稿でも何度も使用してきた「外国人」という語であるが、大学生が「何を持ってある人物を『外国人』とみなすのか」について、二〇一四年と二〇二二年の結果を比較したものが図1である。二〇一四年同様、「ことば」が関係すると答えた学生が全体の九九・三パーセント（「とても関係ある」のみでも87.7%）にのぼり、やはり

「ことば」の違いは自分たちと外国人を区別する際に重要な役割を果たしていることに変わりはないようである。岡戸（2007）は、日本人の多くは、自らが「日本人」であることは自明のことという意識の下で生活をしているとし、日本があたかも単一民族・単一言語国家のごとく捉えられてきたことを指摘しつつ、このような日本あるいは日本人に対する意識の形成には、日本の共通語と言える日本語の存在によるところが大きいとしている。日本人にとっての日本語という言語の特殊性が、「外国人」と「日本人」を区別する上で重要な役割を果たしているといえる。一方で、さまざまな分野で多文化を背景に持つ日本人の活躍が目覚ましい今日において、「身体的特徴」が「とても関係ある」と答えた学生が二〇一四年から一一・四ポイント減り五三・五パーセントとなった点も特筆すべきであると考える。

四・三　ふたつの調査結果が示すもの

この調査により、英語教育を受けてきた大学生の異文化理解の現状について明らかになったことがある。それは異文化に興味を持っており、積極的に関わりたいと思っている学習者が多くいる一方で、彼らが英語（外国語）を実際に使用してコミュニケーションを図る場がほとんどないという事実である。つまり、多くの大学生は外国語に関心があり、必要性も感じているが、「現実」には「外国人との関わりがない」のである。この「理想」と「現実」のギャップをどのように埋めていくのかが、今後の日本における外国語による異文化理解教育の課題のひとつではないであろうか。

外国語や外国に興味を持つ学習者が実際に外国語を使用したり、海外に行ったりする機会に恵まれていないことにも注目し、授業で学んだ外国語を実際に活かせる場を、教育現場そして教育に関わる機関がどのように準備するのか、このあたりに今後の日本における外国語教育の課題があると考えている。

外国語教育という観点からの懸念もある。日本人の「外国人＝アメリカ人（欧米人）」、「異文化コミュニケーション＝英語で話す」という偏った国際化のイメージは未だ強い（ロング 2008）。そのため、異文化理解と英語をあまりにも強く結び付けると英語至上主義に陥りかねない。合わせて、授業で「異文化」を取り扱う場合「英語を話す国ではすべてこのような文化」といった外国の文化や英語圏の文化をひとくくりにする文化観を育てないよう留意しなければならない（宗 2008）。この他にも国際社会で良い人間関係を築くには「他者を認める態度」や、「自国の文化の再認識」、「自ら学ぶ力」などが、様々な調査結果から挙げられているが、こうなるとすでに日本における異文化理解教育は英語教育だけの問題ではないと考えられる。この点については、次の「国家と言語」でも触れていく。

五　【調査2】「国家と言語」に対する大学生の認識

五．一　国名と言語名の関係は単純ではない

私が担当している言語学の授業では、初回授業である第一週目に学生に対し「自分が知りたいと思っている「ことば」についての疑問や言語現象について教えてください」というアンケートを行っている。この科目はいわゆる一般教養の科目であり、履修者の多くが一年生であることから「言語（学）」について学びを深める前の段階で、履修する学生が言語について知りたいと思っていることを把握することが目的である。この問いかけは、教科書は網羅しつつも、プラスアルファとして学生の興味に合わせた内容を毎回の授業に組み入れて行くために行っている。しかしながら実を言うと、二〇二〇年度に言語学の授業を前任の教員から引き継いだ時点では、学生がシラバスを読み授業に臨んでいることを期待していたこともあり、学生の「言語」への興味がシラバスに書いてある範囲（音韻論、形態論、統語論、意味論など）に収まるであろうことを期待していた。しかしながら、最も多くの学生が「知りたい」と答えたのは「国家と言語」またはそれに付随する「言語と方言」という

部分に関する事項であった。具体的には「なぜ世界で使われている言葉は国によって違うのか」、「なぜ同じ国でありながら、方言が生まれるのか」、「どうして世界で統一した言語を作ろうとしなかったのか」等の質問が多く寄せられた（表3）。

またこれら、学生の記述の中には事実に反する表現も多く見られる。例えば「なぜ地域によって明確に使用言語が分かれるのか」や「どのようにして方言が生まれたのか」などである。

彼らの問いに答えるためには、まず「国家」とは何かを説明する必要があり、そして「言語（○○語）」と「方言（××方言）」の違いについても説明する必要があった。

同じ頃、外国語科目である英語の授業では、ちょうど出身について尋ねるユニットで、ある「国や地域」においてどの「言語」が話されているか回答する設問があった。ここでも「国家と言語」についての問題がついて回った。学生の中には、国名を表す英語の名詞を、いわゆる対応する形容詞にすれば単純に「言語名」となると考えているものも少なくなかったからである。このストラテジーは決して間違ってはいないが、全ての国と言語に当てはまる万能なものではないのである。China（国）とChinese（言語）、France（国）とFrench（言語）、Spain（国）とSpanish（言語）といったパターンを、他の国に対して深く考えることなく当てはめてしまいArgentine（国）では「アルゼンチン語」が、Kenyaでは「ケニア語」が、そしてBrazilでは「ブラジル語」が、Saudi Arabia（国）では「サウジアラビア語」が話されていると回答してしまうのである。グローバル化に対応すべく、異文化理解を謳ってきた外国語（英語）教育を受けてきたであろう学生が、世界の国と言語についての基本的なことを知らないという状況が生まれている。なぜ世界を知る上で重要な「国と言語」に対する知識が十分ではないのか。それにはまず、やはり日本という国家と日本語という言語の関係を見ておく必要があると考える。

五・二　日本の教育における「国家と言語」

田中（1981, p. 11）で「言語の呼び名」について次のように述べている。

そもそも、ある言語のことを言おうとするとき、それは言語以外の名によってしか呼ぶことができない。おかしなことに、ふつう言語の名は言語そのものの中からは出てこないものなのである。たとえば日本語というとき、それは日本という国を本拠としていて、同時に日本民族の話す言葉として指されている。したがって日本語のばあいは、国家の名と民族の名とそこで用いられる言語の名と、これら三つのものが一致している。

これがまさに、学生が「国家と言語」の関係を見誤る原因であると考える。しかしながら、「国家と言語」の関係性を学習者たちは日本における教育のどの段階、またはどの科目で学ぶのかという疑問が生じた。先に触れた学習指導要領の内容からすると、外国語科目よりもむしろ地理（総合地理）で扱われるべき内容なのであろう。しかし外国語科目は「文化の多様性」や「世界の国々の相互依存関係」の理解を請け負っており、その文脈の中で触れるべき問題であるとも考えられる。そこで実際のところ、「国家と言語」について、どれくらいの学生が学んだことがあるのかを、授業時のアンケートで質問した。結果を表4に示す。おおよそ半数の八一名（52.3%）の学生が、大学入学以前に「国と言語」や「民族と言語」の関係について学校で学ぶ機会が「あった」と回答した。科目としては英語が四二名、続いて地理が一七名であった。やはりこの問題は外国語科目である英語で取り扱う事項であるようだ。しかし、歴史的・地理的な話を抜きにして、この国で話されているのはこれらの言語ですと並べるだけでは、それを「異文化理解」につなげるのは難しい。英語および言語学の授業を通じて明らかになったこの問題を他の分野（地理、歴史をはじめとする他の教科）の教員とも共有し、より大きな枠組みで取り組んでいくべき問題であると考える。

その際、民族や人口、宗教の話も避けては通れない。例として、これもまた誤った言い回しが多数見受けられた活動を紹介する。言語学の授業内で「辞書の値段から考える日本におけるそれぞれの外国語の状況」を学生に考えてもらった。韓国語の辞書、ポルトガル語の辞書、ヒンディー語の辞書、フランス語の辞書、インドネシア語の辞書などの値段を調べて、気づいたことを書いてもらったのだ。すると「ヒンディー語のようにマイナーな言語」といった表現をする学生が少なからずいた。十四億人に迫ろうかという人口を抱えるインドで、主要な公用語であるヒンディー語である。その話者数は三億とも四億とも言われている。母語話者一億二千万人の「日本語」話者に「マイナー」と呼ばれる筋合いはないであろう。もちろん、日本における学習機会や話者数という視点で「マイナー」と表現したかったであろうことは想像に難くない。しかし、その言語を母語としている人々がいるのに、「マイナー」や「人気がない」といった形容詞を用いてしまうこと自体、「異文化理解」にはほど遠く感じてしまう。

六　おわりに

馬渕（2007）は「そもそも日本語の異文化という言葉自体が、例えば英語のinterculturalとは同義でないことに留意する必要がある」としている。今後は「異文化」という表現をどう捉えるかという根本的な問題も含めて、英語教育（外国語教育）の現場に限らない、新たな場での「異文化理解」の議論が必要なのではないであろうか。特に「国家・言語・民族」に大まかな一致が見られる現代日本においては、まずはそのような国ばかりではないこと、むしろ「国家・言語・民族」に一致が見られる国の方が少ないという現実を理解させることが大切であると考えている。また、この視点から「外国人」という表現についても一歩踏み込んだ議論が必要かもしれない。トフ、山森 (2011) は「外人」ということばを英語でどう表現するかについて多方面からのアプローチを試みている。今回の調査における大学生が意図する「外国人」の英語表現は、どのようなものなのかについて考えさせられる。“foreign people”か“non-Japanese”か、むしろ“people from different cultures”なのか、それを知ることもまた大学生が「異文化」をどう捉えているかの一指標になるのではないか。

参考文献

Baker, W. (2009) “The Culture of English as a Lingua Franca.” *TESOL* Quarterly Volume 43, Number 4: pp. 567–92.

Jenkins, J. (2000) *The Phonology of English as an International Language*. Oxford: Oxford University Press.

Kubota, R and McKay, S (2009) “Globalization and Language Learning in Rural Japan: The Role of English in the Local Linguistic Ecology.” *TESOL Quarterly* Volume 43, Number 4: pp. 593–619.

Setter, J. and Jenkins, J. (2005) “Pronunciation.” *Language Teaching* 38, 1: pp. 1–17.

Macintyre, P. D., Clément, R., Dörnyei, Z., & Noels, K. A. (1998) “Conceptualizing Willingness to Communicate in a L2: A Situational Model of L2 Confidence and Affiliation.” *The Modern Language Journal*, Volume 82, Issue 4, pp. 545–62, Winter.

Wei, M. (2006).” A Literature Review on Strategies for Teaching Pronunciation.” (ERIC Document Reproduction Service No. ED491566)

淺川和也 (1996)「国際化と英語教育：指導要領」、教科書の登場人物の考察から『東海学園女子短期大学研究紀要』第三一号、六九―七六頁。

安達理恵 (2010)「中学生の外国人に対する態度意識と影響要因：一地域における実証的事例調査より」、『名古屋外国語大学現代国際学部紀要』(六)、二五五―七八頁。

石森広美 (2008)「高校生たちの異文化交流体験」、『英語教育』三月号、二四―二六頁、大修館書店。

岡戸浩子（2007）「日本における外国語施策の歴史と動向」　山本忠行、河原俊昭（編）『世界の言語政策　第二章』黒潮出版、七―二八頁。

奥山澄夫（2009）「第二言語習得の認知プロセスおよびWillingness to Communicateからみる小学校英語活動の実践の工夫」、『神奈川県立総合教育センター研究集録』（二八）、一一―二〇頁。

クリストファー・ロング（2008）「日本の英語教育における異文化コミュニケーションの課題」、『英語教育』三月号、大修館書店、二三頁。

史傑、王基金（2013）「異文化コミュニケーションにおける日中韓間の「偏見」についての考察」、『教育研究／国際基督教大学教育研究所編』（五五）、二四一―六二頁。

鈴木賢司（2000）「英語教科書と異文化理解」、『川村学園女子大学研究紀要』一一（二）、四一―五〇頁。

宗誠（2008）「小学校の異文化理解教育で大切にしたいこと」、『英語教育』三月号、大修館書店、一三―一五頁。

田中克彦（1981）『ことばと国家』岩波書店。

日野信幸（2008）「国際英語教育を通しての異文化理解」、『英語教育』三月号、大修館書店、三〇―三二頁。

藤原愛（2012）異文化理解に対する学習者の意識調査『育英短期大学研究紀要』第二九号、四三―五二頁。

藤原愛（2014）「日本における外国語教育を背景とした大学生の異文化理解」、『育英短期大学研究紀要』第三一号、一五―二八頁。

藤原愛（2017）「外国語教育の展望――英語からその他の外国語学習へ――」、『明星大学研究紀要――人文学部』（五三）、九五―一〇六頁。

本名信幸（2010）「地球語としての英語」、『英語教育』十月増刊号、大修館書店、二二―二三頁。

馬渕仁（2007）「英語教育にみられる文化の捉え方」、『大阪女学院大学紀要』（四）、一―一二頁。

ミカトフ、山森孝彦（2011）「外人、外国人、foreigner」に代わる表現方法について」、『愛知淑徳大学論集――交流文化学部篇――』創刊号、八五―九八頁。

八島智子（2003）「第二言語コミュニケーションと情意要因：「言語使用不安」と「積極的にコミュニケーションを図ろうとする態度」についての考察」、『関西大学外国語教育研究』（五）、八一―九三頁。

八代京子（2009）「異文化コミュニケーションと国際理解」、『麗澤学際ジャーナル』一七（二）、七三―八七頁。

表 1. 関東圏の大学生の異文化に対する意識調査 (2014)

質問項目		n	(%)		n	(%)		n	(%)
1. 外国語に興味関心はありますか	3. とてもある	147	54.2	2. 少しある	103	38.0	1. ない	21	7.7
2. 外国語の必要性を感じますか	3. とても感じる	207	76.4	2. 少し感じる	59	21.8	1. 感じない	5	1.8
3. 現在外国語を使う機会はありますか	3. よくある	29	10.7	2. 時々ある	120	44.3	1. ない	122	45.0
4. 過去に外国語を使う機会はありましたか	3. よくあった	40	14.8	2. 時々あった	160	59.0	1. なかった	71	26.2
5. 日常生活で外国人をみかけますか	3. よく見かける	100	36.9	2. 時々見かける	154	56.8	1. 見かけない	17	6.3
6. 外国人と関わりがありますか	3. よくある	36	13.3	2. 時々ある	107	39.5	1. ない	128	47.2
7. 将来外国に行ってみたいですか	3. とても行きたい	190	70.1	2. できれば行きたい	61	22.5	1. 行きたくない	20	7.4
8. 外国人と友だちになりたいですか	3. とてもなりたい	150	55.4	2. できればなりたい	111	41.0	1. なりたくない	10	3.7
9. ある人物を「外国人」と判断する際、以下の項目はどの程度判断材料として関係してきますか									
9-1. 身体的特徴	3. とても関係ある	176	64.9	2. 多少関係ある	87	32.1	1. 関係ない	8	3.0
9-2. 身なり	3. とても関係ある	57	21.0	2. 多少関係ある	146	53.9	1. 関係ない	68	25.1
9-3. ことば	3. とても関係ある	232	85.6	2. 多少関係ある	37	13.7	1. 関係ない	2	0.7
9-4. なまえ	3. とても関係ある	173	63.8	2. 多少関係ある	83	30.6	1. 関係ない	15	5.5

表 2. 都内の大学生の異文化理解に対する意識調査 (2022)

質問項目		n	(%)		n	(%)		n	(%)
1. 外国語に興味関心はありますか	3. とてもある	50	32.3	2. 少しある	91	58.7	1. ない	14	9.0
2. 外国語の必要性を感じますか	3. とても感じる	111	71.6	2. 少し感じる	39	25.2	1. 感じない	5	3.2
3. 現在外国語を使う機会はありますか	3. よくある	19	12.3	2. 時々ある	77	49.7	1. ない	59	38.1
4. 過去に外国語を使う機会はありましたか	3. よくあった	15	9.7	2. 時々あった	95	61.3	1. なかった	45	29.0
5. 日常生活で外国人をみかけますか	3. よく見かける	50	32.3	2. 時々見かける	90	58.1	1. 見かけない	15	9.7
6. 外国人と関わりがありますか	3. よくある	14	9.0	2. 時々ある	53	34.2	1. ない	88	56.8
7. 将来外国に行ってみたいですか	3. とても行きたい	66	42.6	2. できれば行きたい	63	40.6	1. 行きたくない	26	16.8
8. 外国人と友だちになりたいですか	3. とてもなりたい	52	33.5	2. できればなりたい	83	53.5	1. なりたくない	20	12.9
9. ある人物を「外国人」と判断する際、以下の項目はどの程度判断材料として関係してきますか									
9-1. 身体的特徴	3. とても関係ある	83	53.5	2. 多少関係ある	60	38.7	1. 関係ない	12	7.7
9-2. 身なり	3. とても関係ある	29	18.7	2. 多少関係ある	82	52.9	1. 関係ない	44	28.4
9-3. ことば	3. とても関係ある	136	87.7	2. 多少関係ある	18	11.6	1. 関係ない	1	0.6
9-4. なまえ	3. とても関係ある	98	63.2	2. 多少関係ある	47	30.3	1. 関係ない	10	6.5

表 3. 知りたいと思っている「ことば」についての疑問や言語現象についての回答の傾向（数値は %）

	言語と国家	言語の起源	音韻論	音声学	形態論	統語論	意味論	語用論	文字論	歴史言語学	比較言語学	言語地理学	社会言語学	認知言語学	言語習得理論	日本語学	語学	その他
2020 年度	27.2	8.9	1.8	5.3	4.7	0.6	5.3	1.2	1.8	3.6	2.4	1.2	3.6	0.6	4.1	6.5	16.6	4.7
2021 年度	20.5	8.2	3.3	3.3	3.3	1.6	11.5	4.9	1.6	8.2	4.1	3.3	4.9	0.8	1.6	6.6	3.3	9.0
2022 年度	23.2	8.0	2.7	3.6	4.5	3.6	5.4	1.8	0.9	3.6	2.7	6.3	5.4	3.6	3.6	5.4	6.3	9.8

表 4.「国家と言語」について

		主な教科	人数
「国と言語」や「民族と言語」の関係について大学入学以前に学校で学ぶ機会がありましたか		英語	42
		地理	17
		歴史	9
		授業外	5
		現代社会	3
		外国語	2
ある	81	外国語活動	2
	52.3%	特別活動	2
ない	74	言語文化	1
	47.7%	音楽	1

図 1.　ある人物を「外国人」と判断する際、以下の項目はどの程度判断材料として関係してきますか

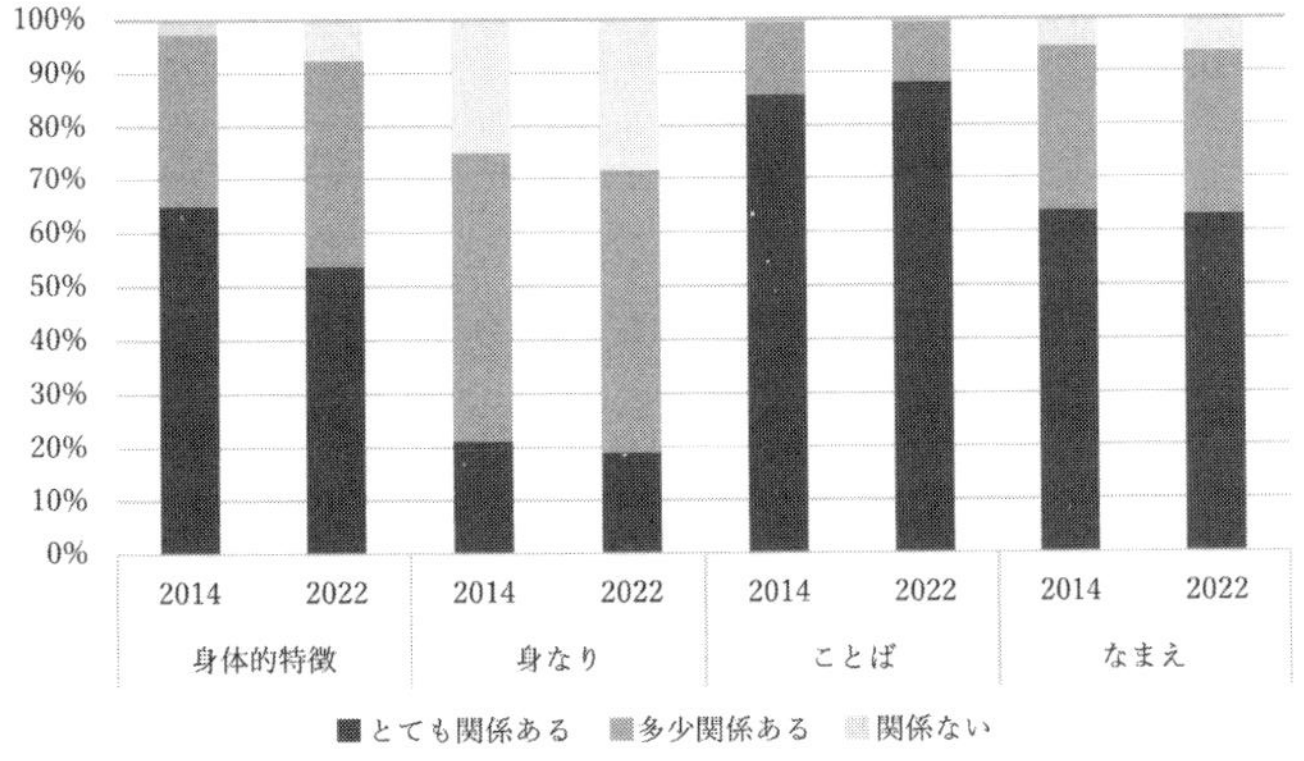

あとがき

二〇二三年、アリス・ウォーカー（Alice Malsenior Walker, 1944–）原作の小説をブロードウェイでミュージカル化した作品を基にミュージカル映画としてリメイクした『カラー・パープル』（*The Color Purple*）が日本でも二〇二四年二月公開された。ウォーカーのこの小説は、一九八三年、ピューリッツァー賞と全米図書賞を受け、アリス・ウォーカーを現代アメリカで最も力のある作家の一人として、全世界に知らしめた。アメリカで最も権威ある賞とされるこの二つの賞を、女性でアフリカ系アメリカ人であるウォーカーが受賞したことはかなり話題となった。ウォーカーの受賞を報道するアメリカの新聞は、ピューリッツァー賞を受賞したウォーカーを「ザ・ファースト・ブラック・ウーマン・ライター」と彼女がピューリッツァー賞を受賞した最初のアフリカ系アメリカ人の作家であることのニュース性を強調していた。このような報道の仕方は、皮肉なことにアメリカ文学界最高の名誉とされるピューリッツァー賞受賞者がいまだに、白人の男性作家が主流であることを世界に知らせたとも言える。

しかし、文学のみならず、もはやいろいろな分野で人種・民族という枠を越えて世界を考えていかなければ、相互に立ちゆかぬ時代になっている。歴史を遡ると、ハインリッヒ・ハイネ（Heinrich Heine, 1797–1857）のようにヨーロッパ社会に適合するためキリスト教に改宗したユダヤ人もいるが、ディアスポラとなったユダヤ人が近代資本主義の発展に寄与したことは見落とすことのできない事実である。また、フランスにおける改革派教会（カルヴァン主義）またはカルヴァン派のユグノー（Huguenot）の中で迫害された人々が、列強各国へ逃れて亡命先の経済を著しく発展させたことも見落とすことはできない事柄である。現代は、移民をめぐる様々な問題もあるが、互いを活かし合い、共存の道を探ることができれば、それに越したことはない。

アメリカ合衆国は、公民権法が成立して久しいが、人種に関する問題はなかなかなくならない。二〇二〇年五月には、アメリカでジョージ・フロイド (George Floyd) 氏が白人警察官の不適切な拘束方法によって死亡させられるという事件があった。この事件は、人種差別が簡単にはなくならないことを痛感させる出来事であった。この事件によって広がった一連の抗議運動は、人種差別根絶と平等への人々の願いの表れであると言えよう。

マイノリティに関する問題もある。多文化主義者が指摘しているように、マイノリティに対して見られる不当な扱いは、彼らを劣った者とみなす行為であり、彼らの自己評価に深刻な影響を及ぼしかねない。一方で、マイノリティへの優遇措置は、民主的で自由な社会の基盤である公正な競争の諸条件を変えてしまう危険性があるとの指摘もある。これからは、公平性を保ちつつマイノリティへの配慮もなされる社会がますます求められるであろう。

また、移民問題が取り沙汰されている現在において、重要なことは、異なった文化の共存への認識である。文化的多様性の尊重を主義主張にしたものがマルチ・カルチュラリズム (multiculturalism 多文化主義) である。多様な民族や文化の共存をはかろうとする多文化主義は、移民や難民という形で人口移動が常態化している現在では、ますます認識の必要性が高まっている。

ところが多文化主義は、アメリカをはじめとする国々で、それに賛成する者と反対する者が二手に分かれて争いあう論争の中心であり続けている。近代において、法の前に平等な市民からなるはずの国民国家は、現実には人種・階級・性・宗教・言語などの違いによる差別を構造として含まざるを得なかった。普遍的な人権概念によって、そうした差別を克服していくことが、近代の課題だったが、国境を越える多量の人口移動が見られる現在においては、差異を認めることが必要不可欠となっている。

人種・民族に関する意識がますます高まっている現在、このテーマを扱うことには大きな意味があり、また、人種・民族に関する作家の見解や文化の中での見解を鮮明にするというメリットもある。

このような認識のもと欧米言語文化学会で、以下のシンポジウムとフォーラムが行われた。

二〇一九年九月一日　欧米言語文化学会第十一回年次大会　於日本大学芸術学部江古田校舎　シンポジウム「英米文学・文化と人種・民族の問題Ⅰ」（司会／講師：大石健太郎、講師：吉田一穂、伊勢村定雄、伊藤由起子）

二〇二一年九月五日（日）欧米言語文化学会第十三回年次大会［Zoom開催］連続シンポジウム「人種・民族Ⅱ」（司会／コメンテーター：吉田一穂、講師、横山孝一、小林佳寿、中垣恒太郎）

二〇二一年九月十八日（土）欧米言語文化学会関西支部第三十三回例会　関西支部フォーラム「人種・民族」（司会／講師：遠藤徹、講師：中村善雄、山内圭、深谷格、浅野献一：コメンテーター／講師：吉田一穂）

これらのシンポジウムとフォーラムを元に共著出版企画が持ち上がった。本書は、欧米言語文化学会の会員に趣旨を説明し、原稿を募り、集まった論文を一冊にまとめたものである。「人種・民族」をテーマにした十二章で、多文化主義の重要性について改めて考えることができたことは有意義であった。二〇二一年は、一九六四年に開催されて以来、日本において二度目のオリンピックが開催された。このオリンピックは、世界中から多くの人種や民族が一堂に会したときであった。この記念すべきスポーツ大会が行われた年を前後して当学会で、「人種・民族」についてのシンポジウムとフォーラムが行われ共著企画が実現したことは、とてもタイムリーなことでもあった。

一つ付け加えておきたいことがある。シンポジウムで司会者とパネリストを務めてくださった大石健太郎先生は、二〇二〇年七月に昇天された。大石先生は、当学会の大会や例会によく出席してくださり、また気軽にコメントなどもしてくださって、多大な貢献をされた方であった。最後は、副編集長をお務めであった。大石先生は、またジョージ・オーウェルの大家でもあられた。懇親会で大石先生が、オーウェルが『一九八四』(*Nineteen-Eighty-Four*, 1949) を執筆したスコットランドのジュラ (Jura) 島の写真を見せながら語られるお姿は、本当に楽しそうであった。オーウェルの作品の中では、ご自身が彩流社から翻訳を出しておられる『ビルマの日々』(*Burmese Days*, 1934) を一番評価しておられた。何よりも大石先生が楽しそうに文学に取り組んでおられる姿が印象的であり、理想的な研究者の姿をそこに見た気がした。大石先生が天国で安らかにお過ごしになられることをお祈りしたい。

最後に、シンポジウムとフォーラム「人種・民族」を出版企画に発展させることに賛同してくださった藤原愛教授と横山孝一教授に感謝申し上げたい。お二人から企画に関しての以下のようなコメントをいただいた。編集後記のようだが記しておきたい。

「大学で教鞭をとって十年が経つが、「人種・民族」という視点や問題を、どこか他人事または他国での出来事として捉える傾向にある学生が多い印象を受けている。しかしながら、本書の企画が始動した二〇二〇年には、北海道に「ウポポイ(民族共生象徴空間)」が開業し、先住民族であるアイヌの人々の言語・文化についてより身近に感じることができるようになった。また、日本社会におけるグローバル化により、国内にいながらにして、民族や文化の多様性に接する機会も増えたと感じている。本書を通じて、ボーダレス化する社会における「人種・民族」について、読者の皆様が考察を深め、よりよい未来へと繋げてくれることを願っている。」(藤原愛)

「本書は、二〇二〇年東京オリンピックに合わせて企画された。コロナ禍で一年延期されたスポーツの祭典は無観客で開催されたため、編者の予想に反して、国民が「人種・民族」の調和を身近に感じることはなかったようだ。しかし、本書の出版が遅れ、皮肉にもウクライナとガザで悲惨な戦争が起こったことで、「人種・民族」が平和に共存する必要をだれもが痛切に感じるようになったのではあるまいか。難しい問題ではあるが、本書に収録された英米文学と語学教育の諸論文が難問解決のヒントになることを願っている。」

（横山孝一）

企画の立ち上げの折にご助力戴いた遠藤徹教授、中村善雄教授、出版に至るまで辛抱強く待ってくださった執筆者の方々に感謝申し上げたい。また、昨今の厳しい出版事情の中で、刊行に至るまでお世話になった音羽書房鶴見書店の山口隆史社長にも御礼申し上げる次第である。

本書をきっかけとして、私たち執筆者もさらに「人種・民族」について考察を深めていきたいと考えている。「人種・民族」の観点から英語圏文学や比較文学、さらには言語教育・言語学を捉え直す研究がより一層進展していくことを願ってやまない。

二〇二四年十一月吉日

吉田　一穂

引用文献

アンドレア・センプリーニ『多文化主義とは何か』三浦信孝、長谷川秀樹訳、白水社、二〇〇三年。

マックス・ウェーバー『支配について　Ⅱカリスマ・教権制』野口雅弘訳、岩波書店、二〇二四年。

柳沢由実子「自然の中のアリス・ウォーカー――解説にかえて――」、『カラー・パープル』柳沢由実子訳、集英社文庫、一九八六年。

＊（カバーの挿画は、チャールズ・ディケンズの『アメリカ紀行』(*American Notes*)に描かれたマーカス・ストーンによる『黒と白』(*Black and White*)という挿絵である。ディケンズがフレデリックスバーグからリッチモンドへの汽車の中で見た光景を描いている。すなわち、汽車の黒人専用車両に、買われたばかりの母親がいて、父親と離れ離れになって子供が泣き続けている様子を描いている。ディケンズは、この様子を見て、独立宣言で標榜されている「生命、自由、幸福の追求」が実現されていないと感じる。）

作品・事項

ハ

マ

ヤラワ

索　引

人名（作家・研究者等）

横山 孝一（よこやま こういち）

群馬工業高等専門学校一般教科（人文科学）教授。

中央大学大学院文学研究科英文学専攻博士後期課程単位取得退学。

「石ノ森章太郎の『ロボット刑事』は『ロボコップ』に影響を与えたか──日米比較文化論」『群馬高専レビュー』第 40 号（2022 年）、「『さらば宇宙戦艦ヤマト』対『宇宙戦艦ヤマト 2202』──昭和から平成へ」同上、第 38 号（2020 年）、「*Killing the Rising Sun* における原爆投下の正当化と、日本の言い分」同上、第 36 号（2018 年）。

中垣 恒太郎（なかがき こうたろう）

専修大学文学部英語英米文学科教授。

慶應義塾大学大学院文学研究科修士課程修了。

『ハーレム・ルネサンス──〈ニュー・ニグロ〉の文化社会批評』（共編著、明石書店、2021 年）、『アメリカン・ロードの物語学』（共編著、金星堂、2015 年）、『マーク・トウェインと近代国家アメリカ』（単著、音羽書房鶴見書店、2012 年）。

伊藤 由起子（いとう ゆきこ）

東京女子医科大学統合教育学修センター准教授。

早稲田大学大学院文学研究科英文学専攻博士課程前期修了。

「コロナ禍において生まれたカタカナ語 (2) ──新聞・雑誌に見る和製英語「コロナ」の分析」『ワセダ・レビュー』第 54 号（早大文学研究学会、2022 年）、「歴史と民族意識が招いた韓国の英語教育──日本人式英語からの脱却」同上、第 52 号（2020 年）、「日本人の英語と韓国人の英語の語彙に関する調査と報告」同上、第 51 号（2019 年）。

藤原 愛（ふじわら あい）

明星大学教育学部教授。

東京外国語大学大学院地域文化研究科博士後期課程単位取得退学。修士（言語学）。

「母語獲得課程から考える外国語学習」『多次元のトピカ──英米の言語と文化』（共著、金星堂、2021 年）、「英語でひらく他言語への扉」『学問的知見を英語教育に活かす』（共著、金星堂、2019 年）、「外国語教育の展望──英語からその他の外国語学習へ」『明星大学研究紀要──人文学部』第 53 号（2017 年）。

独立運動に対するYeatsの姿勢」『英語英米文学論輯：京都女子大学大学院文学研究科研究紀要』Vol. 4、(論文、京都女子大学、2005年)。

髙坂［本村］徳子（たかさか［もとむら］のりこ）

日本大学大学院文学研究科英文学専攻博士後期課程単位取得満期退学。

「レインコートとカナリア色のシャツ——E. M. フォースター作「アーサー・スナッチフォールド」における衣服について」『多次元のトピカ——英米の言語と文化』(共著、金星堂、2021年)、「E. M. フォースター作「パニックの物語」における両面価値的な同性愛と逃避について」『国際文化表現研究』第16号（論文、国際文化表現学会、2020年)、「同性愛と同性愛嫌悪そして両面価値的境界：E・M・フォースター作「生垣の向こう側」」『Fortuna——欧米文学・言語学・比較文化研究』第31号（論文、欧米言語文化学会、2020年)。

深谷 格（ふかや いたる）

同志社大学大学院司法研究科教授。

名古屋大学大学院博士前期課程修了。博士（法学）（名古屋大学)。

『生と死の民法学』(共編著、成文堂、2022年)、『大改正時代の民法学』(共編著、成文堂、2017年)、『相殺の構造と機能』(単著、成文堂、2013年)。

山内 圭（やまうち きよし）

新見公立大学教授。

横浜国立大学大学院修士課程修了、吉備国際大学大学院社会学研究科博士後期課程単位取得退学（教育学修士)。

『スタインベックとともに 没後50年記念論集』(共編著、大阪教育図書、2019年)、「ソール・ベローとジョン・スタインベック—— 2人のノーベル賞作家の比較研究事始め」『ソール・ベローともう1人の作家』(彩流社、2019年)、「若きスタインベック——スタンフォード大学時代から第1作『黄金の杯』出版前まで」『英米文学の原風景——起点に立つ作家たち』(音羽書房鶴見書店、1999年)。

浅野 献一（あさの けんいち）

日本キリスト教団室町教会牧師。

同志社大学神学研究科組織神学専攻博士前期課程修了。

「あたたかい雪」、『基督教世界』2021年12月号（説教、2021年)、「揺さぶりのなかに、今も」、『同朋新聞』、2017年11月号（コラム、2017年)、「ハンパ者」、『チャペル・アワー奨励集291』(説教、同志社大学キリスト教文化センター、2013年)。

執筆者紹介（執筆順）

凡例：氏名（よみ）、現職、最終学歴、主要研究業績３点（新しい順）の順

吉田 一穂（よしだ かずほ）

甲南大学非常勤講師。

甲南大学大学院人文学研究科英文学専攻博士課程後期課程単位取得退学。

『ヴィクトリア朝時代の文学――社会・アイデンティティ・ジェンダー』（単著、英宝社、2022年）、『ディケンズの小説――社会・救済・浄化』（単著、英宝社、2014年）、『ディケンズの小説とキリストによる救済のヴィジョン』（単著、英宝社、2006年）。

閑田 朋子（かんだ ともこ）

日本大学文理学部教授。

レスター大学大学院博士後期課程修了 (Ph.D.)。

『『不適切な』 議題―― 1847年スプーナー法案（誘惑・売春取引抑制法案） の行方」『セクシュアリティとヴィクトリア朝文化』（共著、彩流社、2016年）、「産業都市マンチェスターと急進主義者トムの系譜」、『ヴィクトリア朝の都市化と放浪者たち』（共著、音羽書房鶴見書店、2013年）、“Labour Disputes and the City: Manchester and Milton- Northern.” *Gaskell Journal*, vol. 24, 2010, pp. 46–60。

藤田 晃代（ふじた あきよ）

埼玉工業大学非常勤講師。

津田塾大学大学院文学研究科後期博士課程修了。

『お買い物は楽しむため：近代イギリスの消費文化とジェンダー』（共訳、彩流社、2020年）、「クリスティナ・ロセッティの詩にみる仮定法と直説法の機能」『埼玉工業大学教養紀要』（論文、埼玉工業大学工学部、基礎教育センター、2019年）、『ブロンテ姉妹の世界』（共著、ミネルヴァ書房、2010年）。

小林 佳寿（こばやし かず）

同志社女子大学嘱託講師。

京都女子大学大学院文学研究科英文学専攻博士後期課程単位取得満期退学。

「戯曲 *The Hour Glass* にみられる Yeats の思想」『英語英米文学論輯：京都女子大学大学院文学研究科研究紀要』Vol.6、（論文、京都女子大学、2007年）（旧姓山本佳寿として、以下同様）、「*The King's Threshold* 改訂の意義」『イェイツ研究』第37号、（論文、2006年）、「*The Dreaming of the Bones* にみられる

人種と民族を考える十二章
——英米文学・文化・教育の視点から

2025年3月15日　初版発行

編著者　吉田 一穂、横山 孝一、藤原 愛
著　者　浅野 献一、伊藤 由起子、閑田 朋子、
小林 佳寿、髙坂（本村）徳子、
中垣 恒太郎、深谷 格、藤田 晃代、
山内 圭

発行者　山口 隆史

発行所　株式会社 音羽書房鶴見書店
〒113-0033 東京都文京区本郷 3-26-13
TEL 03-3814-0491
FAX 03-3814-9250
URL: https://www.otowatsurumi.com
e-mail: info@otowatsurumi.com

Printed in Japan
ISBN978-4-7553-0449-1 C3098
組版　ほんのしろ／装幀　吉成美佐（オセロ）
印刷·製本　シナノ パブリッシング プレス